陕西省委宣传部重大文

故园荒芜

曹文生 著

西安出版社

图书在版编目（CIP）数据

故园荒芜/曹文生著.—西安：西安出版社，2019.2（2021.5重印）

（"陕西青年作家走出去"丛书）

ISBN 978-7-5541-3642-3

Ⅰ.①故… Ⅱ.①曹… Ⅲ.①散文集–中国–当代 Ⅳ.①I267

中国版本图书馆CIP数据核字（2019）第034076号

GUYUAN HUANGWU
故 园 荒 芜

著　　者：曹文生
出版发行：西安出版社
社　　址：西安市曲江新区雁南五路1868号影视演艺大厦11层
电　　话：（029）85253740
邮政编码：710061
印　　刷：永清县晔盛亚胶印有限公司
开　　本：889 mm×1194 mm　1/32
印　　张：9.25
字　　数：215千
版　　次：2019年2月第1版
印　　次：2021年5月第2次印刷
书　　号：ISBN 978-7-5541-3642-3
定　　价：39.00 元

△ 本书如有缺页、误装，请寄回另换。

序

贾平凹

正是天寒地冻万物凋敝时节，读到十位青年作家的书稿令人欣喜与温暖。这批作家的写作有想法也有锐度，如同一道亮丽的风景，让人感受到文学的蓬勃力量。

陕西青年文学协会成立几年来，在团结文学青年方面做了很多实实在在的事情。"陕西青年作家走出去"丛书的编辑就是一项令人感动的事情。第一辑丛书我看过，整体水平高，社会影响大，在推动陕西青年文学写作方面起到了凝心聚力的积极作用，也向外界集中展示了陕西文学的新力量。如今，第二辑丛书再次推出十位青年作家，颇有长江后浪推前浪的气势。事实上，他们中的很多人在文学创作上已经取得了不俗的成绩。这次，"陕西青年作家走出去"丛书（第二辑）被列为陕西省重大文化精品扶持项目，就说明了他们的创作得到了认可，可喜可贺。静心翻阅十本风格迥异的作品，他们的文学才情令人感叹。这些作品无论是写乡村还是写城市，无论抒情还是言物都有显著的特点。他们对于现代化冲击下的社会突变、世相百态和复杂人性把握得比较到位，看得出是有深厚文学积淀的。他们在写作技艺上的探索与尝试不拘泥于传统，精到而又大胆。既有传统的现实主义叙事，又融合了荒诞、象征等现代主义笔法。作品意象飞驰，胸怀远方，呈现出陕西青年文学富有时代活力的精神向度。整体阅读这十本书，很有冲击力。

有人说文学正在被边缘化，但通过一批批写作者不难看出，文学自有它的天地归宿。因为文学书写的是记忆生活，是一件打开灵魂通透人心的事情。文学的美是所有艺术形式里最能激荡人心的美。我想，即使在未来的智能化时代，文学的功用也不会被取代。

所以我们常说生活是文学的源泉。只有深入生活，才能创作出既有时代精神，又有思想深度和生活温度的作品，才能引起读者的共鸣从而产生社会影响。在互联网时代，信息的获取快捷丰富却又复杂多变。如何保持清醒的态度建立自己的文学写作观念值得大家思考。现在的一些文学作品的确精巧、华丽，读起来也有快感，但缺少筋骨和力量，说透了就是缺乏打动人心的感染力。我想，在这样一个众声喧嚣的思想体系里，写什么和怎么写不仅仅是青年作家面临的困惑和难题，也是我长久思考的问题。文学不仅反映生活，也要照亮生活。这大概就是文学的神圣与伟大之处。

当下，陕西的文学氛围非常好。省委、省政府高度重视文学事业，资助"百优作家"，号召文学陕军再进军。所以，耐下性子，静下心来，关注现实生活，关心国家命运，以甘于坐冷板凳的心态踏实写作，就一定能写出好的作品。我相信几十年后，再看这些作品，就会更深刻地理解"陕西青年作家走出去"的深远意义了。

（贾平凹，中国作家协会副主席、陕西省作家协会主席）

担当时代使命　勇攀艺术高峰

钱远刚

陕西是文学的沃土，青年是文学的希望。青年作家的成长成才一直是文学界重点关注的话题。陕西青年作家对文学坚持不懈的执着追求、扎实稳健的步伐、深切的生命体验与独特的审美意识展现出充满朝气、昂扬向上的蓬勃英姿。按照"出人才出精品"的要求，陕西省作家协会高度重视对青年文学人才的培养，不断完善工作机制，探索创新方法，千方百计地为青年作家的成长成才搭建平台、提供机遇，使陕西作家队伍呈现出文学发展新气象，成为文学陕军新生力量。

党的十九大描绘的"两个一百年"奋斗目标、开启中国特色社会主义建设的新征程，党和国家事业取得了历史性成就和历史性变化，为文学作品的创作提供了丰富的滋养，广大青年作家和文学工作者要与人民同在，与时代同行，与改革同向，与发展同步，自觉践行和弘扬社会主义核心价值观，坚持远大理想、提升思想境界、加强人格修养、拓宽文学视野，用心用情用功抒写我们伟大的时代，才有可能创造出展示时代风云际会、反映人民群众生活的优秀文艺作品！

气象万千的新时代属于每一个人，人人都是新时代的见证者、开创者、建设者。在习近平新时代中国特色社会主义思想指引下，陕西省委提出了大力推动"文学陕军再进军"的战略部署，我省文学事业繁荣发展，文学界精神面貌焕然一新，文学创作出现了前所未有的大好局面，这为青年作家提供了大有作为的用武之地。青年作家更要志存高远，克服"浮躁"，坚持以人民为中心的创作导向，深入生活，扎根人民，坚定文化自信，自觉向大师学习、向经典学习、向人民学习、向实践学习，守正出新，再创佳绩，努力攀登文学艺术新高峰。

去年，在省委宣传部指导下，在陕西省作家协会的支持下，陕西省青年文学协会面向全省青年作家公开征集作品，经过专家学者认真评选，共有十位陕西青年作家入选"陕西青年作家走出去"丛书第一辑，在文学界取得了良好的反响。今年，该丛书再次面向全省青年作家公开征集优秀文学作品，引起广泛关注，并被省委宣传部列入2018年度陕西省重大文化精品扶持项目。这是唱响做实新时代"文学陕军再进军"的一个重要举措，彰显出陕西新一代作家逐渐走向成熟，预示着陕西作家人才辈出，文学新人在具有厚重的历史文化、丰富的革命文化、灿烂的先进文化的三秦大地茁壮成长。

这次应征入选的"陕西青年作家走出去"丛书第二辑十本书摆放在案头，我一边翻阅着青年作家的辛勤之作，一边不禁为之欣喜。这些作品无论是描写现实题材的小说，还是抒情言志的诗歌，抑或是行文优美的散文、犀利尖锐的评论等等，无不体现出个人写作的进步与超越。他们不因为代际、职业和身份等问题，而缺少对世界的独特感受与敏锐观察。在不同的文学领域，他们表现出起点高、潜力大的特点，文学作品整体上呈现出丰富性和多样性。黄朴的小说集《新生》生动地描绘了城乡社会的众生之相，独特地展现了人性深处的幽微和光芒。武丽的小说《明镜》采用第一人称叙述，笔触精致，情节跌宕起伏，展示社会上特定群体不为人知的一面。刘紫剑的中短篇小说集《二月里来好春光》则多维立体地揭示了日常琐碎中各色人物的生存真相与悲喜故事。王闷闷的中短篇小说集《零度风景》用传统的文化底蕴和现代文本意识，表现当下社会高速发展下存在的问题，以及人与天地与万物的相抵触又相融合的矛盾复杂的心理。毕堃霖的诗集《月亮玫瑰》中一个个自然的物象，在她灵动的笔下，被赋予更生动更多义也更纷繁的诗学意义。穆蕾蕾的诗集《倾听存在的河流》折射出她精神探索的轨迹，随处可见她伫于一物一思而成的诗絮。刘国欣的散文集《次第生活》主要是对生活的内观活动，尤其对童年生活、民间陕北的文化记忆进行了观照。曹文生的散文集《故园荒芜》以故乡为载体，写乡人和事物在现代化冲击下的突变。王可田的评论集《诗观察》通过不同角度、整体性的观察、论述方式，对不同年龄段的活跃在诗坛上的陕西诗人进行了详尽、客观的解读和阐释。献乐谋的网络文学《剑无痕》以沈无眠为父报仇的桥段作为主线，体现出了天外有天、山外有山的感觉。这些作品在显露作者文学才华的同时，对于更新文学观念、传承与思索文学技艺、扩展文学疆域都做了有益的探索与尝试。

这是一个生机勃勃、千帆竞发的新时代，更是孕育文学作品、催生艺术精品的新时代。陕西的青年作家应该勇立潮头，敢于担当，肩负重任，坚持以人民为中心的创作导向，记录新时代，抒写新篇章。要抓住2019年中华人民共和国成立70周年、

2020年全面建成小康社会等重要时间节点,深入挖掘人民群众的豪迈激情和奋进历程,潜心创作出一批讴歌党、讴歌祖国、讴歌人民、讴歌英雄的文学作品,为实现中华民族伟大复兴的中国梦和陕西追赶超越提供强大的精神力量!

(钱远刚,陕西省作家协会党组书记、常务副主席)

目录

第一辑：消逝的农具

- 03　穿越时间的木犁
- 07　耧车之痛
- 11　一把生锈的铁锹
- 15　承受生活之重的扁担
- 19　恩泽的抓钩
- 23　被锄头铲净的乡村
- 26　碾压生活的石磨
- 30　悬浮着苦难的镰刀
- 34　箩篮记
- 37　筛子、簸箕与斗

第二辑：院子里的风物

- 43　一头猪的世界

48　鸡鸣记

53　耕牛磨驴

58　鸭子和鹅

62　一只仁慈的羊

67　桃红与薄荷

71　夜月记

75　桐花始落

78　槐花书

82　蒲公英飞翔

第三辑：大地上的事物

87　中原麦事

91　玉米物语

96　乡村素描

101　故乡记

106　穿越黑夜的堂门

110　吹过南亩的风

114　蒜薹记

117　人心变了

120 行走的村庄

128 归葬记

第四辑：那些安静的事物

141 立春

145 雨水

149 惊蛰

153 春分

156 清明

160 谷雨

164 心草入寒时

174 衰老记

184 北方、大雪与黑路

193 夜晚沉思录

201 星子在野

205 草盛豆苗稀

209 有如候鸟

213 一只童年的蚂蚁

217 童年的木味

221　仙人掌

225　青麦

第五辑：风吹过的村庄

231　落在坟前的乡村

238　粮食

246　贱命

252　母亲的菜园

257　母亲的世界

260　叙述父亲的几种视角

270　我的老师

274　响器

277　光阴书

第一辑　消逝的农具

穿越时间的木犁

与西屋对视，便觉得人心淡了。

这屋子，有些年头了，它土黄色的身子，不见一丁点砖头，只是黄泥堆积的肉身。黄土，窸窸窣窣地落了不少，墙面上残留着一个个窟窿，凸凹不平，裸露着被风化的痕迹，屋顶却是蓝瓦，上面长出了许多瓦松，这么多年了，这座房子也就生了一些这样的孩子，像松塔一样，盘踞在屋顶上。

这屋子里，全是废弃物，好久没人来了，已经遍布蜘蛛网和灰尘，让人觉得这是个看不见的世界，人们对这里很陌生。

屋子的里面，放一些再也用不上的锄头、镰刀，还有犁铧，早就没了当年锃亮的模样，一个个瘦得不成样子，锈迹斑斑。

母亲说："这些东西用不上了，卖了吧！"父亲说："再等等吧！"没想到，这一等就是五年。如今父亲也不在了，母亲再无心思去卖这些东西了。这些黑铁的农具，本来是父亲对这个世界唯一的留念，他耕了一辈子田，也习惯了这些顺手的农具，可是突然有一天，它们就被机械农具所代替，再也没有用武之地，对此，父亲有些伤感。

我知道，父亲伤感的不是他自己，而是他们这一代人，从此以后再也没有用武之地了，他们熟悉农具的秉性，也乐于善待它们，他们花在农具上的光阴，实在是太多了。

母亲，开始对这些农具不舍了，我知道这源自父亲。父亲的去世，让母亲对这些农具产生了不一样的感觉，她每次看见它们，就会想起父亲，想起过去苦难的日子，母亲就止不住地流泪。

那些年，村里喂养牛的人家不多，我家的黄牛，在村里像个帝王，别人都高看一眼。今天，二风来我家借牛去耕地，明天，小俊来我家借牛去拉耧，父亲爱牛，对别人使唤我家的牛不放心，就跟去了，父亲给别人帮忙，成了免费的劳动力。在地里，父亲是一把种庄稼的好手，扶犁、摇耧，样样精通。

记得有一年，我隔壁的邻居，绰号叫"老钢毛"，他把我家的牛借去了，他媳妇在前面牵牛，他在后面扶犁，怎么也配合不好，他们两个人在地里破口大骂，成了村里的笑谈，父亲知道了，便去帮忙，让这家的争吵告一段落。

老钢毛，是个能人，眼界高，总想高人一等，没想到日子还没过出滋味，就过早地去世了，剩下他媳妇和儿子去了商丘。

我们两家土地相邻，父亲和他说，在中间种一棵树吧，既可以乘凉，又可以把地界固定，一举两得。后来，在两块地中间，长出一棵桐树来。这树，越来越粗，它的根延伸得越来越长，最后把我家的犁绊了一个豁口。

每当农闲时，父亲便把犁铧卸下来，在家里的那口石磨上慢慢地磨，这声音实在是刺耳，我听到这声音，快要疯掉了。

这么长的时间，我从没有仔细打量过这一个木犁，在西屋里，我和它相遇，也是一种缘分，我突然觉得这犁很漂亮。

尖尖的犁尖，明净的犁镜，磨得光滑的犁托，还有这结实的犁柱，再配上形状优美的犁辕，实在称得上漂亮。

这犁铧、犁壁是铁质，闪着金属的冷气，别的地方是木头，有着木质的温暖，谁也想不到，这铁和木的结合，竟然让一个国家的文明前进了许多年。

或许，在很多年以前，这木犁就在这一片土地上自由地游走，翻新出一片泥土气息，夹杂着野草的清香。

这犁铧，在四平八稳的大地上，书写出一行行的文字，或许这字近似于写意，凸凸凹凹，很有神韵，在一个辽阔的大地上，凸显出一片行草来。

中国古代，讲究男耕女织。

白天，是男人的世界，他们套牛、扶犁，把一片辽远的土地，当成战场，硬是让废弃的地方，结出粮食来。

女人的世界在夜晚，一盏油灯，女人开始了织布，夜晚的乡村，只有这织布声和狗的叫声，才是属于乡下的，百听不厌。

或许，中国古代人，讲究"耕读传家"，我喜欢这四个字。"耕"代表脚踏实地，一个人只有立足于土地，才会感觉到安全，古代的文人大多是从土地里跑出来的。"读"字代表着修养，一个人必须提高自己的品位，才被人高看。因此这四个字，看似简单，却包含着深邃的哲学思想。

"千顷绿畴平似掌，蒙蒙春雨动春犁。"在春天，便开犁了。在乡村的世界里，只有木犁、黄牛和两个人影在田间动着。试想，在苍茫的天地间，两人，一人在前，牵着牛，一人在后，扶着犁。狗在人的后面跟着，我在地头坐着。

人靠着这田埂上的树，抽一袋烟。有人，把烟丝按在旱烟锅里，点燃一根火柴，这火就亮了，一呼一吸，明灭可爱。父亲，总是抽五毛钱一盒的武林牌香烟。此刻，天地间，只剩下男人的呼吸声和一道道微弱的轻烟，在空气里飘散。

《击壤歌》里说："日出而作，日落而息，凿井而饮，耕田而食。"这是古代人最原始的生活，可是这风俗，一直传到父亲这一辈也没有多少改变。

有时候，我面对这木犁，试图从这木身里读出一些形而上的东西来，但是我发现很难。这犁，在天地间承上启下。

它，上接节气里的风雨，风调雨顺了，人间也便好过了。它，下接土气，土生烟火，二者一结合，便长出人间百谷，人间有了活路，不再受饿了。

这犁，把人间盘活了。

此刻，我面对的，似乎不是一个被时光遗弃的木犁，而是一个被人遗忘的孩子。也许多年以后，世人再也记不起这些木犁当初被人们扔在土地上的模样。

木犁仁慈，人心不古。

这是我赋予乡村生活唯一的词汇。

耧车之痛

经历疼痛的,唯有农具。

一个耧车,耧身散了架,孤独地躺在院子的一角,它沐浴着风雨,犹如一具时光的雕像,满是岁月的痕迹。

我喜欢这个"耧"字,这个字的左半部分,横平竖直,犹如一片被土埂分割的田地;这个字的右半部分,似两个相连的仓库,或许,今人蜗居的楼房,和它同源。

一座楼房,是一具安居在大地上的耧车,或者说,一个耧车,是行走在大地上的房子,它把麦子的血脉,播种在土地上。耧车的方斗,是一尊弥勒佛,容天下谷物,纳天下温饱。

如今,这一座座楼房,多像一个个被扔在土地上的耧车啊!我辈背负着它们,在土地上前行,我们倒渺小得像五谷了。

故乡的耧车,是三腿耧,由耧架、耧斗、耧腿、耧铧组成,这耧铧比犁铧瘦弱,更锋利一些,入土即可划破大地的肌肤。

在故乡的暮秋,万物落尽,谷物进院,只剩下一片平整的土地,等待着我们去播种,这时候,耧车出场了。

一个人驾辕,另一个人,摇耧,耧的两边,便伸出两根绳子，我们背在身上，吃力地走着。这是我第一次和耧车相遇，让我感受到一种疼痛勒进肉里。后来，人学精了，便套一头牛拉耧，一人牵牛，一人摇耧，牛在两人中间，转承启合，人和牛，也开始默契起来。

小时候，每次播种时，总是父亲摇耧，叔叔不服气，说父亲找个轻活，非得和父亲换，这下就成了父亲驾辕，叔叔摇耧。不久，别人家的麦苗青青，而我家的麦地，一片有，一片没有，断断续续，像头上长了一块块癞斑，很搞笑。

这一年，我家的麦子是我村最差的。

在村里，还有更搞笑的事。记得有一年耕种时，有个人叫"君威"，他摇着耧走了一会儿，才发现忘记了拔下仓斗的插门。这个故事，直到现在还没有被人忘记，仍在乡村流传着，每次回到乡村，只要遇见那人，便会忍不住地笑。

寒冬时，父亲会检查耧车，有些地方松动了，父亲便会加固。这耧车，周身搭配很漂亮。我不知道这样的耧车，是谁发明的。后来遇见村里的老秀才，才解开了这个疑团。

汉武帝，连年征战，累了，便开始休养生息，让赵过掌管农业。一个时代，从厌倦武力开始，才算步入了文明。

汉代，战争太多，农民最苦。或许，一个赵过，是时代的大幸。这人，可了不得，一下子就让中国人省力了多年。

"三犁共一牛，一人将之，下种挽耧，皆取备焉，日种一顷。"

这耧车，解放了人类。可是这耧车，却经历了岁月的磨难，也一天天开始老了。一具农车，变得越来越没有用处，只能搁置在乡下的角落里。

但是，我难以忘记它当年的样子，父亲播种，我必须跟在后面，将麦子掩盖、踏实。从麦子的哲学里，我明白了一个道理，土地需要结实一点，才能让麦子经过挣扎的历练，变得坚强。

如今，人们忘了麦子的哲学。家长生怕孩子受一点苦，一股脑地迁就他们，让孩子成了大棚里的草木，中看不中用。

或许，每当孩子让家长无可奈何时，这躲在角落里的耧车便会呐喊：心硬一点，便挺过去了。可是这人就是听不见。

或许，这耧车当真老了。它们从岁月里偷来的哲学，再也没有用武的地方。当人轻视过去，便意味着背叛。一个人，便开始失去了根。

耧，烙着父亲的光芒。

父亲，总是在辽阔的平原上，去亲近一具耧车，去亲近一片土地。在生活里，除了牛能代替人驾驭它之外，或许再也没有生灵看得起这耧车了。

一个人，背负着整个乡村的苦难。在深秋的世界里，打量着这和人一样悲苦的耧车，它们盘踞在中原。

如今，它们躲在院子里，像留在一个无人问津的渡口，再也没人来了。它在静止的时光里，怀念着根植于大地上的庄稼。

这落满尘埃的耧车，多像年老的祖父，一个人蹲在大槐树下，再也不过问尘世，叔叔和婶婶每天争吵，甚至离了婚，可是祖父并没有劝阻，他知道自己快要成为尘土了，对于人间再也没有留恋。唯一留念的，便是耧车统治的时代，那时候耧车是主角，它在天地间，用躯体和苦难相抗，最终伤痕累累。

写到这里，我想起杜怀超的文字：三脚耧，这三根耧腿，犹如三根肋骨，代表着天、地、人。

天，盘踞着神灵，风雨无常；地，以宽厚的胸膛，接纳无数庄稼，金黄的麦子，憋红脸的高粱，还有如白云的棉花。

人，最为特别。一直被神所笼罩，一直过得战战兢兢，而又逃脱不了这辽阔的大地，一个人的脚，无论走得再远，都在大地的格局内停留着。

一个人，努力想要接近神灵，到最后才发现，竟然越来越像一具耧车，最后被人遗忘，成了零散的一部分。

当一个人穿越耧车之痛时，才会感觉到一个人在土地上的存在，是多么富有戏剧化啊！

突然一下子，就被卷入温暖的文字里，也会被卷入冰凉的消逝里。

耧车，已远。

人，还在寻找一种慰藉。

一把生锈的铁锹

一把生锈的铁锹,靠在南墙上。

它瘦小,像一个暮年英雄,早已不复当年之勇了。这铁锹,一直陪伴父亲一生。如今,父亲不在了,它还躺在院子里。

这把铁锹,是我村的铁匠打造的,那年,父亲把家里的废铁拿到铁匠铺,然后看铁匠鼓风、淬火,把废铁捏合成一把锋利的铁锹,此后它行走在乡村里。

这把铁锹,分两部分:木柄、铁刃。

这木柄,是槐木的。在故乡,最好的木柄是松木的,故乡除了村西的那个医生家,谁家也找不到这松木质的木材。

我父亲找来一截槐木,墨绳、锯割、刨花,一柄泛着木头光泽的木柄,被接在这铁刃上,它刨开土地,被时光一点点磨掉这生硬的棱角。

在故乡,一把好的铁锹,实际上是一张好的名片,它代表着一个男人的脸面。一把铁锹,只有闪着白亮的光泽,才能在中原立足,一把呆头呆脑的铁锹,会将一个男人的懒惰出卖。

乡村就这几百户人家,谁家有几只鸡,谁家有一把锋利的铁锹，闭着眼也能数得清。每当谁家盖房子了，主家便会到邻居家借铁锹，那些锋利的铁锹，多半是人情的见证。在乡村，谁都有求人的时候，这一借，乡村的人情世故就被盘活了。

乡村的人，在下一盘关于人情冷暖的棋。乡村的每一个人，都是上面的棋子，虽然我远离了这乡村，但是乡亲仍把我丢在这棋盘上，以一种世俗的眼光打量我的存在，看是否能从我的身上，打通一条人情冷暖的通道来。

我内心里，还是认可我的根在中原，我所有的回忆，都带着中原文化的元素。

那些年，村里盖房子，是那种黄泥土垛起来的。黄土，加上麦秸，然后混在一起。先是用抓钩搂匀，再用铁锹一下一下往墙上垛。这黄土墙，睡在我家的老院。这黄泥堆砌的房子，埋藏着祖父一生的气息，祖父最后的日子，蜷缩在一张草绳床上，一盏孤灯寒照雨，祖父死在一个具有诗意的天气里。然而全家的哭声，把中原一片潇潇的雨声掩盖了。

后来，我家垒院墙，我用铁锹铲石灰泥，几下子我就露了怯意，原来我人虽在乡下，却与乡下的诸多生活如此格格不入。我多么羡慕父亲的样子，一下子就把石灰泥举到高高的墙上。

这一举，是属于乡村式的。我顿时低矮了下来，我知道我与父亲相比，中间隔着一些乡村的苦难。

这铁锹，在故乡高过人的头顶。

清晨，每人都扛着一把铁锹出了门，两个人遇见了，就蹲在田埂上，互让一支烟，聊聊今年的收成和远走的儿孙们。

或许，他们喜欢扛着一把铁锹，这是多年来形成的习惯，他们知道一把铁锹和土地靠得比人近一些。人一转身就走了，只有铁锹永远留在了身边，守望着中原。

细细回味这铁锹串联的世界，除了这一座座明亮的房子，还有另一座阴暗的房子，这房子被故乡叫作坟。

一个人，去世了。便有执事者，指挥着一群人去打墓，这些人，腋下夹一条烟，拿几瓶白酒就走了。一人扛一个铁锹，三下五除二，便把这坟墓挖好了。

乡村的世界里，铁锹是大义之物。

除了侍候着阳世的庄稼，还要给阴间的人，修一座像样的房子，这房子，是一个人未来的蜗居之地，尽管他们看不见了，但是阳世的人认为他们能看见。

生与死，是乡村说不尽的话题。一个人，活在乡村里，便绕不开一个绿树成荫、白云漂荡的村庄了。

许多人，把地里的麦子，搬进院子里。这一座麦山，需要找一个安居的地方。

那些年，家乡的麦囤，很简易。在院子里，挖一个圆形的大坑，有一人多高，为了防潮湿，把地里的糠秕运来倒进这坑里，把一个白色的硬皮塑料布，放进去，倒麦子，周围填着糠秕。

麦子，填饱了塑料布的肚子，一扎口，就用厚厚的糠秕盖在麦子上，然后用土埋了。这乡村的院子，每一户人家都有一座圆形的麦山。

这一座麦山，是一年的口粮。吃不完的部分，人们便会卖掉，等来年又是一座新的"黄金"之山。

这铁锹，除了堆坟、挖麦囤，还有一个大用处，那就是灌溉土地。

天旱时，凌晨两点便有人出发了，我知道这是去占井的人，在乡村，井少地多，必须提前占井。

父亲在世时，总是背一床被子，扛一把铁锹就出了门，有时候，也会照着手电筒给庄稼浇水，夜晚很安静，只有流水声，还有父亲嘴里的烟，在深夜里一亮一亮。

铁锹，知道这乡人的苦。

寒冬，一场大雪，这院子就白了头。

父亲便早早起来，把这院子里的雪用铁锹铲干净，然后便开始生火做饭。

乡村的炊烟，和一场白雪应和着。白的雪，覆盖了中原；轻的炊烟，散入这高远的天空里。

这大雪之前，父亲刚刚从外地回来。那时候，每年冬天，村干部组织男人去挖惠济河，这黄河的支流，也通着黄河的苦味。

一场雪，把一个乡村的寒冬给下透了。白雪覆盖的乡村，才有人去打量一把铁锹的功德，它打开一条道，让人避免了泥水的缠绕。

铁锹，具有一种境界。

它打通自然与人类之间的隔阂，让人更加理解自然的可爱，或许，铁锹的姿态，是卑微的，它贴着乡村行走。

读刘亮程的《扛着铁锹进城》，顿时觉得这一把铁锹就是我自己，在城市里可有可无，可是在乡下，它是村庄的中心，如今，它只剩下一个躯体。

圆脸的、方脸的、木质的、铁质的，仍在记忆里活着，有时候它也和女主人的竹筐，一起出现在乡村里。

女主人，割几把草，然后进人家的菜园里，偷几把豆角摘几个西红柿；这铁锹躺在男主人宽厚的肩上，它艳羡蔬菜有一个安稳的竹筐。

乡村，这么多年，一直就这样活着，一个人，也这样没心没肺地活着。

乡村的世界，如此简单。

我也如此。

承受生活之重的扁担

在故乡,扁担以木质的居多。

我的邻居家,有一副竹扁担,一挑水,颤巍巍地颠动,发出吱呀呀的声音,有时候人们在屋里不用出门,听见声音就知道这扁担经过了,于是村人给他起了个外号:竹扁担。

故乡的木质扁担,相比较于竹质的扁担,更加牢固一些,挑水时,颠动的幅度,小一些,声音,也小一些。

在乡村,扁担做工简单,一根扁木,两头是铁链子和一根铁钩。这木头和铁一组合,就挑起生活的温饱了。

父亲是个木匠,总是能一眼看透这扁担的秉性,桐木浮华,榆木太笨拙,唯有这槐木最好,身子硬且韧性好。

父亲做的扁担,总是十里八村最好的,因为父亲总是挑选最好的槐木,做工时又不偷懒,墨线、刨花,高温下烤,冷水里浸泡,然后拿出来晾晒,最后走进千家万户,成了他们家里的一份子。

我不知道,从我家走出的扁担,是否会记住我们村子?村西一条河,时常有黄河鲤鱼跳跃,岸边长满青草。白云挂在村头上,圈养的鸡,是乡村的闹钟,这一村的狗吠,是人们的报警器。

出门一条路，通往全国各地，许多村人，都是通过这条路走出去的。卖早点的、当保安的、搞装修的、接零活的，都与这条路有很大的关联，在没出门之前，他们共用一个名字：草儿垛村的。

走在这路上的，有老人，有孩子，也有像父亲这样的灌园者。他挑起扁担，在天地间走着。这扁担和人，共同组成了一个"大"字。人在劳动时，或者说人站着时，是伟大的。人一旦倒下，则显得渺小了。我村里有一个懒汉，成天躺床上睡觉，在村人的眼里，他和村里的猪啊、狗啊很像，无所事事。

人，是需要劳动的。只有在劳动中，才能体现出人的高贵来，一颗饱满的灵魂，是要经过生活磨砺的。

小时候，我也去挑水灌菜园，走了两趟，肩上就脱了一层皮，而父亲的肩上，却硬硬的一片，我知道，这是木头和肉体摩擦的结果，或许在乡村的苦难里，就包含着坚硬的木头压在人的肩上。

人呢？当然不能服输，一咬牙就撑过来了。河南人，对于扁担最为钟爱，以至于把这个本性，铭记在方言里。

在陕西，当地人称河南人为"河南担"。我知道当初这词的来源，不带任何歧视的意味，是描述一群逃荒的人，所经历的生活状况，一根扁担，两个筐，前面的筐里，装着被褥，后面的筐里，装孩子。

河南人，被生活逼迫到陕西，土地不要了，房屋不要了，唯一所能带走的，没想到是一根扁担。满大街挑扁担的人，代表了河南的苦痛，而在陕西的方言里，便有了"河南担"的戏谑。

在这两个筐子里，装的是生存，是生活，是一步步摆脱饥饿的阴影。

这些饥饿的河南人，去靠近一根扁担。

在20世纪80年代，乡村也到处有扁担的身影，货郎担，也是一个人挑一副担子。担子里是花花绿绿的诱惑，边走路，边吆喝，把乡村的安静搅乱了，狗叫孩子哭。

偶尔也会有一个贪吃的女人，和货郎担消失在黄昏的影子里。乡村，是经受不住甜蜜诱惑的。

我村的货郎担，就是这样有了媳妇的，这女人来自于哪里，我们不知道，只知道这货郎用一块甜饼就领回来了。

我村有一个剃头的，每天天一亮，就挑着剃头担子走了。一头挑着剃头工具，一头挑着火炉，便开始走街串巷，一辈子倒也逍遥。只是家太穷了，没娶上媳妇。后来，不知从哪里领回来一个智障的女孩，一凑合就是一辈子。乡村的命，是苦的，被命运欺负的人太多了。

扁担，多传递着生活的苦。

父亲从15岁开始，便靠扁担挣工分了。这是那个时代，遗留下来的专有名词，在那个大锅饭时代，人是看不见的。

那时候，人结婚也有时代特征，新郎拿一根扁担，新娘拿一把锄头，这或许是那个时代所特有的，如今回首往事，感觉那个时代如此荒唐可笑。

父亲挑水时，总是挑挑歇歇。累了，就靠着扁担抽几口烟。

有人说，这扁担有烟草味。或许这说法是对的，烟是生活的炊烟，草是喂养牛羊的青草，黄昏回家，总是挑起一团青草，让牛羊安稳下来。

有时候，在电视里，常看见挑山工上山，一根扁担，便将生活挑上了山。

名山大川，有的地方安居着佛寺，有些地方安居着道观，它们都讲究修行，只有挑山工，是真正的苦修派，别的僧人，口头念着佛，内心害怕修行。

或许，人们面对着扁担，总觉得是质朴的。但是我却在扁担的身上，发现了一种惊心动魄的伟大来。

记得有一次看杂技，一个人走钢丝，竟然挑两桶水，那是我对扁担的一次惊呼，觉得不可思议。

有时候，也会在文字里发现一根扁担。

在我客居的陕北，有一个村子叫作甘石村，有一个樵夫，他去山里打柴，拿了一把斧头、一根扁担和一条绳索，突然遇见两老头下棋，就迷上了，这一看不要紧，就看了几百年，斧子的木柄也腐烂了。人把这座山，叫作烂轲山。那么在这个故事里，扁担似乎也应该腐烂了吧，担不成木柴了。

只是这传说，一看就是虚指，翻开书，有很多地方都有同样的记载，河南、浙江、山西，都流传着。

这或许是最有神仙气息的扁担。但是，它似乎与人间烟火远了些。我还是喜欢与生活相通的扁担。

扁担虽简朴，却挑起生活的重量。

恩泽的抓钩

在故乡，抓钩是重武器。

一片土地，紧紧团在一起，轻量级农具对它无可奈何，便用抓钩搂地，几下子，这地就开了，乡村也开始软了。

温软的乡村，才可爱些。

去年的种子，已经在墙上晒干了，只等这土地平整散开，就可以入土了。一粒种子，从进入土地开始，才算找对了方向。一粒毫无方向的种子，在中原是没有大用的，只有找到了方向，这种子才会在风雨的温床上，发芽、开花、结果。

中原的土地，是经受过黄河栅栏的圈养。它们从黄河的泥水里挣扎出来，然后淤积下来，让中原带着生命和历史的双重痛感。或许，在故乡，每一片土地，都经过苦难地分娩，然后生出一个村庄。

那里，有三两间草房子，有几股乡村的炊烟，更有几声狗吠掉进夕阳下的暮色里。

这自然的景象，是属于乡村式。

这抓钩，闻见了乡村的田园气息。它似乎记起了当初锋利的样子，让这一片土地颤抖。抓钩并不悔恨，它明白一片土地，是不能太安逸的，否则就会颗粒无收。

这抓钩在南墙上，看了一眼旁边的耙子，正舒适地睡着了。这抓钩在叫它，对它说："南亩的土地，风干了。"

在故乡，农具先醒了，然后是乡村的鸡鸣。接着主人揉着惺忪的睡眼，扛着农具下了地。乡村的早晨，是属于勤快人的。

懒人还在床上酣睡，勤快人已经翻了一块地。这抓钩，越用越锋利，越用越有精气神，在乡村，如果去邻居家借农具一定要细心，那笨拙而大的农具，多半不好使，倒是这磨得发亮且小的农具，用着才顺手。

一个农具，用得发亮，才犹如从寺庙里请来一尊佛像，是开过光的。这农具，必须经受磨砺，才能像个农具的样子。

在我的家里，农具都有固定的主人。父亲的农具，总是磨得最为消瘦，而我的农具，却笨重一些。

从一把抓钩，可以看出一个人与土地的亲密度。我虽为"乡下人"，实则对于土地很陌生，我根本不知道一把泥土，是缺水了，还是缺肥了。

父亲却知道，他每天都背着抓钩，一下子，就打开土地的肌肤，让土地的松软，也进入人的内心。

在故乡，土地生出庄稼，庄稼却喂养了人。这一个个的环节，连在一起，哪一个环节断了，乡村便开始冷了。

土地生不出庄稼，人多半不是人了，饥饿中的人，和牛羊一样，是没有尊严的。人的尊严，是庄稼喂出来的。

吃不饱，人开始出逃。这土地，再也没有人侍候了。一片土地，开始干涸、龟裂，然后板结成无用之地。

还有一些人舍不得离开家园，他们等待着一场大雨从天而降,然后用抓钩把土地翻开来,再用耙子细细平整。

这土地动起来,才是活的。一片土地如果不动了,就意味着死亡了。这些年,进城的人太多,许多土地荒废了,只有一些野草,绿了又黄,黄了又绿。

没有抓钩亲吻的土地,遵循着四季的规律,它追随春生秋落,而抓钩打造的王国里,它能改变四季局部的纹理。它让一片土地,跟随着阳光,让一粒种子,进入自然的审美之中,然后便进入人造的温床,一些人,盖了大棚。

这抓钩,翻土地更加勤快了。

一个躺在墙上睡大觉的抓钩,是被人鄙视的,只有那些经常被人唤醒的农具,才会被人写进乡村的史书里。

村里的三狗子,是一个铁匠,他打出的每一把抓钩,都会带有一种铁的神性。这抓钩,耐用结实,会把一个人,从少年的劳作,一直送到暮年的苍凉里。

当抓钩的主人都入土为安了,这抓钩还带着锋利的回忆。在乡村,人留下的东西不多,人这一辈子,给儿孙的,不过是几把生锈的农具和几间土房子。

这几把农具里,包括一把抓钩。它会在深秋里,走过暮色穿越黑夜。

这一片红薯地,叶子已被霜浆洗成紫黑色。它披挂着从深夜走来的露水,开始和土地里那些饱满的红薯交谈。

一抓钩,便是惊喜。这红薯的世界,是多层次的,除了感受到时光的飞逝,我们还能感受到一些即将到来的温暖。美味的红薯泥,入口即化的红薯粉,还有红薯芡做出的凉粉,再加上红薯醋,让乡村成了红薯的世界。

这时候,抓钩对红薯的伤害,神灵也开始原谅了,人是土地的主宰者,神灵是人杜撰出来的,人活高兴了,神也就高兴了。

或许,乡村这势利的思维,是被苦难煎熬而成的。许多人,在故乡里,是空着肚子的,他们用抓钩把土地侍候舒坦了,这土地才开始让种子安居在它的子宫里。

土地,怀胎一年,终于分娩出一地的麦子、玉米、高粱。

人,躲在寒冬的屋子里,围着火炉,吃着白面馍,而抓钩仍不穿一件衣服,挂在南墙上,让北风吹出了锈衣。

它很冷,它和屋子里的人,隔着一炉通红的火苗,人在温暖的时候,是想不起抓钩的,人只有在土地板结时,才会想起一把埋葬于时光里的抓钩。

大雪来了,这抓钩也意味着死去了。它的身体虽在,但是人不会靠近它。

只有一阵东风吹过,人伸伸懒腰说:"该让土地醒醒了。"一个人,背着一把抓钩出了村庄。

我仿佛看见父亲,在一阵薄凉的雾气里,正在大地上书写最洒脱的文字。

每一笔,都如此深刻。

此刻的故乡:抓钩施恩,人心向善。

被锄头铲净的乡村

一把锄头，叫醒乡村。

这锄头，挂在南墙上，是被一阵春风叫醒的。春风至，乡村最活跃的，当然是野草了。乡人，是不会让野草高过麦子的。许多人，从南墙上摘下锄头，用石头打磨几下，便匆匆下地了。

春天，风温和，阳光也暖。一些人拿着锄头，和土地长在了一起。

那时候，我也会被父亲赶到地里，他怕我在家生事，就给了我一把小锄头，比父亲的锄头小一半。

父亲的锄头，是那种宽头的，很笨拙，然而母亲的锄头，就比父亲的锄头秀气些。但是，锄头再美，也不能抵挡乡下农活的苦，一会儿，手就磨出了血泡。

而父亲的手，却完好如初。我打开父亲的手，这一双手，干裂，厚实，有一层厚厚的老茧，呈微黄色。它，抵挡住了锄头的刁难，然而人手的平安，是一层又一层的生活给磨出来的。

看看我的血泡，再看看父亲的自如，我深深地觉得我欠生活太多。我和父亲之间，隔了一把锄头的距离。

在故乡，锄头是一把干净的剃须刀。

它剃干净麦田里的野草，也剃干净每一个让人沉重的苦难。有时候，我突然觉得，这锄头的功用，和女人化妆箱里的许多东西是一样的，都是为了保持美的因子。

在乡下，锄头是重头戏。

可是在文化里，似乎这锄头的地位远低于木犁。在古代，说一个人隐居，无非是"躬耕于南亩"，看看，说的还是木犁在耕地，这锄头被人轻视了，我多想让人在文字里呐喊一声：躬锄于南亩。

锄头，虽位于乡下铁器的中心，但它的分量，似乎比不了木犁。木犁，埋下的是一个人的念想，而锄头美化的，是一片田园的念想。

那些年，乡下最热闹的，便是打铁铺。在乡村，会打铁的人，工具简单，房子简陋，但是里面却陈列着一排大小不一的农具，有锄，有叉，有镩子。

不知为何，每次想到铁铺，内心总会莫名地想起魏晋风度来，向秀鼓风，嵇康打铁，汗珠子滚下来。我时常想，嵇康和别的文人不一样，别人也许长须而白净，而嵇康一定是一身青铜色的皮肤。

或许，是一身的腱子肉。

我不知道，这嵇康的铁铺里，是否会打造锄头、镰刀？我想会的，这中原的麦子，在远处动着，嵇康也一定看到了。

嵇康在中原，会闻到一股麦子香。然后，他手里的锤，便加快了。这个文人手里，除了一支笔，还有一把锤子。

那个时候，锄头是乡村的重臣，如果说木犁是帝王，耧车是妃子，那么锄头就是宰相了。白天的锄头，要锄去野草。

夜晚，它在月光下，那么有精气神。一把锄头，只有在乡村里，才会感受到乡村的温暖，一把锄头，亲吻泥土，亲吻青草。

那时候，天不亮，人便扛着一把锄头下地了。人踏着冰凉的露水，把草铲除了。月光浮起，人才扛着它回来。

这让我想起陶潜。"带月荷锄归"，一个人踏着月色，把乡村式的生活，糅合成诗意的因子。一个人，只有背着月亮，才会觉察到乡下的诗意。

城里的高楼太多，月亮在楼之间躲躲藏藏，有些羞涩。这城里夜色不浓，让人看不到乡下那种漆黑的境界。

村人慢慢出走了。

院子空了，村子空了。只剩下一把锄头，仍在南墙上趴着。这锄头，像一个被时光囚禁的帝王，再无当初的威风了。

记得这次归乡，看见家里的菜园里长了不少草，便去找锄头，找不到了，去邻居家找，也找不到了。乡村的草，是经受不住除草剂的逼迫的，这锄头无用武之地了，只好被人当废铁卖了。

有时候，在文字里，遇到与锄头有关的字眼，我便想起童年，想起了乡下。

那时候，一开春，人便会并排在麦田里，争先恐后，为自己正名。那时候，手上磨出的血泡也感觉不到疼了，就怕落下干活慢的名声，在乡村，这脸面重要。

这锄头，有时候也是凶器。

两个人，在一起说笑，一会儿就杠上了，开始红了脸。一会儿，锄头就让对方的脸上开了花。这疤痕，成了警示。

每次看到这疤痕，人和锄头都有些愧疚，再也不敢与它对视了。

没想到这么多年，我远离了乡村，却发现自己越来越像一把锄头，开始铲除一些精神的荒草，一个人重新打造出一个乡村。

我也会像锄头一样，身上的锈越来越多，直至看不清故乡本身的颜色。

锄头已逝，人当归。

碾压生活的石磨

故乡人，叫它石磨。

石，点明了材料；磨，点出了功用。这石磨，一点点将岁月磨掉，把五谷装进磨里，然后磨出来的，是带有炊烟的生活。

在乡村，草木居多，石头是小众，有人说，中原是木天下，石磨是生活里的另类。一进中原，无论走进哪一个村子，都会发现木门、木窗、木椅子。

木，是中原的重心。在中原，如果非得选出一种代表中原性格的风物，我们毫不犹豫地选择木头。木头，质纹规矩，犹如乡下的汉子，木头内心干净，犹如纯朴的农人，埋头于庄稼地里。

石磨，躲在一间黑屋子里。

亮堂的屋子，是留给人的，最次的房子，是留给牛、羊、驴子的。这磨坊，不上不下，处于二者之间。

白天，人都在土地里，哪有时间亲近这磨坊，这石磨被人冷落了，只有夜晚，一盏煤油灯，光虽微弱，足以驱赶走黑夜的浓度。一个人，推着磨，回味着往事。

如今，我在偏远的陕北，一个人推着生活的磨，总是莫名其妙地回忆起故乡来。那时候，夜黑，灯光昏黄，一口石磨，把乡村的安静打破了。

但是，因为这石磨，也生过不少的气。

一天下午，家里的人都要下地，祖父给叔叔安排说，这下午要把小麦磨完。可叔叔一闭眼，就睡着了。等到他睁开双眼时，天已经黑了，突然想起磨面来，一拍大腿，说声"坏了！"就赶紧往磨坊跑。

那里，一盏灯，一根皮鞭，一个人影，等待多时。夜晚，叔叔的惨叫声，穿透乡村的夜色，此后，我对磨坊充满了恐惧，总觉得那里有一条皮鞭，在头顶上，随时准备抽打我。

村里人在一起，总是闲谈哪里是一片坟，哪里是磨坊。他们对此记得很清楚。多年之后，我终于知道了答案：这磨，村里人是忌讳的。古人盖房，会请风水师看宅子，坟地、磨道是要躲开的，买宅基地，最忌讳磨坊。

古人说："碾道代表青龙，磨道代表白虎，青龙缠身，于主不利，白虎压身，也于主不利。"所以磨坊一般会选择在村头，另建一房子，不必奢华，结实就行。

在我村里，有两家有磨坊，一个在村头，安然无事，另一家把磨坊建在院子里，几年后，他的儿子在城市里触电而死，或许这时候，乡人想到的，便是磨道了。被白虎压身了，哪里还有好。

其实，我对于碾道和磨道分不清楚，只知道石碾磨出的，是粗粮，而石磨磨出的，是细粮。其实，这碾子，我们叫它石磙，有时候也赶进麦场，碾麦子。

记得在陕西读书时，离学校不远有个侯家湾，建了个石磙广场，大大小小的石磙，铺了一地，让我想起河南乡下。

石磙，是属于田园式的。

一个人，不管走得多远，只要看见这些风物，突然就会感到难受，会想起埋在心头的乡村来。

木心在乌镇的客栈里说："人有两套传统，一套精神，一套肉体。"我们的肉体，虽然漂泊不定，但是我们的精神，是属于故乡的，一个人不可能磨掉故乡的痕迹。

在故乡，人对于石磨，讲究颇多。

石磨，分两扇，上扇代表"阳、天、男"，下扇代表"阴、地、女"，一口磨，实则就是阴阳，就是天地，就是人生。古人讲究阴阳相交，天地合二为一，男女结成一体，是万事万物的根本。

乡村的石磨，多数简单。如果有心的人，也会看出有些磨上装饰着一些图案，有人说是"九方九齿"，"九"代表"久"，久久不断，永久富有，九九归一。

"九九"到底归于哪里？

我觉得，应该归于门庭，归于繁衍。这在乡村是根本，乡村不见男孩不罢休，女人也没有女权主义者的思维，认为给男人留后天经地义，倒也生得轻描淡写。

孩子有了，家才有生气。一个乡村式的生活，是从人开始算起的，财物、土地，都被乡人忽略，他们只看人。有时候给闺女找对象，家族人数多少也是一个考察的指标。

在乡村，人多了，摩擦就多了。

因为生气，上吊的，投河的，跳井的，很常见。每次经过那些院子时，总觉得一片冰凉。有人说，在院子的角落里，埋一石磨吧，可以镇宅。

乡村人，对于"鬼"的害怕，远远超过对于礼仪的约束性。

在东北读书时，我去过沈阳老龙口，那里的地下埋了很多的石磨，被人称为"子母孔秋坯磨"，石磨上有阴阳鱼的造型，据说是酿酒用的。石磨和酒，一起切入生活。石磨，除了酿出温饱，还酿出了乡村的精神世界。酒是乡村的钥匙，用一瓶酒，谁家的门都能打开，所有的恩怨，都被这一瓶酒冲散了。

石磨，永远属于乡下。它传递着生活的气息。

在河南有一折戏，叫作《刘全哭妻》。戏文里就以磨道里的驴蹄比喻孩子的可怜，母亲一去世，可能后母就是个恶婆娘。

这个例子，是河南式的，也是中国式的，或许后娘和孩子之间的关系，很难处理好了，这多少有些让人失望。

但是石磨的上下两扇，多和谐啊！这石磨，是乡村的劳模，让人羡慕。

这石磨，肉身笨拙，灵魂高贵。

悬浮着苦难的镰刀

南墙上，一把镰刀睡着了。

刀片，嵌入砖缝，只剩下刀柄裸露在风雨里。这把镰刀，虽笨拙，但铁质的寒光仍在，此刻的它，被岁月包裹起来，锈迹斑斑，似一位老人。

离家多年了，每次回来，都看见它睡在那里，这一睡就是十五年，这十五年里，村子里走了很多人，也来了很多人。

这镰刀似乎与乡人冷漠了。

当它刚来我家的庭院时，院子的男主人还年轻，割起麦来像一阵风，一会儿，就把我家的麦子，从地里刮到了麦场里。

这男主人，用一把镰刀，割出了新高度。十里八村，都知道他割麦的速度快。一把镰刀，让男主人有了名望。

他家的麦子，总会先于别人进了仓。这镰刀，过早地没了用武之地，就躲在南墙上，孤独地回首往事。

那一年，院子的女主人脖子上长了一个淋巴瘤，需要在开封淮河医院动手术，正值麦黄时节，一地的麦子和一院的狼藉，让镰刀着急万分。

院子的男主人，白天去开封照顾妻子，夜晚回家趁着月色割麦，几个半大的孩子，也被漂进金色的麦田里，每人手里的一把镰刀，犹如一把打开生活的钥匙。

一地月光，一把镰刀，是中原最耀眼的图腾。家里，有三个被苦难压在身上的孩子，每次看他随列车走了，心里便一阵难受。

后来，女主人的病好了，男主人也消瘦了。只有这镰刀，还和以前一样，刀片冰冷，木柄温暖。它，把一个村庄的金黄割倒，然后躺在墙上便开始呼呼大睡。

这镰刀，累了，它经历了中原麦子的锋芒，被刺伤了，和它一起伤的，还有一个尚未成年的少年。

中原的麦田，是中国的粮仓。

这么多的乡下人，就是粮仓的长工，他们手握一把镰刀，把中原的麦子，赶进了粮仓。

我似乎听见了几句熟悉的诗句：

　　我听见回声，来自山谷和心间
　　以寂寞的镰刀收割空旷的灵魂

这几句诗，把我从一个乡下的现实，拉进一个无限虚构的王国。我似乎有些迷惑了，不知道在中原的乡下，是我们穿越麦子的死亡，还是麦子穿越我们的肠胃。

从祖辈开始，我们都一直活在自以为是的世界里，不去过问另一个物种的悲喜。我们喜欢用一把镰刀作为标杆，去丈量乡下的温饱，我们是否看到了一片黄金的葬礼，在人的饥饿面前，存在着。

在镰刀的编年史上，也有清新的田园风格，"让镰刀歇在下一畦的花旁"，这是济慈给我们留下的温暖。我们躲在花旁，看乡村的夕阳。

一畦韭花，在草儿垛的村庄里，招引蜻蜓，我迷恋上了这样的世界。我期待用一个乡村的质朴，去掩盖镰刀的伤口。

这厚重的中原，对镰刀总是赞美居多。麦子的哭泣，总会在饥饿的伤口处停止。面对一把镰刀，我时常会剥离出乡村的变迁。祖父的镰刀，父亲的镰刀，到底为何不同？

我最先认知的镰刀，是那种圆月弯刀式的，木柄圆润。而后来，这镰刀却变了模样，刀片方口，木柄四棱形。

这变化，让乡村更接近于远古时代。

每次去博物馆，看到远古的那些石镰，总是方口模样，这一下子让我想起了中原的故乡，那些隐藏在生活中的刀片。

从石器时代，人们就开始与镰刀为伴了，只不过那时候，石镰更古朴一些，缺少了一些发冷的寒光。

此刻，我握着一把镰刀，觉得再也进不到原始的图片里，我总会莫名地难受，会想起一些故人和故事。

一个青年，举一把镰刀，在青色过头的世界里，仍在劳作。一院子的牛羊，饿啊！这青年，便将青草从路边，搬运到牛羊的圈里，动物的鸣叫，直至黄昏。

此后，一把镰刀，成了一个人的坐标。

或许，没有姑娘喜欢镰刀的穷酸气，当旋耕机在中原推进时，一个青年进了城，他终于丢舍了一院子的牛羊。

城市的铁器，更炙热一些。许多人站在铁器之外，似乎更像一个亡灵。这青年，在城市的方格子里，开始接近纸的软，他开始写诗，写自己的理想。

从镰刀的硬变成纸的温暖时，他似乎找到了灵魂存档的地方。一个人，开始忘记了乡村，拼命和梭罗、陶潜对话。

似乎，人生开始的地方变了。从娘胎到青草铁镰，终于迈进了纸张的清香。只是，在多年以后，这个青年，仍在念叨着南墙上那把还未死亡的镰刀。

一个人，开始怀念记忆里的镰刀。

父亲的去世，让他对一把镰刀更加怀念，母亲所独守的空院子，成为一个乡村陷落的素描。

当文字不急不缓地推进时，我似乎应该揭开谜底了，这个男主人，就是我的父亲，一个坚韧而可怜的人。一辈子，只识镰刀，而不识城市的灯火。等我进了城，他却不在了，只剩下一把镰刀，犹如他的化身，在院子里。

命里，总有一把镰刀，悬浮在命运的河流里，浮沉不定。

突然，觉得自身好渺小。

我想起了普拉斯的一句诗："天空是镰刀的磨坊。"但总是对这句诗不得要领。我这一辈，风轻云淡，遇到这一句，注定是读不透了，期待有一天，会懂。

一把镰刀，如此难以解读，是我所想不到的。苦难、飞翔，犹如生命的两翼，压在镰刀上，一动不动。

笋篮记

在乡下，笋头众多。

笋头的一世，其实也就是人的一生。

冬天的豫东平原，是被一声鸡鸣叫醒的。一个人，挎着笋头，就从村庄的东头出了门，来到田野里。这个人，被村人戏称为三狗子。他喜欢清晨的平原，安静、沁凉，弥漫着一股青麦苗的气息。

三狗子，本是村里的老支书，退休后有些失落。他的家里，再也没人串门了，冷清清的，这人情冷暖，一下子出来了。

他喜欢扛一把铁锹，挑着一个笋头拾粪。其实，他的土地早就分给几个儿子了，哪里还有地啊！可是，清晨他却睡不下了，就借拾粪为名，来看看这田野、乡村。

冬天天冷，喜欢烤火的人多，这乡村的街道上，到处是昨夜残留的草木灰。三狗子，把它们铲进笋头里，倒在树根处。

在三狗子的眼里，这笋头，不是用来拾粪的，这分明是一份职责，一个农民突然没了土地，不知道怎么活了，不给自己找点事干，似乎就活不下去了。

三狗子死的时候，儿女都不在身边，只有两个物件陪着他：铁锹和笋头。或许，在他的生命里，中原不大，只有一些农具。

笋头，和一个人相遇了，成了一个人这辈子最后的寄托。他死后,村庄再也没有早起的人了,村子一下子空了很多。

寒冬,万物皆空。

入春,三爷便把荆条砍来,开始编箩头了。在乡村,人们把物件分得细致:竹篾做的,称为竹篮子;荆条做的,称为箩头。

在乡村,箩头是干累活的。铲一箩头粪,割一箩头草,弄一箩头土,这箩头,似乎覆盖了乡村,有人在,这箩头一直都在。

篮子,是走上层路线的。

一个新媳妇,麦收后,挎着篮子,要回娘家了,上面盖一块新毛巾,里面装的什么,看不透。或许,竹篮把中原的风俗,装了进去。

还有一个风俗,就是新女婿第一次去女方家,挎一个竹篮子,里面放几斤果子,用毛巾盖上,一个婚姻的世界,全在篮子里。

在中原,春天是最有趣的。一开春,风就吹醒了麦田,地里的野草就疯长了,你看,有米米蒿、有涩荠、有地肤子,许多女人,挎着竹篮子,拿着铲子,便开始剜野菜了,一会儿,篮子就满了。

乡村的空气里,便飘散着野菜蒸熟的味道,这野菜,把一个人与春天的距离打通了。全家,吃着野菜,说着春天。

男人,是看不起竹篮子的,他们嫌弃它小家子气,男人喜欢挎着箩头,走到野草丰茂的地方,几镰刀下去,就把箩头填满了。这箩头,实在,一箩头,就是一箩头的分量,可以让牛羊吃一夜。

竹篮子就不行,轻飘飘的,牛羊还没有吃过瘾,就不见野草了,深夜,只有牛羊的叫声,呼喊着饥饿。

小满后,麦子就黄了。

在中原,麦黄后,学校是要给孩子放假的,这些教师既是农民,也是老师。他们是家里的顶梁柱,要收割麦子,而孩子,便没人教了。

孩子,也给一把镰刀,扔在六月的麦地里。许多孩子,和麦芒一起成熟。我第一次听见麦田的呼喊,便是这镰刀割麦的声音,它把一个平原,装进乡下的炊烟里。

有时候，父母心疼我们，便让我们去路边捡麦穗，我们把麦穗码在一起，手抓不住了，便用麦秆绑在一起。后来，我们直接拎一个篮子，拿一把剪子，把麦秆剪掉，只要麦穗，这些捡来的麦子，是要交给学校的，这些麦子最终去了哪里，没人知道。

有一次，和人聊天，听说这上交的麦子，都进了校长的家里，他有四个孩子，每年粮食都不够吃，这些麦子，可以让他们一家衣食无忧了。

乡村，是人性化的。这些秘密，人们都知道，可还是会义无反顾地交麦子，他们可怜校长家那几个孩子。

竹篮子，掩藏着一个贫困世界，人们通过乡村的方式，去包容它。

在乡村，竹篮子是人情连接的载体。

一个人，要去走亲戚，必须找一个新的竹篮子，这样看上去有面子。在乡村，谁家有什么，一清二楚。

一个家庭，有新篮子，便攒下了人情债，多年以后，这债还有人没有还回来。或许，如今的乡村，早就忘了当初欠下的债。

箩头，在乡村，基本消失了，同它一起消失的，还有一些人，譬如三爷，譬如村西头那个最爱箩头的老人。现在，他们也只剩下一堆黄土了。

箩头，早就成了一堆腐木，催熟了一锅白蒸馍，和一个庭院的生活。

小时候，村里人都骗我说，我是母亲用箩头从河边捡来的孩子。那时候我信了，我对于箩头一直很反感。

大了以后，便觉得童年的我，傻得可爱。这箩头，是生活的子宫，散发着生活的气息，我们每一个人，都和它休戚相关。乡村，越来越远，只剩下箩头还能拽出些记忆，让80年代的图景，放到文字里。

这箩头，像乡村的篆文，铭刻着太多的人和物。

筛子、簸箕与斗

在乡村，筛子和簸箕，是绑在一起的，它们就像神话里的哼哈二将，或者说，像门神里的秦琼敬德。

故乡，是小麦的主产地。

一到五月，小麦金黄一片，村里就开始忙活起来了。无论谁家的麦场里，都有一座高高的麦秸垛。

早期打麦的方式，是一头牛拉着石磙碾压，这麦秸扁平，色泽黄得发亮。后来科技进步了，有了打麦机，但是无论如何变化，这成堆的麦子，都不是太干净，麦堆除了有麦壳，还有土坷垃。

那时候，男人在麦场里扬麦，麦屑基本都被风吹走了，剩下的是土坷垃。女人用簸箕，用力地颠动，把杂物簸掉，再用筛子，细细地筛麦，摇掉尘土。

筛子的用处，似乎也只有这些了。

每次面缸里的面吃完了，母亲便开始淘麦，将麦在水里洗一遍，然后用簸箕簸干净，用筛子筛干净，然后装进袋子，用架子车拉到村头的磨坊，磨成面粉，维持一家人的生活。

我难忘那时候的生活。如果是冬天，母亲在院子里淘麦，祖母则在窗户下，给我梳头，用篦子给我逮虱子。

或许，很多人不知道虱子是什么东西，但是80年代的我们，谁的头发上，没有几个虱子呢？那时候，卫生条件不好，吃水困难，谁也不舍得浪费水。

写到这里，我突然想起一个朋友的几句诗：

>　　他们对坐，彼此祝福
>　　像是今天收获了大雪中的猎物
>　　他们谈笑，穿着短裤
>　　用饮料淹死捉来的虱子和预言
>　　木炭火若隐若现

这诗里，包含着一种往日的生活方式，但是被现在的生活方式所摧毁了。只剩下一种怀想和无奈。

一个人，在故乡的门槛上坐着，谁也看不到未来的样子，几个好看的姑娘，扎着马尾辫，是我们追求的对象。

那时候，爱情简单、干净，和那时候的生活一样，我们不奢求什么，只求和姑娘一起考同一所学校，留在一个城市。然后结婚，生子，过普通人的日子。

我们进了城，一个个变得复杂起来，开始鄙视根部的土气，一个个拼了命地去证明自己，每年穿笔挺的西装。

或许，我们最为舒适的生活方式，是在乡下，我们趿拉着布鞋，穿乡下裁剪的衣服，或许这布是母亲浆的，带有妈妈的味道，一直缠绕着我的童年。

我们在臃肿的棉衣里活着，不羡慕羽绒服的轻盈，我们在门口的墙上，一个个挨着，晒着阳光，手里拿一个大馒头，没有什么菜，只有一点豆瓣酱。

我们对于筛子的印象，也是源自于母亲，她这一辈子，忙完地里，忙家里。在家里，这筛子是母亲劳作的一个道具，她用筛子分离一些与生活无关的东西。

冬天，阳光照在院子里，母亲坐在凳子上，把我抱在怀里，给我猜谜语，给我看手相，在乡村，人的手指上，除了斗，就是簸箕。

说起这斗，或许人会感觉陌生，这物品，用处也不大，只知道在人去世时，这物品是离不开，儿媳妇必须抓斗。

或许这物品，已经超越了物品的用途，成了乡村文化的一个符号。如今，在乡村的社会里，这斗毫无用处了，在父亲的葬礼上，我们找遍了全村，才找了一个斗来，妻子拿着它，像守护着一个看不见的神灵世界。

母亲总是拿着我的手，看我指头上的旋涡有多少，每次看到我是"九斗一簸箕"，母亲的脸上就露出了笑容。

在乡下，有这样的说法：九斗一簸箕，到老坐着吃。这就意味着，一个人拥有了这种符号，也就拥有了将来获取幸福的资本。母亲拼了命地供我读书，不过是因为当时我手指头上所呈现出来的祥符。

这次归乡，我家也不种地了。

我看见儿时的筛子，被母亲扔在墙角，上面的木质部分，已经散了架，下面的铁丝部分，已经锈迹斑斑。

或许，一个人，不再亲近这种物品，一个人的内心里，已经抛弃了过去。而在我的邻居家，这簸箕还是主要的劳作工具。

在故乡，大蒜是主要的经济作物，谁家不种蒜，便意味着没了收入。到了卖大蒜的季节，这大蒜都在箔上，人们要将它们装进袋子里，才能装车运走，许多乡人，便用簸箕从箔上装蒜，然后用簸箕把蒜倒进袋子里。

他们装袋子，一斤一毛钱，这些人出了一身汗，脸上却带着迷人的笑容。

这就是一个乡村真实的写照，许多人，看不起它的脏，看不起它的拙。

我渴望，有一个筛子，筛掉我灵魂多余的部分，譬如：欲望，虚荣。然后让我的生活里，只存在着一种生的饱满。

每次归乡，母亲都用筛子给我筛干净一些芝麻，让我从中原的土地上，坐着高铁，抵达遥远的陕北。

这么多年，每逢吃这些芝麻时，我内心深处的所有细节都会复活，开花、结果，闭上眼睛，仿佛听到芝麻蒴炸裂的声音，在我耳边回荡着。

芝麻开花节节高，母亲的芝麻，母亲的筛子，将我的童年筛出来，将我生命里的尘土，都掸尽了。

我一个人，在远方，会想起童年的日子。

那里，云淡风轻，阳光温暖。

第二辑 院子里的风物

一头猪的世界

在故乡,一头猪的世界是狭小的。

平原格局相似,村庄林立。三五里之内,定有村子,"稠密"一词,是我对故乡村庄的定义。每一个村庄,都有一条街道贯穿南北或东西,把每一个庭院连接起来。

村子的每一个庭院内,厕所和大门总是互为对角,譬如大门在西北角,这厕所定在东南角。挨着厕所的,是一个猪圈。在乡村,每一户人家,都会圈养一两头猪。

从祖辈起就开始养猪了,后辈也一直沿袭着先祖们流传的风俗,但是谁也不知道为何这样,也没有人去思考这些。村里的一个教书先生,写一手毛笔字,喜欢读一些古书,没事也之乎者也一通,村里有个红白事,都请他帮忙。

这人,没事就靠着街中心的那棵大槐树,一边纳凉,一边给我们讲古。他说有一本书,叫作《说文解字》,书中有一些字的来源。这"家"字,就由一个宝盖头和一个"豕"字组成,字形为一间屋子里关着一头猪,意味着"有豕便有家"。

我不知道这种解释是他杜撰的,还是《说文解字》上的说法。但是觉得这样的解释很接地气，有乡村味道。

我第一次知道，这猪居然也叫作"豕"。后来读书了，便开始研究起这猪来。从古书里，我发现这"豕"字，使用频率最高，譬如《左传·庄公八年》："齐侯游于姑棼，逐田于贝丘，见大豕。"这猪，在历史里，无处不在。《鸿门宴》里也有，只是名字变了。

小时候，乡村养的都是黑猪，一到下雨天，这猪带一身泥，面目不清了。听说这里面，还有一件趣事，因它们面部黑色而称"黑面郎"。

雨后的乡村，每一家的猪圈里，都盘踞着一个"黑面郎"，这当然是一个笑话，故乡人总是用笑话去打发时间，要不这一天天过得太难熬了。

宋代孙奕《示儿编》中说："猪曰长喙参军、乌金。"一头猪，在乡村摇头晃脑，像参军一样威武。"参军"是古时的官名，猪因喙长，故戏称。一头猪，居然占有一个官职的名字，是多么搞笑啊！

更有可笑的是，一头猪叫作"糟糠氏"，乃因猪以糟糠为食，故称。在故乡，这糟糠，是一种谦称，糟糠之妻，是对一个妇人最本分的叫法，这里面，包含着乡村味道。一个贫寒人家，定然不会"朱门酒肉臭"，或许这糟糠之态，才是一日三餐的主要内容。后来，人的生活好了些，人不吃的食物，便喂了猪。

宋代陶谷《清异录·兽》中说："伪唐陈乔食蒸肫，曰：'此糟糠氏面目殊乖，而风味不浅也。'"

一头猪，是年关的主角。该过年了，许多人家便开始杀猪。把门板卸下来，将猪放在上面，用绳子捆住，用木棍围住，刀一闪，这猪血便流到盆子里，在里面放点盐，猪血便凝固成块。

乡村杀猪的锅,是我这辈子见过最大的锅,将屠宰后的猪放到煮沸的锅里,用开水浇透了,便开始刮猪毛。

我最喜欢年关,这白花花的猪肉,入了锅,也解了馋。这猪下水,是年关待客的上品,一盘盘摆在桌子上,温暖着走动的亲情,一头猪,和一个年之间,关系甚密,许多人,会怀念一头猪的温暖。

我和猪之间,有着一段让人失望的故事。那些年,猪圈都是砖头和土堆砌而成的,不是很结实,这猪圈的门,是木头的,用铁钉钉牢。这样的猪圈,经受不住猪的一阵乱拱。

小时候,我的任务就是在家里看猪,一看猪拱猪圈,便拿鞭子抽打。这猪一脸惊恐,老实本分了。

雨后,这猪圈淋了雨,便不结实了,这猪一拱,猪圈便塌了,这猪又拱塌了院子的大门,满大街地跑。

在乡村,有一个富有情趣的画面:一头猪在前面跑,一个少年在后面追赶。全村人,在前头阻挡着这猪,才将猪赶到猪圈里,一头猪,在外面跑累了,没心没肺地呼呼大睡了,剩下我一身的泥巴。

有时候,这猪钻进玉米地,便看不见了,许多人气愤地说:不管了。但是谁的心里也放不下一头猪,这猪在乡村卖的钱,可不是一个小数目。

天黑了,这猪便回了家,没想到这猪的记忆力如此好,在一片玉米地跑了半天,竟然还能回家。

只是一些人家的玉米可遭了殃,这玉米秆全折断了,许多人家的花生,也被猪拱了一地,这猪的主人,便得赔偿别人的损失。

这看家的孩子,定然逃脱不了一阵棍棒的狠打,这里面也包括一个我。

无论如何，我都喜欢不起一头猪来，每次看到一头猪，我都怀有一些敌意。

我不知道一些古人为何如此喜欢这些猪，譬如陆游。他在一首诗里写道：

短筇行乐出柴荆，雪意阑珊却变晴。
林际已看春雉起，屋头还听岁猪鸣

这雪后的世界，是如此唯美，这野鸡如此可爱，这猪呢，它叫得也富有乡村气息。

我想着，这陆游一定是个猪痴。他的诗文里，有很多关于猪的文字，"莫笑农家腊酒浑，丰年留客足鸡豚"，一杯浊酒，一桌子鸡猪肉，让乡村的日子，也过得有滋有味起来。我是从乡村走出来的，我知道一个乡村对于猪的钟爱。

没猪的年关，便不像个年关。

或许，这是北方的风俗，那么南方是这样吗？

唐代诗人王驾诗云："鹅湖山下稻粱肥，豚栅鸡栖半掩扉。"

一阵风吹来，稻米香入了鼻孔，那个清香，是南方所特有的。或许，这清香里，会混杂着一股猪和鸡的浊气，也是乡村所特有的。几只鸡，在枝头栖息着，几头猪呢？或许也呼呼大睡。

然而，北方的我，面对如此文字却睡不着了，我突然流下了口水。我经受不住一切与猪有关的字眼，馋嘴的我，脑子里满是那油花花的猪肉。

"净洗铛，少著水……火候足时他自美。"按照此法烧出来的猪肉，便有一个"东坡肉"的特殊名号。

从这文字的自足里，谁能想到这是一个经受了乌台诗案的诗人，我看到的，是一个看淡了生活悲苦的文人，倒像一个美食家了，他的饮食，滋养了后人的胃。

猪，从生活里来，也一直没有逃脱生活的栅栏。似乎，这猪的底层立场注定和高雅无关了，但是谁能想到，以画马闻名于世的国画大师徐悲鸿，竟然也画过猪。

在这张画里，我看见一头迎面走来的黑猪，画上还题写了"悲鸿画猪，未免奇谈"八个大字，署款"乙亥岁始，悲鸿写"，钤了一个圆形"徐"字印章。这猪，被徐悲鸿一渲染，身价也高了。或许，这是一头卑贱的猪，以一种美的视角，被世人所关注。

我的世界，也隐藏着一种美。

一个村庄，一个猪圈，木栅栏的门，和一个在板凳上写作业的少年。远处，是落日；近处，是一头猪的骚动。

一个人，在乡村里，记住了一头猪的样子，这样子，是别人看不到的。

那些年，在乡下，总有一些人，是被人瞧不起的，譬如剪头的、唱戏的、劁猪的（阉割猪生殖器的人）。

我村，有一个劁猪的，每次骑着车，前头插一面红旗，绑一把猪毛，带一把刀，一瓶消毒水，一根针，一团线。

这人，用脚踩住猪的腿，只一下，这猪的睾丸便被阉割了，然后用针缝合，这猪，便没有性欲望，只一心生长了。

清晨，在街道上，一声高过一声："劁猪啦，谁家劁猪！"

这声音，一直在乡村里活着。

鸡鸣记

在乡下,谁家没有几声鸡鸣呢?

这鸡打鸣,是乡村的钟表,这鸡媸蛋,是乡村的储存罐。有人不信,说这鸡,怎么能储存钱呢?庄户人家,养几只鸡,攒一些鸡蛋,拿到集市上去卖一些钱,便有了钱买油盐酱醋茶了。

乡下人开门七件事:柴米油盐酱醋茶。除了柴火是不需要钱,其他六件事,哪一个不需要钱呢?

小时候,赊一些小黄鸡,用高粱蔑围住,然后把小米泡在水里,手沾一些小米,一甩手,这小米便落一地了。这小鸡,便争先恐后地抢食,很有生气。

等鸡长大一些,还不是成年鸡时,最为危险。一阵风,这村里的鸡便开始传染瘟疫了,这瘟疫,不知道是从哪个村子传过来的。一只鸡,毫无精神,像一个人瞌睡的样子,正站着,突然一头栽倒了。

一家的鸡有了瘟疫,村里的很多人家便慌了,他们赶紧去镇上,买一些防止瘟疫的药来,将它们拌在鸡食里。

这瘟疫,从一户人家的墙头出来,翻墙到另一家的庭院里,这瘟疫从村东头飘到村西头，然后一村的鸡，死了不少。

这时候的鸡，最为可惜。扔了吧，也半大不小了，不扔吧，是瘟疫死的，吃了不安全。但是村里有那些大胆的人家，把鸡毛一拔，一开膛，放锅里一煮，便是一顿可口的美食，很久不见肉了，这户人家的孩子，便吃得一嘴油汪汪的。

这鸡，经受了瘟疫之后活下来的，都是抵抗力强的。它们一天天长大，身子骨越来越强了。夜幕降临，这鸡子开始学上树。一只鸡，努力地飞向树枝，一扇翅膀，离树枝还有一点高度，这鸡落了下来。

这鸡，是勇敢的。它调整一下姿势，用力地弓着脚，扇动翅膀，呼啦一下子，这鸡就飞上了树枝，这树枝，一颤一颤，这鸡在上面张开翅膀，保持平衡。

这鸡，蹲在树枝上，以一种居高临下的姿态，看着这个乡村。

树下面的鸡，以一种膜拜的姿态看着这只鸡，这只鸡的威名，在庭院里立住了。其他的鸡，也开始努力地飞上树。一次次尝试，一次次落下来，最后终于飞了上去。在黄昏时，这些鸡子，迎着暮色在树枝上栖息。

一些鸡，胆子太小。它看着其他的鸡子在树枝上栖息，不敢飞上去，在地上围着一棵树转圈，就是不敢飞上去。

一星期后，只有一只鸡子不敢飞上去，其他的鸡子，都在树上鸣叫，俯视着庭院。这个鸡子，孤独地在墙角蹲着。

几个月后，这鸡子仍然不敢上树，或许，在院里有两个世界：一个是鸡鸣槐树巅，一个是鸡蹲在墙角。

这两个世界，把一个庭院里的格局分开了，一个在高处，成为乡村的帝王，它们在清晨的薄雾里，开始打鸣，叫醒乡村睡着的人，另一只鸡，仍在沉睡。

每次，我看到这些鸡子时，许多鸡子有意疏远这只胆小的鸡子，它们在一起寻找青虫、嬉闹，只剩下这只鸡，很孤独。

一天夜里，母亲听到屋外鸡叫一声，然后就什么声音都没有了，母亲也没有在意。清晨打开门一看，一地鸡毛，这只胆小的鸡子不见了，母亲说，被黄鼠狼叼走了，乡村的内部，只有黄鼠狼是狠毒的，它们游手好闲，喜欢偷吃农家的鸡。

树上的鸡，是安全的。只有这地上的鸡子，才是黄鼠狼的目标，这家伙，身手敏捷，像《三侠五义》里的花蝴蝶花冲。

在乡村，关于鸡的趣事很多。

黄昏时，光照在人脸上，许多人，蹲在门口端着碗，拿着馍，正吃得美，吧嗒一声，一堆鸡屎从天而降，这树上的鸡拉的屎，正好落在地上吃饭人的碗里，周围的人，哄堂大笑，许久都在讨论着这件事。这个人，一转身，将一碗饭倒进猪槽里。

很多远离乡村生活的人，无论如何也不会理解人和鸡共处一院的，鸡在树上栖息，人在树下聊天、休息。

睡了一夜，醒来一看这树下一地的鸡屎，白花花的，这主人，把粪清扫干净，这门口，又干净了很多。

入冬，许多人闲了，便围在一起，看公鸡斗架。这公鸡，头高扬着，脖子伸得老长，脚蹬地，呼啦一下子，就冲向对方，这嘴狠狠地鸹了一口。

这乡村的公鸡，胜者为王。一只鸡如果败下阵来，便没有精气神，每当它看见战胜它的公鸡，便会躲着走。

这母鸡，是安详的，它们不斗架，只安心孵蛋。一只鸡，飞过墙头，飞到邻居家里孵了蛋，这母鸡，一孵完蛋，便会咯哒咯哒地叫，仿佛向主人邀功似的。

这主人，熟悉自家鸡的声音，一听是自家的芦花鸡的叫声，可是这声音却从邻居家传来，便对邻居说："婶，我家的鸡，在你家的鸡窝里搋了蛋。"

如果是明理的主，便不在乎这一两个鸡蛋，如果是糊涂的女人，便脸一沉说："我家鸡窝里，怎么会有你家的鸡子搋的蛋？"一句话，可以成事，也可能坏事，这一句话，就把矛盾激化了。

两个女人，先是发誓、赌咒，而后展开了对攻、辱骂。这乡村女人的骂架，完全是一部男女生殖器的展览字典，这女人的嘴，如机关枪一样，语速极快，乡村的世界，弥漫着语言的战火，乡村在骂战里，展现出了女人的另一面。

这梁子算是结下了，此后再见面，彼此都没有好脸色，有些人甚至会狠狠地往地上吐一口吐沫，以示恶心，只是这骂战，很快淹没于生活之中，这日子就这么过着。

一开春，这老母鸡就开始抱窝，母亲便把一些鸡蛋放在窝里，这母鸡，整天不离窝，陌生人一靠近，这母鸡冲过来就鸽人，母爱的伟大，从乡村细节展现出来。物尤如此，人何以堪？一个月后，这小鸡便满院子跑了。

也有不幸运的时候，这母鸡正在抱窝，突然得了病，很快死去了，这鸡仔虽没有破壳，但已经成形了。母亲不舍得扔，就买了些大料，放在水里煮，香气四溢。

一剥蛋壳，就露出小鸡毛茸茸的身子，许多胃浅的人，便恶心得吃不下去。而许多爱吃的人，便吃得津津有味。

在乡下，集市上有许多卖毛蛋的人，这种小食品，颇受乡人欢迎，出了中原，我再也没有吃过毛蛋了。

我记得小时候，许多孩子喜欢翻墙到别人家的院子里，从鸡窝里摸一个鸡蛋出来，然后拿到学校的小卖部去换小零食吃。父亲每天的第一件事，便是去鸡窝收鸡蛋。哪一天要是忘了，就被这些调皮的孩子偷走了，乡村的"贼"，带有孩子的可爱。

还有些孩子，偷了鸡蛋，便敲开一孔，用嘴吮吸，滋溜一口,这蛋黄就入了肚子。乡村太穷了,这鸡蛋的腥气,也没有人在意了,如果把偷的鸡蛋带回家,大人多半会大骂,不如自己解决了。

有一次,我去摸鸡蛋,感觉一凉,一看是一条黑花的蛇盘踞在鸡窝里,我吓得大叫一声跑了。父亲不敢伤蛇,在乡村,人们都认为蛇有灵性,要不然也不会位列十二生肖里,把蛇叫作小龙。父亲用木锨把蛇托起,扔到庄稼地里。

可是,在文化里,许多人只知道乡村的蛇具有神性,而不知道这鸡也是具有灵性的。据考,晋董勋《答问礼俗》中说:"正月初一为鸡日,正旦画鸡于门。"魏晋时期,鸡成了门画中辟邪镇妖之物。南朝宗檩撰《荆楚岁时记》也载有:"正月一日……贴画鸡户上,悬苇索于其上,插桃符其傍,百鬼畏之。"

这些文字,都是描写鸡有辟邪的作用。在四川,有在门楣上贴鸡的春节习俗。过去在桃花坞年画中也有"鸡王镇宅"的年画,图案是一只大公鸡口衔毒虫。

说到这里,我想起了《西游记》里那只蜈蚣精,最后被昴日星官制服了。这昴日星官的母亲,居然是毗蓝婆菩萨。

可是,乡村的鸡,不读书,也不信佛,它们在白天和黑夜的轮转中,一天天老去。

这些年,我远走他乡,在城市里,再也听不见鸡的鸣叫了。有时候,我特意去一趟鸡市场,看这些装在笼子里的鸡,是那么可怜,有时候,听见它们的鸣叫,一下子感觉舒服了很多。

这时候,我才知道,我的根还在乡下,我注定离不开这些鸡鸣的声音了。

清晨,乡村是被一阵狗吠、几声鸡鸣叫醒的,然后才是炊烟,把乡村温暖。

耕牛磨驴

在乡村,许多人家都喂养家畜。

有些人,会用砖垒一个羊圈或猪圈,更有一些人,盖一间小房子,上面不需要用瓦,而是盖一些茅草就行,这就是所谓的牛棚,我对牛棚有莫名的好感。

"文革"时,牛棚是专有名词,很多人都蹲过"牛棚",如黄胄、季羡林等。他们在"牛棚"里,写出了许多让人怀念的文字。《牛棚杂忆》就是其中的一本佳作,它记录了一个时代的伤痕。

我家的牛棚里,右边是驴槽,左边是牛槽,在支撑牛槽的架子上,贴着春联:六畜兴旺。在牛棚的外面,是一口石磨。

这石磨,有些年头了。石磨的四周,被驴蹄子踩出了一圈圆形的辙。我记得小时候,父亲驾驴,母亲用高粱把子扫粮食。这驴,用红布蒙上眼睛,据父亲说,这样驴子不容易转晕,另外这驴子也不偷懒,它不知道走了多少路程了。

这头驴,是从牛羊市上买的,在乡村的集市上,总会有一片地方是牛羊市,这里聚满了小动物,有狗啊、猫啊、猪啊、牛啊、羊啊、驴啊!

父亲从这里,买了一头一岁多的驴子,刚回家时,这驴脾气挺大,不听使唤,被父亲拴在树上,狠狠地揍了一顿,才算老实了。许多人说,乡村没有人道主义,这样虐待动物,我不禁暗笑这人的愚蠢,在故乡,别说是动物,就是孩子犯了错,有时候也会用皮带抽打。乡村从祖辈开始,一直这样,谁也没有觉得有何不妥。

后来,父亲开始做一些小本生意,就是换大米,每天一早,套着这头驴就出发了。后面的驴车上,是大米,父亲坐在车辕上,手里拿着鞭子,扯着缰绳,指挥这驴子的方向。有时候,我在马路上,看见许多赶着驴车的人,我便想起了父亲。父亲虽然去世了,但是我想到的是:一头驴在前面走着,这嗒嗒的驴蹄声,在公路上传递着;后面是父亲,吆喝着"换大米,谁家换大米哟"。

这头驴,死在现代化里。

乡村常说卸磨杀驴,说的就是人心。电磨使用后,这石磨便没有了用武之地,父亲便把驴卖了,这驴走时,看了我一眼,这一眼,让我泪流满面。

我从来没有像这个时候一样打量过这头驴子,它长长的耳朵,大大的眼睛,双眼皮,像一个美女胚子。

这让我想起了一个笑话:一个人说他找对象一定要大眼睛,双眼皮,脸不能是婴儿肥,一定是那种下巴尖尖的,穿着黑丝袜。许多人便说,这标准是一头驴啊!

这驴走了以后,我再也没有遇见过一头驴了。或许,一个人,再遇见驴时,是在一幅画里。

上次在西安,和诗人陈思侠老师在一起喝酒,他说在甘肃有一个画家,专门画驴,一辈子也没有卖出多少画,可是他死后,他的画却突然值钱了。

这个故事让我感到心酸，一个人，生前不能享受职业所带来的一些荣光，死后拥有这些，又有何用呢？

说起画驴，我觉得画得最好的应该是黄胄，这人在关"牛棚"时，任务便是放驴，此后他便爱上了驴，观察入微，和驴对话，以驴为友，他画了很多生动的驴子。譬如现在珍藏在南京博物馆里的《双驴图》，就是他的代表作。

前几年，文学界呈现出王小波热，一个女作家公开宣称自己"是王小波门下的一头母驴"。

我不知她为何自称母驴？这母驴和王小波有何联系呢？

文人都是另类的，他们是真性情，这也许是世人所不理解的。

在魏晋风度里，王粲生前喜欢听驴鸣，这人死后，曹丕竟然让满朝文武学驴鸣，以示哀悼。试想，满朝的驴鸣，多么壮观，这里，没有君了，也没有了臣，只有一些送行的知己。或许，这就是我喜欢魏晋的理由，不做作，有真性情。

春天，碧草青青。中原的草，虽比不上江南生长的速度，但是也草长莺飞了，我便赶着牛，去放牧。

我躺在青草地上，一呼吸，就是一股野花的香气，一个人在青草里，再也找不到一丝烦恼。

我躺在那里，打开收音机，听着单田芳说的《白眉大侠》，听到兴奋处，来个鲤鱼打挺，站了起来。这牛被我吓了一跳，一下子跑向远方。

后来，上了学，便对牛有了不一样的认识，老子骑青牛过函谷关，这老子，被奉为神仙，这青牛也带有仙气。

在印度，这牛很是宝贵。它们在大街上招摇过市，在市场上，想吃谁家的菜低头就吃，人们也不怨恨。还有人，把牛当新娘娶回家，这牛是多么幸福啊！

有时候，翻看古书，看到牛的篆文，上面的形状是牛头，下面的部分是穿过牛鼻子的牛环。

看到这，我想起了我家的牛第一次穿牛环的情景，这牛被烧红的铁条，一下子穿透了鼻子，此后，便有了束缚。一头牛，再也不可能自由自在了。就像我们人类，一旦成人了，便带上了人类赋予的责任和契约，这人再也没有了童真。

秋天，一连下了几天的暴雨，这路上全是积水，地里的庄稼成熟了，但这车不敢进地，幸好我家有牛，让牛拉着架子车，一点一点往家拉，三天时间，这庄稼收获完了，许多人家看着我家的牛，只有羡慕的份，他们的玉米，仍然挂在玉米秆上。

前几年回家，正好赶上邻居家的母牛要生了，这牛犊太大了，生不下来，许多人便用手伸到牛的产道里，抓住牛腿往外拽，三个男人一起拽，也没有生出来，这母牛难产死了，小牛犊也死了。

这牛生前可以卖到一万三千元钱，但这头牛死后，只能卖到三千元，损失了整整一万元，这女人在门口抱头痛哭。

乡村的苦难，是谁也预料不到的。

这牛，也能入画。画牛最好的人，是李可染，他的《牧牛图》很是生动，一头牛，和一个牧童，搭配绝美。这牛，神态逼真，这牧童，或在地上吹笛，或在牛背上坐着放风筝。

这人，把乡村朴实的气息，染在宣纸上。我喜欢这牛，因为牛把人解放了。

在古代，人们祭祀天地祖先时，有太牢和少牢之分，太牢规格高，必须有牛。我以为，这牛是农耕文化的产物，代表着先进的生产力。牛，一般是不舍得杀的。

现代化，解放了这牛，牛便没有用武之地了，这牛，便成了多余之物。

麦秸，在乡村越来越少了，这是牛的口粮，乡下人，直接把麦秸碎在地里当了肥料，这牛着实养不下去了。

现在，要想在乡村里找一头牛，是困难的，乡村无牛，是真实的境遇。

鸭子和鹅

在故乡,人们喜欢把鸭子叫作扁嘴。

这种家禽,一般和鹅圈养在一起。它们都有蹼,应该是同宗同源。只是这鸭子性格温和,而鹅则性格刚烈。

在乡村,一户人家养了几只鹅,便相当于养了一只狗了。一个陌生人来了,一群鹅便"嘎嘎嘎"地叫起来。那领头的鹅,便伸颈去拧人。

这鹅,看起来可爱,但是拧起人来,却疼得要命。许多人,一见鹅来了,便逃跑了。这鹅,在乡下,是个恶霸。

一开春,便有卖鸭子和鹅的人来了。

这鸭和鹅小时候,黄黄的身子,毛茸茸的,很可爱。庄户人家肯定是不会给现钱的,他们喜欢赊账,等到了六七月,这人来要账时,这乡下人便挑起了毛病,说这鸭子,不尴蛋,说这鹅,不长肉,便多多少少扣一些钱。

乡村,就是这样算计,一些人,也就习惯了,或许,乡下人的钱,今天从这里省出来一些,明天从那里省出来一些。

在乡下,也有一些不会过日子的人,总是寅吃卯粮,将日子过得一塌糊涂。

乡下人，总是潜伏着一些粗俗的词汇，他们的语言，具有乡下人的幽默和鲜活。在他们所营造的方言里，许多与生殖器有关的词汇，总是与家禽有关。譬如：男人的生殖器，在乡下被人叫作鸭子。直到现在，我仍然不知道这生殖器到底与这些动物有何关联？

一个人，被人惹毛了，便会狠狠地骂一句："你说的是个鸭子毛！"

在乡村，这是一记重拳。这样的语言具有杀伤力，这样的词汇，直接而无伤大雅，如果过于裸露，便显得轻浮了。

鸭子，走路缓慢，绝不会因为一阵风或一阵雨而加快步伐，或许古人也看到了它的特点，便用"鹅行鸭步"或"鸭步鹅行"来形容它。从这一句话，我们看到古人喜欢将鸭子和鹅捆绑在一起来说。

高中时，读王勃的《滕王阁序》，文中写着："落霞与孤鹜齐飞，秋水共长天一色。"便感觉到一种美到窒息的图画。

当时，才知道这鹜，是野鸭子。一群野鸭子，迎着晚霞飞翔。或许，因为这一句话，我知道了王勃和一座楼。

喜欢鸭子，便搜索一切和鸭子相关的文字，突然遇见一幅画，是清朝朱耷晚年精品《眠鸭图》，眠鸭一只，四周空无一物。多像孤独的朱耷啊！

或许，复明无望了，他的心态变得平和一些，再也没有年轻时的锐气。

在乡村，如果下一场大雨，坑满池塘平，这些鸭子，便下水了。它们用脚蹼划着水，相互之间嬉戏着。

有一个成语叫作"趋之若鹜"，是对鸭子的真实写照。或许，这是旱鸭子吧，岸边的鸭子摇摆着，一丁点也没有水里鸭子的惬意和诗性。

夜晚，一盏灯。我翻来一本古书，看到一首诗："阴阴溪曲绿交加，小雨翻萍上浅沙。鹅鸭不知春去尽，争随流水趁桃花。"我的世界沸腾了，桃花落在水里，鹅鸭在水里游着，却没有一点对时光流逝的感叹。这鸭子，多么像我们乡下人啊，一天天地活在乡村里，从不为失去的日子而感到叹息。

乳鸭池塘水浅深，熟梅天气半晴阴。
东园载酒西园醉，摘尽枇杷一树金。

梅子、枇杷，都是江南的产物，我们北方，注定看不见这样的景象。这首诗里，最让我喜欢的字，便是这个"乳"字，字是无生命的，但是我却看见浅水处，一群毛茸茸的小脑袋，在水边站着。

我小时候，总是喜欢逮这些鸭子，逗它们玩。有时候，感觉鸭子也挺好，每天下水，一身干净。而我不喜欢洗脸，有时候不洗脸便去上学了，脖子上一片黑色的污垢，很不卫生。

记得有一次，三姨为了让我洗脸，便拿出她家的一个鹅蛋对我说："小，只要今天你洗脸，这个鹅蛋就是你的了！"我愉快地洗了脸，那是童年吃得最过瘾的一次。

乡下的鹅，洁白、红嘴，和一片清水，构成一种诗意的因子。

在古代，鹅又称为"舒雁"。《尔雅·释鸟》云："舒雁，鹅。"

古人认为，雁是"逐阳之鸟"，春天从南飞到北，秋天从北飞到南。而男为阳，女为阴，因此，也用"雁"来比喻女子从夫之意。

我们中原，没有这风俗，倒是在陕北，男子娶亲时，总是在门上贴上双飞雁。这字，或许是用雁比喻婚姻的文化，雁文化在陕北扎根了，而在文化厚重的中原，却不见了痕迹，中原文化越来越消失了。

我在乡下，看着一群鹅，却不能像骆宾王那样赋诗，或许，越是熟悉的事物，越没有人在意。一个人对于语言的敏感度，是需要天赋的，我对于古诗的热爱，是从这首《鹅》开始的。

乡下的鹅，是俗气的。它们吃青草喝脏水，而在文人的笔下，这些鹅具有了不一样的气质。

丰子恺笔下的鹅，像个帝王，很有风度，走路也有精气神。而最被人推崇的故事，无疑是王羲之的"书成换白鹅"。他喜欢鹅，是出了名的，他洗毛笔的池子，叫作鹅池。

我的故乡也有鹅池，是鹅洗澡的地方。

在故乡，一只鹅是不可能善终的，这鹅也不过能活七八年，人们便感觉它们老了，便一刀砍下它的头来。

褪毛、解剖，将一只鹅放在阳光下晒干，便可以吃了。炖汤也行，翻炒也行，总之，一只鹅会入了胃。

喝着鹅汤或鸭汤，晒着冬日的暖阳，是这辈子我最喜欢的时光。

一只仁慈的羊

入冬,一场大雪覆盖了中原。

村庄的黑夜,安静了很多。在草儿垛,只有在冬天,万物和人心才贴得如此近。牛羊,在圈里,嚼着干草,听着朔风。

我家在村东头,周围没有别的人家,孤零零的院落,距离村中心甚远,夜晚,一盏昏黄的灯,挂在羊圈里。

父亲,睡不着了。他扳着指头算日子,按照羊生育的规律,这羊也就在这几天该生了。可是在豫东平原,羊生孩子,我们有固定的说法:羊降了。

这只羊,来到我家时,还是个乳臭未干的羊崽,一转眼就成年了,开始生子。这羊,我不知道它来自于哪里。

或许一只羊,都是客居院落的种族。

我只知道在中原,一只羊是渺小的,中原的格局太大,包括苦难也是如此。许多林立的村子,是中原的孩子,组成一个厚重的中国后院子。

这羊,趴在圈里,想着孩子即将面世的情景。一场大雪,让山羊看到了一个净素的世界,这和山羊干净的瞳孔一样。

山羊知道自己面临着生死关,这肚子里的孩子,该见世面了。可是,这生的喜悦,有时也会隐含着死亡的哀音。

它刚一岁时,它的母亲,就是生产而死的,那时,它看着母亲,就这么离开了世界。冥冥中这羊有些怕了。

它长呼一口气,似乎要调整一下气息。这事情来了,只有硬着头皮撑了。突然肚子一阵疼痛,它知道门槛来了。过去了,就是门,过不去了,就是槛。

一只羊,在寒冬的大雪里,体味到农家的贫穷,该生了,仍吃着麦麸子,生活没有一丁点改善。这羊,撑到夜里十二点,便开始呼喊起来,一种疼痛所营造的声响,把父亲叫醒。父亲,急忙点上一堆火,给羊圈增加温度,否则这羊羔,经受不住这风雪夜晚的寒气,多半是会夭折的,父亲接生,母亲加柴。

这羊圈,被火光笼罩。这火光,穿越寒冬的夜气,映照在生命的脐带上。

一只只羊,从母体上解脱,开始成为一个个独立的个体。然后和中原的贫穷相互缠绕,这羊,实则是生活的一种救济。一个人,面对苦难,总是有些力不从心。

这羊,会将生活分割,然后衍生出一个庞大的数字帝国,去缝补生活的灰暗。一个人,会在羊的面前矮下来。

三只羊羔,从母羊的体内生出来,开始呈现出一种羊的属性,从习性到命运,似乎都逃脱不了羊的谶语。

这羊经受了一场磨难的洗礼,便觉得虚脱了,躺在一边,终于安静下来。这三只羊羔,开始在羊圈里活动,一会儿闻闻这,一会儿嗅嗅那里。它们对于这个世界,感到好奇,这是新生对于故乡的亲近。

当胞衣出来时,这东西,也就是民间所说的羊胎盘,父亲用杆杈，将它们挑出院子，挂在南边的树上。

这胎盘，在寒冬的树上，体味着平原的冷和荒凉。一个新生命，是从胎盘开始，它从母体内滑落时，便是胎盘的死亡之时。

寒冬，被生命一点点蚕食。

北风，虽硬一些，但是这羊羔，喝了北风后，更加强壮。它们走出羊圈，在院子里晒晒太阳，熟悉一下环境。

这是两进的院子。

北面的院子，是三间正房，东边是两间东厢房，西边是两间西厢房，一间用来做厨房，一间用来放杂物。

南边，是一个空院子，里面种满了蔬菜，堆满了柴火。天暖时，主人便将羊赶进院子里。

这羊羔，被风喂得强壮了。它们开始不安分了，到处在院子里乱跑，羊粪蛋洒满了院子，有串门的人，一进门，踩一脚羊粪蛋，让人觉得不爽。

我高中毕业后，便不想读书了，也不想像别人那样，盖一院房，耕几亩田。我是村里的怪人，整天不进庄稼地。

春天，我赶着一群羊，来到南亩的荒地上，看野草在春天里竞赛，这绿色覆盖了村庄，也覆盖了我的生活。

这些羊，开始将春天的丰茂吃到肚子里。它们在人的眼里，是一群温顺的动物，可是在野草的眼里，它们是残忍的帝王，它们将青草吃干净，这地，也开始裸露出土黄色，再也没有什么遮盖了。或许，人们总是以人的视角看问题，殊不知，这野草也是生命。

一群羊，在春天的枝头看见那些风干的胞衣。它们不知道，这曾经是它们的温床，它们嘲笑它的丑陋。人间，也多是如此，一些人，脱离了土地，便看不起父母的土气了，他们嫌弃父母身上的陋习。

在中原，村庄的格局，多是这样，一两条长街打通另一个村庄，这村庄便相互走动了。一个村子，离不开另一个村子。

一只羊，一不小心，就跑出了村庄，从而走进另一个村庄的内部，它开始在中原相似的格局里奔跑，代替人去欣赏中原的蓝砖灰瓦，品味黄泥墙的厚重。

一只羊，无论如何跑，都跑不出中原，中原太大了，它会衍生出许多村庄、树和草木。我们依赖的中原，会年复一年地给我们回馈，我们被中原喂养大。

一只羊，不可能看不到生活内部的河流，许多人，在平原的福地，开始耕地，开始播种，开始把羊命和人命圈在一起。

这些羊，越来越熟悉土地上的每一棵树，它们的秉性，被一只羊读懂。一只羊面对一棵刺槐，不慌张，一伸舌头，就避过了长长的刺，把鲜嫩的叶子卷进嘴里。

那些粗大的树，是平原的年轮，它们承载着乡村的皇历，这一户人家的出息，那一户人家的衰败。

而羊只是生活的点缀，它被命运的风，送进屠宰场，然后让一个家庭的贫寒缓解一点。我无论如何也忘不了，我读书的费用是一群羊背负的。

记得每年秋天，父亲都会卖掉一群羊，给我们交学费。那时候才知道羊被人出卖了，在人与羊之间，上天选择了人。

这些年，乡人面对羊，都是以一种无关痛痒的语气叙述它们，他们将羊的生死说得风轻云淡，一只羊无法在人的夹缝里左右逢源。乡下人背负的财力，永远入不敷出。羊明净的瞳孔里，看得清村庄的窘迫，它们为人类而悲哀。

有时候，一只羊也会在山坡上，看见这满地的草，一些新的生命，是如此美好，羊群却将美好吃进肚子。或许对于羊来说，生命的卑贱，从出生那一天开始，就注定伴随一生了。

这只羊，在南亩之地遇见一个不务正业的青年，正在和一群羊对话，他讨厌和黄土为伴，期望着逃离土地。

有时候，它会在土地上遇见一只鸟，在槐树上坐定，像一尊佛。这羊，不通鸟语，却知道中原鸟性的慈悲。

或许，在村头的奶奶庙里，有许多匍匐于地的人，与神灵交流，他们将头抵在土地上，期待神灵格外开恩。其实，这神灵也不过是自欺欺人罢了，许多羊看见一些人，善良了一辈子，却不得善终。

在饭店里，我看见炉灶上，安放着一口大锅，里面泛着白色的羊汤，我内心深处会想起中原的山羊，它们被人无情地破开身体，然后用骨架熬出一锅浓汤，满足人类挑剔的舌头和胃。

羊汤里，虽看不见日子，但是却被人赶着往前走，在一镬汤面前，人的头高高昂起，不向这一类温善的群体忏悔。

在乡下，一只公羊，往往活不过两年，只有母羊，依靠着繁衍子孙的名义活得更久一些。一只羊，变成一群羊；一群羊，变成一锅汤；一锅汤，变成一碗碗羊肉烩面或羊肉汤。

这羊，最终死在了屠宰场，身体却遍布在中原的餐厅里。或许，一只羊，用青草的一生，去丈量着季节交替，然后和青草一起消失了。

爷爷说，许多羊，也是中原的土著。

我相信这样的说法，我认为羊的一生，比人更值得悲悯。

羊，和人一样，是土地的陪葬品。

桃红与薄荷

乡村拙朴,万物有灵。

你在乡村的街道上,大声叫一下桃红,或许会有好几个女孩应答。在乡村,这桃红是大众名,许多父母没有文化,孩子出生了,也没起个好名字,用手一指菜园边上的那几株桃红,就说叫桃红吧。这符号,就成了女孩的标签,跟随她一辈子。

今天,我说的桃红,是一株植物。

它,长在菜园边,和根大菜、牵牛花长在一起。这花,类似于盆养的植物——玻璃翠,但是比玻璃翠大气,长势好,它用大红的色彩,去装点乡村的贫穷。

在乡村,大红是喜庆色。一片红,衬托出一个乡村的热闹。只要草长莺飞、叶翠花肥,这乡村,就有了草木的趣味。一株花,举着一盏花灯,在故乡亮着。

乡下人,贫寒,但是喜欢臭美。那时候,村里的许多姑娘,喜欢用香脂,这东西类似于雪花膏。脸抹得白白的,再用红纸抿嘴唇,倒也唇红脸白。这指甲,也用这桃红涂染,一伸手,五指葱白一般,纤巧细长,再加上指甲闪亮的光泽,让一个女孩的乡村生活，浮现在文字里。

用桃红染指甲，是需要技巧的。白天，人忙着干农活，没有空闲时间，只有在夜晚，一盏煤油灯亮着，是墨水瓶做的那种，棉花捻的灯芯，一瓶煤油，散发着浓郁的气味，这灯光倒也亮瞰，只是这扶摇直上的烟，弥漫在房子上空，把这间房子的屋顶熏黑了。

屋内是寒夜下的灯火，一个女孩，将掐来的桃红，放在石臼里，撒一点盐，然后慢慢地捣碎、研磨。这红泥，可以当印泥，可以染指甲。

夹一团桃红泥，按在指甲盖上，然后用苘麻的叶子包上，用绳子扎结实，小心翼翼地睡去。第二天天一亮，她扯开绳子看指甲盖的颜色，这红润的色，把一些少女的心，带入美的藩篱内。

或许，用桃红染指甲，不是乡村的专利，乡村不过是在传承，传承一种质朴的古典情趣，它带着原始主义的痕迹。

在古诗里，有人便开始记载与乡村雷同的事情，用凤仙花染红的指甲，也让诗人浮想联翩，元代杨维桢在《凤仙花》一诗中有"弹筝乱落桃花瓣"的语句，形容染红指甲的女子弹筝时，手指上下翻动，好似桃花瓣纷纷飘落。

煤油灯下，母亲开始做晚饭了。

拍一根黄瓜，掐一把荆芥，然后捣几瓣蒜，乡村就这么简单，人吃得不亦乐乎，不羡慕城里的肥肉，只在乎一根黄瓜的脆和一把荆芥的香。

母亲盘腿坐在床上，有些困了，便用薄荷叶贴在眼皮上，贴在太阳穴上，一股清凉直接抵达神经，顿时精神了。趁着清醒，赶紧干活，家里的棉鞋，又赶出来一些。

乡村人，穷孩子太多，哪里买得起鞋啊，只有靠女人做的布鞋，撑起一个个春夏秋冬。在乡村的内部，评价一个女人是否贤惠，有两个标准：性格和手艺。

性格温良之人，会一直在乡人的舌头上活着，一个女人，厨艺好，且做的一手好鞋活，很快就会在乡村里脱颖而出。

一双布鞋，其实是乡村的脸面。

母亲做的鞋，针脚细密，且鞋底干净。她一边在煤油灯下做鞋，一边给我讲桃红的故事，这是一个具有神话意味的人生。

金童和桃红，是一对恋人，被歹人逼迫，跳崖而亡，最后化作两株花。这故事，和梁祝一个套路，我开始厌倦中国神话的贫瘠，总是用一个套路去欺骗读者。倒是乡下的那些鬼仙故事，从母亲的嘴里叙述出来，让我听得紧张，这是一个乡村的夜晚赋予我最深的印象。

听后，便睡不着觉了，一双眼紧紧盯着这煤油灯的光，害怕一不小心，这狐仙跑进来，会把我带走了。

晚上，由于害怕，便不让母亲吹灯。

这灯，一直亮着。似乎，我的人生的宽度，就在一株桃红和一盏煤油灯之间，或许没有乡村经历的人，不能体味这种宽度给人带来的快感。

这么多年，快要忘记一些草木了。

在乡村的墙角下，遇见一簇簇薄荷，像一对对相互信任的恋人，一起安静地活在乡村的角落里。

母亲，把它们移植到庭院里，不久便青葱一片了，母亲把薄荷叶子摘下来晒干，然后用它泡水喝。

这是一株薄荷的自然主义用途，谁也没有刻意去描写它的一生对于人类的恩惠，但是人却在感念它的施舍。

这薄荷，可以在一个安稳的馒头中间，呈现出飞翔的姿态。

这叶子，在盘子里，似乎要飞出来，进入人的胃里。

这次，在故乡，我遇见几个"老朋友"。

它们从不像人类那样，喜欢用很重的心机，去猜测同类。它们，在乡下的土地上，或许最为悲苦，却在乡下的瓦片之间，活出了精气神。

我永远记得住这两种植物的名字。

一个叫桃红，一个叫薄荷。

夜 月 记

夜深如墨；月光如银。

或许，这是黑夜的两种属性，乡村的每一个夜晚，都在这两种格局内相互转变着，时间，在黑与白的对峙里，不见了。

黑与白之辨，是哲学上的难题。一些人，喜欢在黑夜里静思，也有一些人，喜欢这倾泻而下的月光，像出世的仙女。

我喜欢月光，一个人，在乡村的内部，等待着落日消隐，月光落下来。

乡村的夜黑得快，几声归巢的鸟鸣，这天就黑了下来。一些灯，昏黄点点，在乡村里亮着，可是许多人怕费电，便熄灯睡觉了。乡村的夜晚很干净，绝无冗杂的灯火，人、动物都沉寂在黑夜里。

没有月的夜晚，这乡村黑得如此纯净，如果碰见有月的晚上，自然别有一番风味。寻找蝉蛹的孩子，顺着月色，走到乡村的内部，这乡村，向他们敞开了。

那时候，父亲还在世，月光落下来，父亲在院子的地上铺一个箔，我们姐弟几个一字排开，睡在清凉的院子里。这童年是回不去了，只剩下回味。

我坐在院子里，月光照在我的身上，我的内心里，也落下许多月光，把一个人对于父亲的想念揭开了，我的泪水不停地流着，融入这月光里。

在日本，有两个有趣味的字：虫二。郭沫若解释为"风月无边"，或许，风和月才是乡村说不尽的风景。

一阵风吹来，这庄稼地里飘来干旱的气息，这干旱的味道，从一个院墙翻越到另一个院墙内。直到它的味道停在一个人的鼻尖时，这人才说：地，该浇水了。

在中原，这天也就怪了。一旦干旱，一丁点的雨水也不舍得落了，人们不停地翻阅手机查询雨水的信息，可是这雨，杳无音信，只剩下一些白云在天空里，像沾满了白棉的笔，毫无章法地书写着。

满天空的星子，让乡下人觉得不舒服。根据祖辈的经验，满天星星的夜晚，注定是个晴天，这雨，又没有希望了，明天必须早早起床，去占井浇地，否则这玉米，团在一起，不长了。

许多人，热得睡不着了，半夜醒来，他们在院子里坐下，看月光透过树的缝隙，漏在地上，很多。这时候的月光，应该用"一团一团"，或者用"一地的银子"来形容。否则，这一地通透的月光，便少了些趣味。

在逯玉克老师的散文里，我读到一句话："野生的月光。"对这句话我莫名地感到兴奋，是啊，在城里，只能看见圈养的月光和星星，被一座座楼所分割。

每次回到老家，看见这乡村的天空，如此辽阔，一个人的眼界也顿时开阔起来，这些月光，肆无忌惮地亮着，它们落在每一个庭院里，它们照亮每一个石磨，照亮每一片菜园。

"野生"一词，极有生命力。一个乡村的夜晚，被月光突然打通，许多旧物，越来越清晰起来，我分明看见许多温顺的狗，在乡村的月光里奔跑。

这街道,终于安静了。

每一个人的气味,都跑到各自的院子里,剩下一条空旷的街道,才是自然的样子。

乡村发展了这么多年,仍然没有改变它的陋习,每户人家的屋后,都堆积着粪,一到夏天,这蚊子便滋生了。

这街道,走过娶亲的队伍,也走过送丧的队伍,许多年以后,这些人的故事,都被人忘记了,只留下一堆黄土。

今夜,这月光高悬,把整个乡村都照亮了。我突然意识到,一个刚死去的青年,被他哥哥逼死后,再也看不见这美好的月色了。这人性,才是乡村最大的暗影,无论月光如何照亮,这人性里的恶,是注定会留下月光的死角。

在庭院里,这些蔬菜的身体里,会有流水声响起,每一株庄稼的内部,都安居着招引人靠近的神灵。月光,洒在这蔬菜上,轻轻一晃,便是一片月光的竹简。

只有在深夜,世界才会安静。那些白天的丑,都被黑夜的舌头卷进肚子里。许多人,不说话了,这口头上的谣言,也止于黑暗了,夜晚的世界,只剩下呼吸声。

这树的呼吸,这草的呼吸,这牛的呼吸,这人的呼吸,都如此安静。每一种生灵都坚守着一种善念,互不打扰。

也许,只有在黑夜里,月光会闪进每一个庄户人家的屋子里,它们不选择贫贱与富有,一视同仁地落下一些月光的词。

乡村的夜晚,是没有读书人的。一盏高灯,是古人的事。这些农人,都是没有学问的人,有学问的孩子,都背叛了土地,他们早就进了城,剩下一些不上学的孩子,在乡村坚守着先祖的生活方式。

他们白天干了一天的农活,早就疲惫不堪了,一挨床头,就呼呼大睡。这些月光,照亮他们的丑态,让乡村真实的样子,呈现在黑夜里。

月光,先从村庄的东头照亮,然后移到西头的院子里,它把乡村照得空洞洞的,所有一切汗津津的东西,都看不见了。

月光起,这夜就凉了,古人说的"清凉如水",也不过如此。这菜园里的豆角,正借着月光,拼命地往竹竿上爬,或许,在夜里,一朵花就突然开了。

白天,会有许多看得见的花,是在昨夜的月光下开的,它们不争不抢,安静地开着,似乎要把一个本真的乡村,还原给人间的烟火。

在月光下,女人赤裸着身子躺在自家的床上。这夏天太热,白天都包裹一层给别人看的衣服,只有在夜晚,她们才是她们自己,她们一丝不挂,把束缚的礼节,扔给了那个叫作孔子的圣人。

她们安静地睡着,梦里又遇见许多开心的事。这乡村那些令人开心的事情,太简单了。一场雨,一亩地庄稼的收成,便会让人们从心田里流出欢笑声。

在乡村,月光薅着村庄的头发。这乡村,似乎变了一些,譬如这又长了一叶的玉米,这村子又似乎没有变化,它还是原来的样子,狗躲在门洞里,羊在圈里吃草,只有白发,出卖了月光。

月光照着一个老鼠洞,把乡村的夜晚,硬是搅乱了。这老鼠,不需要灯光,更不需要月光,但是这月光,似乎切切实实地照了下来,一只大肚子的老鼠,也开始在乡村里漫步了。

我是那个睡不着的人,有时在月光下会突然遇见一只老鼠,有时又看见树上的一只乌鸦突然飞了,剩下枝条在月下动着。

这是我喜欢的乡村,动静皆安。

桐花始落

一个人，心念中原。

我总是会在乡村里，遇见许多树，桃树的艳妆，梨树的素衣，以及桐树的紫烟。

桐树花开，便遮天蔽日，这让我想起了一个词：密花笼日。很多人问我，这词源自于何处，我笑而不答。

这个词，是我杜撰的。可是，词虽然是杜撰，花却开在乡村的土壤里。每年，一到四月，这院里的桐树便开花了。花朵，一簇一簇，像我们村的曹家，是个大户。

这花，有一股淡淡的甜。这味，是乡村缺少的。直到现在，生活好了，日子的甜，才算落实了。在我小时候，乡村最大的味道，是苦。那时，母亲总用地里的野菜就馍，吃下去，一嘴苦。

日子，就是这么熬过来的。

吃野菜，不花钱，这菜钱，也省出来了。我们用这些钱，买了几棵泡桐苗，栽在院子里，看它们和日子一起活着。

这树，刚开始，直直的，不旁生枝叶，后来，便从头顶生出太多枝条。

一入春，这树便开花了。这花，是淡淡的紫色，越往里，颜色也泛白，花蒂处，竟然全白了。小时候，很调皮，那时《水浒传》正热播，我们几个很喜欢鲁智深脖子上戴的佛珠，我们把桐花的花蒂拔掉，里面是一根细长的蕊，用线，把桐花花蒂穿起来，便是一串佛珠了，满大街，都是奔跑的童年佛。

后来，这院子里的树，全当了梁。

桐树，在乡村有大用处。

桐木梁，在乡村受人高看。它轻，上梁的时候，不需要出太多气力。榆木梁和槐木梁，木质太硬，且沉。

一根梁，串联出的线索，在乡村里是沉重的。我见证了一根梁，对乡村的破坏。那年，三本和二星，是一对好邻居。两家的责任田相邻，就商量说，以后为了减少土地纠纷，种一棵桐树吧。

在地埂上，栽了一棵桐树。这棵树，迎风而长，它把一个乡村的星辰，都能数得清，也能看见村里升起多少炊烟。

这棵树，一天天大了，刚开始，像根檩子，谁也没在意，十五年后，这树长成了梁，这一下子，每个人肚里都有了小算盘，此后两家便不和睦了。

二星家，给儿子盖房子，想用这根梁；三本家，想把这根梁，给父母做两副棺材。这心思，是乡村式的。

解决办法，也是乡村式的。他们两个发生了武斗，然后每家都有人伤了，住进了医院，这花的钱，比一根梁贵多了。

桐树，还在。人的脸，被打了。

一村人，在乡下围观，那几天，这乡村的新闻，总围绕这两家。此后，这桐树，便像一面镜子，让每一个乡下人，都能照出自己的模样。

桐树，至今仍在。花开的季节，桐花满树。在春天里，如果下点雨,树叶与雨,便成了乡村自然的诗意。

有时候,一个人坐在树下,什么都不说,就这样望着,像一个沉思者。

清明三候其一,便是桐始华。这应该是一个温暖的季节,树长叶,开花,乡下的田野,也丰满了。

我觉得,在所有描写桐花的文字里,应该是向阳而温暖的。但是,似乎古人总是多情的,总是忧郁的。

李煜诗云:"又见桐花发旧枝,一楼烟雨暮凄凄。"看见旧树开花了,这江山,去年还是我的,今年就换人了。我想此刻,他这一楼烟雨的凄凉声,也换不来一个江山了。

杨巨源诗云:"莲叶看龟上,桐花识凤过。"他写的桐树更有灵气,这桐树,竟然能识别凤凰飞过。但韩偓的"桐花叶里丹山路,雏凤清于老凤声",说得更有精气神。

一声鸣叫,带有出名要趁早的意味。可是,直到如今,我还是一个卑微的人,散淡的个性,让我过早地成熟。

一个人,熟太早,也不是好事,便少了争名夺利的心,或者说胸无大志了。就这样,与凤凰落梧桐,便走不在一起了。

我在一朵桐花里,看到的是自己内心的虚空。我像一个行者,一年又一年,对着这淡紫色的花,想起了"高贵"一词。

其实,这花也稀松平常,像一枚小喇叭,或者说像一口钟。这干净的花,听见了乡下人给麦子浇水的声音。

桐花始落时,我却在远方,听见了它的同类,在高处,似乎向我询问中原的近况,遗憾的是,我离家已经超过三个月了。

一个人,开始向一棵树忏悔。

槐 花 书

槐花刚吐蕊，人肚里就有了馋虫。

一出门，就看见对门的二大娘，挎着竹篮，捋了一篮子槐花了。她看见我，就笑着说："妮儿，晚上吃大娘做的槐花饭。"在乡村，人的思维方式总是和生活习惯有关，二大娘一连生了四个闺女，叫"妮儿"顺嘴了，再加上我小时候，性格文静腼腆，像个小女孩，她每次见我，都喊妮儿。

每次听到她这样叫我，我都羞红了脸。

我的样子，被乡下的槐花看见了，它们一朵朵在树上，笑弯了身子。

故乡的五月，是槐花的天下。那时，天空很蓝，槐花很白。母亲让我去摘一些槐花回来。我便用铁钉嵌入桐木棍里，扛着它，便出了门。

在槐树下，举着木棍，用钩子钩住槐花枝子，在原地打转，然后槐枝就应声折断了。这槐木枝条太硬了，钩不下几枝，铁钉就松动了，然后我便换了招数，把镰刀绑在这桐木上，既能当钩，又能削树枝。

在五月的乡下,生铁和木棍,统治了中原。

去奶奶家串门,看见她正煎槐花饭,我经受不住香味,就会偷嘴吃,奶奶总是狠狠地骂我,而我叔家的孩子,也偷嘴吃,却看见奶奶呵呵地笑。后来,读史书,读到父贵子荣,便想起屈辱的童年。

在故乡,槐树是有神性的。

一棵树,时间久了,就会有神安居。在乡下,每一座奶奶庙的旁边,都会有一棵一人环抱不住的粗槐树和神相伴。这树,什么时候长在这里的,没人知道,祖父在时,它就这么粗了。一到春天,磕头的人,闻见一股清香,似乎是神的恩赐。

在中原,有多少奶奶庙,说不清楚。这神的来历,我不清楚,可是她享受着人间的供奉,由来已久。

这一旁的槐树,缠满了红布条。

春天,白的花,红的布,给缺少惊艳的中原一点灵气。

面对着一棵开满槐花的树,我想到的是一个遥远的树族,这槐树的王朝,在中原的大地上繁荣已久。当梁,制作家具,都是上好的木料,就是这一树的槐花,在中原也大有用处。

槐花一开,奶奶就让我去摘槐花,奶奶把槐花过沸水、晒干,然后就成了干菜。那时候,我每天的任务,就是在院子里,看着这一片干槐花。

有鸟飞过,便用棍子赶走,这吃的东西,不能落下鸟粪。我与槐花,就这样对视,我看着它,它也看着我。

冬天时,奶奶便会拿一些干槐花,给城里的亲戚家送去,槐花外交,很奏效。在中原,这槐花是好东西。奶奶回来时,会捎一些牛肉罐头、鱼罐头,让我们解了馋。

故乡的中原,很安静。牛粪和槐花混合的乡村,才是真正的乡村。

槐花,花瓣虽小,但是开得倒也简约、安静。这一树的花,沉默而不张扬。

有人轻视它,说它不配叫花,其实我否定这种观点,这槐花,是真正贴近生活的花。桃花、梨花,总是太招惹人,每年的桃花节、梨花节,让花少了安静。

世上没有槐花节,只有乡下人记着这一树的花,可以入口解馋。

槐花,是属于日常生活的。"日常"是一个被人遗弃的词,人们总是对它视而不见。或者说,人类太功利了。

我认为,每一朵槐花里,都居住着一个母亲。这只是一种隐喻,见花而想起辽阔的中原。在乡村里,花静静地开着,人默默地活着,人和花之间互不打扰。或许,唯一让我眷恋的词,是母亲的重和炊烟的轻。

五月的中原,新麦将熟,槐花悬于树枝,这是中原留给我最好的暖词。我通过花的陈述,去记住母亲年轻时的模样。

母亲从地里回来,裤腿被露水打湿,鞋上沾满了泥巴,她在院子的井旁,洗一把脸,便开始做槐花饭,然后,整个院子开始沸腾了。

在故乡,母亲做的槐花,一定是我喜欢的醋熘槐花烩饭。择净、加水、掺面,然后贴成饼子,油煎、加水、烩饭。

一口气,就吃了一大碗。

一碗槐花饭,便隐藏着一片乡愁。

在陕北,槐花晚于中原。每次看到峁上的槐花开了,便错把此乡当故乡了。我对于母亲的思念,胜于花开的暖。

一个人,如果一辈子走不出中原,便会粗枝大叶地活了。然而，一步远行，让这异地的槐花和我一起，沾满了乡愁。

或许，于别人而言，这槐花就是槐花，可是我眼里的槐花，见证着一个乡村的过去，每次在陕北的山里，闻见这槐花的气息，便会打通故乡几千里的辽阔。

"水陆草木之花，可爱者甚蕃。"陶渊明爱菊，周敦颐爱莲，我爱这一片槐花。这槐树，叶小，花碎，摘一片叶子，放在嘴里一吹，就吹出了声音来。

在童年，总有几个孩子，把槐叶含在嘴里比赛，让这槐树叶竟然有了抒情的成分。其实乡愁写多了，便有些麻木了。

我想起了邻居阿二，他躺在槐树下，让阳光漏在脸上，他一辈子，没有出过乡村，对于他而言，他活得比我幸福。他的幸福，就是有一片土地供他栖息。一个人，便能赶着一群羊放牧了。

他活得自在，用一片土地，喂养庄稼，然后娶妻生子。他在槐树下，一伸手，捋一把槐花，摁在嘴里。

在槐花的陈述里，沾满了太多的烟火味，这几个字，太接地气了。我乐意把"烟火"一词拆开解读。烟，代表人家；火，代表温暖。合在一起，就是万家温暖，或许这是我对槐花最好的认知。

槐花如雪，只属于五月。

在郁达夫《故都的秋》里，读到一地落蕊，便觉得这不是我的中原，中原的槐花属于春天，一到五月，犹如雪山，连绵起伏。

一个人，坐在山头，会想起中原。

落日、槐花，还有满耳的风。

蒲公英飞翔

在乡下，是没人知道蒲公英这个名字的。

蒲公英，是学名，它有一个乡村式的名字，叫黄庙苔。这名字，供乡下人呼叫，这名字在大地上飞翔。

无论是多么高贵的植物，一入乡村，便带有贫寒气息。譬如：地肤子，在乡下叫作扫帚苗；香肤子，在乡下叫梭梭草子；泽漆，在乡下叫猫儿眼。你看，乡村的路边、沟渠边，房前屋后，都是这类野草。

蒲公英，属于中药，它只有在疾病的面前，才被人高看一眼。或许，只有人的生命有危险的时候，才会放下门第观念。

在古代，门第观念比较厉害。这个思想，一直蔓延到乡村内部。许多人，始终看不起草医，他们认为草医技术低，不过是上山拔一些草，便能赚钱了。

在村子里，有一个姓胡的医生，爷爷是草医，父亲也是草医，到了他这一辈，自然也成了草医。他整天翻一本摸得发亮的古书。小时候，我认识的字少，就记住了那本书叫本草什么目，后来才知道，是李时珍的《本草纲目》。

他坐在院子里的一棵槐树下，看书，捣药，有时候，给我们孩子一些枸杞子，让我们拿回去泡茶喝。

但是，他给我们这些枸杞子，是有条件的，就是让我们给他送一些黄庙苔、茵陈。这些草遍地都是，我们一会儿便割一篮子，胡医生捋着胡子，呵呵地笑。

在乡村的草里，黄庙苔算是一类有善心的草了，它举着轻盈的白球，在落日下，显得那么孤独。故乡，以苔命名的植物不多，记得有种蘑菇叫作狗尿苔，是一种有毒的菌类，人食用中毒后会跳舞、大笑。这两种植物，正好一善一恶。一个救人命，一个要人命，却同用一个苔字。

一阵风吹过，这夜晚的空气里，混杂着许多草木的气息，有槐树、榆树，有灰灰菜、苘麻，也有这黄庙苔的气味，正飘在鼻上。乡村的气味，以草木为主，清新、醇厚，但也夹杂着动物的浊气以及人身上的汗水味道。

这中医，在人们都睡去之后，仍在院子的槐树下，用药杵捣药，这空气里，多了一些中草药的味道。虽然我们闭着眼，但是这草药的气味，从鼻子进入，一直通到心肺，让人一心地舒坦。

白天干活回来，母亲拐到菜园子里，摘一些蔬菜，顺便把地上长势喜人的蒲公英割了半篮子，淘洗干净，过沸水焯一下，放盐、味精，搅拌均匀，然后以一滴香油结束，白瓷盘子里，颜色和谐，味道鲜美可口，乡村的味道，借蒲公英的身子，进入到人的菜谱上。

吃一种野菜，在乡村是常态，可是一入城市，便被抬高了价格。一些农村人，在城市的饭馆里，看到一盘蒲公英，便认为肯定便宜得要命，没想到最后一算账，贵得离谱，这城市，注定非我辈生活之地，我们匆匆而过，回到故乡。

在故乡，我们是自由的，我们和蒲公英一样活着，谁也不会嘲笑谁，我们相安无事。每次我上火了，口腔溃烂，母亲说，去菜园里挖几株黄庙苔吧。

我挖几株黄庙苔，这根部的白筋，点在舌苔上，几天就好了。乡村，就这样，许多人，都是草医。

我无法想象，蒲公英能在乡村飞翔多久，它穿越草木的世界，以一种善念的方式，落在乡村的药锅里。只是，乡下的草木，越来越少了，它们被"百草枯"赶尽杀绝，只剩下一些往事，还在乡村里。

那一年，一个女人，嫁到我们村子，她是我村最俏的女子，喜欢一身素白的衣服，一出门，犹如一树梨花，在街道上开了。她脸色红润，乳房大，这乳房，成为村里男人讨论的对象。

"一把好乳啊！"二蛋说，要是能捏上一把，死了也值了。这女人，一脸冷气，见了谁也不说话，村里人谁也猜不透她。

后来，她生了孩子，不产奶水。胡医生给她了一把黄庙苔，水煎服，一日两次，这女人，奶水哗哗而下。

谁也想不到，这长在乡村里的蒲公英，居然能催乳，它与女人之间，有了太多的交集，许多女人便念这草的好来。

在乡村，一个老奶奶坐在蒲团上，说着蒲公英的吃法和入药用法。他们把黄庙苔供奉在心灵的庙里，自己就是草木的信徒。

很多人，在秋日满平原的时候，摘一个蒲公英的绒球，它透明，带着一种干净的气息，把一个人的无趣，变得有趣起来。许多孩子，用嘴一吹，这白毛便满天飞了。

这飞翔的蒲公英，打通了一个人的童年，这么多年，我仍在草木的世界里活着。

梦里，我变成了一株蒲公英，在乡村的土地上逍遥自在，远处，一个女人，挎个篮子，向我走来。

或许，一种草的宿命，便是救活一个人的乡村生活和记忆。

第三辑

大地上的事物

中原麦事

大地，是仁慈的。

它以一种深沉的方式哺育着麦子，南风吹过，这中原的麦子似乎开始黄了，麦子的香，钻入乡人饥饿的鼻孔里。

在大地上，祖先以一种摸索的姿态，去辨别万物。我不知道，祖先什么时候把麦子从万物中区别出来，并且给它赋予麦子的名号。我在远古的典籍里，发现麦子历史悠久，是五谷之一，可见这麦子，很早就开始填饱祖先的肚子。

如今，它的恩惠仍顾及中原。

过了小满，这麦子就变了颜色，男人们聚在树下，讨论着要造场了。麦场，是六月的中心，家倒成了客栈。

父亲一边泼水，一边套上牛拉上石磙，将场压实了，麦场可不敢对付，在中原，这是男人的脸面。

父亲，一遍又一遍碾场，这场终于平了，泛起了白光，父亲脸上露出了笑容，今年的麦场，不丢人了。

场造好了，便坐等麦子熟透！

许多性子急的人，从放农具的杂房里，把磨刀石翻出来，用粗瓷碗端半碗水，半蹲着，头往前弓，双手用力地磨刀，不一会儿，这镰刀上的铁锈不见了，开始露出生铁的寒光，看上去明晃晃地耀眼。

父亲也是个急性子，一天磨一次镰刀，这麦子就是不急不慢地长，父亲每天都往麦田里跑好多次，这麦子，似乎闻见了铁的寒气，便缓缓地长，父亲着了急。

母亲问："能动镰了吗？"

父亲说："能了！"

天未亮，母亲便叫开了："醒醒，快醒醒。"我们急忙穿上了衣服，看见窗外仍一团漆黑，嘴里嘟囔着和父亲走出家门，到了我家的麦田，这天便泛白了，趁着这亮色，开了镰。

远处，到处是晃动的人影。

平原的六月，是麦子和人影的组合。许多人，在麦田里，像一个个坐标，倒是这广阔的麦田，真正像个平原了。一眼望不到边，这黄色，和天边的云朵交织在一起。

我看见，邻居二牛趿拉个布鞋，腰弯着，屁股撅得老高，正一把一把地把麦子往怀里搂，这怀里跳跃的，是救命的麦子。

这二牛，本来就胖，再加上天热，这汗出的，衣服都湿透了，汗水像一条流动的河。后来，他干脆脱了衣服，裸着上身割麦，这麦芒扎在他白花花的肉上，红红的一大片。这汗，流下来，如蜂蜇了一样。

这六月，天太热了。暖壶里的水，咕咚咕咚几下子，就入了肚子，壶里见了底，人只能忍着渴，手里的镰慢慢地朝前赶。

趁着天气好，赶紧把麦子割完。用打麦机，把麦子打出来，然后晒干，入仓保存，一年的生活，也就安稳了。

或许，这个"赶"字，是乡人的姿态。

赶，是属于乡村的词汇。许多人，一辈子都在赶路，赶着赶着，人就不见了。六月，麦子成垛，许多人却一口气没上来，就闭了眼，这一场的麦子，没了主人。

在乡村，一个家庭的男人要是死去了，家庭也多半会散了，有些女人改了嫁，即使有一些为了孩子守寡的女人，也是被乡人欺凌的对象。

孩子，跟着爷爷。有的孩子，跟着叔叔，这人常在村里说，会像对待自己的孩子一样，可是村里人都知道，这孩子肩头的草，分明比他亲生的孩子，分量要重得多。

人，到底赶什么呢？

麦子熟了，赶快割倒，然后终于忙完了，开始赶播种。或许，在乡下，就没有几天好日子，永远在农活里赶路。

麦子收好了，乡村的麦垛，一个挨一个，连绵不断，颇为壮观。这麦垛，是20世纪80年代土地的图腾，谁家的麦垛高、麦垛大，便意味着这家收成好。有了粮食，人便有了底气，儿女的婚事，也会顺利很多，乡村的焦点，都在麦垛上。

夜晚，女人在家做饭，男人们在麦场上，前三皇后五帝地乱侃，从今年的收成聊到天下形势，似乎在中原的土地上，每一个人，都是政治家。

二牛说："日他娘，我要是国家主席，我得抓几个贪官，开开荤，社会太腐败了，清官少啊！"

乡下人的思维，还是将社会的公平寄托在清官身上，或许几百年过去了，这百姓的思路，仍没有一丝改变。

饭好了，女人便将孩子赶进麦场，替换自家男人回来吃饭，其实麦场也没有什么值钱的东西，无非是一些麦权之类的农具，但是六月的麦子太干了，一处起火，便蔓延开来，这孩子，就是为了防火，大人安插在麦场的一个岗哨。

这些孩子，在麦场上玩起了游戏。譬如捉猫猫、滚铁环、跳皮筋，这六月的田野，到处是孩子快乐的笑声。

男人，吃着饭，忍着疼，这一夏的麦，把他们的腰压弯了。太累了，只有在夜晚，才能依靠在树上，抽几口烟，缓缓劲。

麦收完了，便开始打麦了。

一家人全上阵。男人送麦秆，女人垛麦秸，孩子用筛子接麦粒，一家人都有事干。六月的乡下，是没有闲人的。

如果遇见下雨天，这麦子可遭殃了，在水里泡着，不几天便发了芽。天一放晴，一边摊晒，一边打麦，这麦太湿了，这打麦机一下子就卡住了。只好停下来，把麦穗一点点掏出来，然后继续打麦，一上午，这机器不知道卡住多少回。

麦打好后，摊了一地，一见风，这麦子便干了，再加上太阳的炙烤，这麦子放嘴里一咬，咯嘣一下，男人说，可以入仓了，便把麦子装进布袋里，用绳子扎住布袋口，运回家里。

麦事终于完了，人也累倒了。

许多女人，也开始有了闲时间慢慢地研究吃食了。这时候，花样也多了，一盘变蛋，一盘西红柿炒鸡蛋，二两白酒，便让一场麦事，有了滋味。

如今，这中原，少了镰刀，少了弯腰的人，多了许多返乡者。

麦田旧事，只有树是守望者。

人，也开始遗忘过去。

玉米物语

乡村的风吹过，玉米骨骼清奇。

这哗哗而至的声音，把乡村的原野打通。在乡村的内部，许多农民，都以书法家的身份在土地上泼墨。一行一行的玉米犹如一行行书稿，带有井田制的印章。

比风先到的，是一阵玉米的清香。

它飘散在乡村的头顶，让故乡的庄稼投射成一片草木的绿岛。许多人，吃了一辈子的风和热，仍没有逃脱乡村的笼子。

这玉米叶子，在土地上生长，从儿时团在一起，打不开身子骨，到最后一叶高于一叶，欣欣而长。在叶子竞赛的七月，这暑气打通了玉米的所有关节，它们一天天长高，占领了中原。

玉米出穗了，这一头的天星，是属于中原的，它安静地感召着一种人生的方式：孤独而生的活法。在土地上，人躲在家里避暑，只有一株株玉米挺直了腰身，像一个个正义的英雄。

从童年到中年，再到老年，也不过是一两个月的事情，这玉米怀孕了，每一个玉米的腰身上，都孕育着一个饱满的棒子。

这棒子，越来越大，最后长出了绯红色的胡须，一些乡村的孩子,把玉米须扯下来,沾在嘴巴上,模仿爷爷的样子,弓着腰,手里拿根拐杖,最后发出哼哼唧唧的声音,以示衰老。还有一些孩子,把玉米须放在头上,似乎变成了玛利亚女郎,红发黑眼,别有味道。

这时候,乡村是不安静的。一些人,便开始偷玉米了,他们总是钻入别人家的玉米地,掰几个玉米棒子,解了馋意。

这玉米,越来越老。犹如一个人,老了以后,不中用了,被遗忘在乡下的庭院里,这玉米过了能吃的阶段,便无人惦记了。

它一天一个样子,这玉米粒顶到了头,这乡下人的脸上,挂着微笑。似乎一个丰收的年景,就要来临了。五谷丰登,囤里全是金黄色的粮食。

美中不足的是,这粮食价格太便宜,七毛钱一斤,一车的玉米,换个千儿八百块钱,让人心里不是滋味。这农人的苦,别人不知道,掰棒子时,玉米叶如刀片,这叶子边缘的锯齿,划破了农人的皮肤,一道道红印,被烈日一晒,再出一身的汗水,汗水流在这红印上,疼得如蜂蜇。

留下一些玉米做口粮。在乡村,小麦是细粮,玉米是粗粮,乡下人都说自己喜欢吃粗粮,实际上并非如此,人们吃不起细粮,只好吃粗粮而积攒下细粮,然后拿到集市上去卖,换一些柴米油盐的钱。

玉米面,是寒冬里舌尖上的一道饭。母亲喜欢在铁锅上贴玉米饼子,或做成玉米窝窝头。一馍筐窝窝,一碟辣椒油。在故乡,有句俗话说得好:窝窝头,蘸辣椒水,越吃越美。

在乡村里,谁的饭量如何,乡人一清二楚。乡下人吃饭,不圈在桌子上,而是聚在门口,蹲在地上。旁边是馍筐,一步到位,不用担心吃完一个馍回家去拿了。这菜,摆在地上,就这样吃了起来。乡下女人的手艺，全是公开的。

我曾经看见过一个男人，个头不高，却一口气吃了七个窝窝头，把我们羡慕的，我吃窝窝头，向来不吃第二个，一个就填饱了肚子。

窝窝头，是玉米的另一种升华。它在乡村的庭院里，不娇气，具有一种安贫乐道的力量。许多人，一辈子，无论走多远，都会怀念一锅窝窝头的童年。

玉米饼子，是平的，象征着这大地。而玉米窝窝头，是圆形的，象征着这天。在乡村，任何一种食物都保持中和，它不能打破天地阴阳的平衡。

这窝窝头，有点像女人的乳房，或许人充饥的食物，都源自于乳房的赐予。人们在母亲的哺育中，学会了一种形式上的感恩，或者是一种象形的模仿。

我乐意把窝窝头看成是一种生命的寻根，它在人类的摸索中，终于找到了一种粮食和母体的结合点，以一种纪念的形态，去支撑着一个人生理上的需求。饿，便要吃饭，便会想起母亲的乳房。

那些年，我家贫穷，母亲总是在一盏昏黄的灯下，去煮一锅玉米糁子糊涂。这玉米脱了皮，被磨碾碎，然后成了粗玉米粉。每天一碗玉米糁子，加上水熬，这稠稠的一锅，耐饿啊！一家人吃玉米糁子，这可以缓解一冬的粮食紧张。

父亲喜欢喝玉米糁子糊涂，我知道这是一个老人对于生命欲望的保留，他在那个时代，靠着玉米糁子糊涂活了下来，所以才一直对玉米糁子糊涂保持敬意。

每年春节，姐姐都会买一些玉米糁子带回家，父亲的脸上多了微笑。一个老人，心里怀揣着一种深刻的理解和记忆。靠喝玉米糁子糊涂，人们才能熬过一冬，这面粉留给春天吃，这样省吃俭用，恰到好处，旧麦吃完才能接上新麦。

我喜欢这玉米糁子糊涂，只是多年没有喝过了，或许是一个人生活好了，已经开始背弃了一个时代的苦难。我再也不是那个喝玉米糁子糊涂的孩子，晾凉了，咕噜一口，就下去半碗，然后用舌头将玉米糁子糊涂舔干净，或许一个人的舌头，是从生活里发现，它如此柔软，比一些人传出的流言蜚语，温和多了。

在乡村，玉米的另一种升华，是爆米花，我乐意叫它一种生命的张扬。这具有光泽、扁平的玉米，居然在乡村里能开出花来。

爆米花里，包含着我们对声音的一种图腾。在乡村，如此安静，突然一声呼喊：谁家炸玉米花喽！好似扔在乡村里的一枚炸弹，瞬间点燃乡村的安静。

如果有人炸玉米花，这炸玉米花的老人，便将炉子、风箱安下来。对于玉米的回忆，那是我生命里最美的时刻：一手拉着风箱，一手转动炸玉米花的炉子。

时间到了，这人把炉子放在长袋子里，用力一蹬，嘭的一声，传遍全村。这是一种信号，意味着炸玉米花的人来了。

此后，便有了源源不断的人，从四面八方而来，这玉米炉子的四周，成了观赏的海洋。大人拉着话，孩子在炉子的前面，等着抢玉米花吃。

玉米花，不仅是玉米肉身的升腾，还是玉米味觉的一种转化，它将一种玉米的本真保留下来，带有一种粮食的香味，它还加了一些甜味。在玉米花里，我仿佛遇到了一个肉身涅槃的生灵。

一种粮食，只有经过了死，方知重生。这玉米花，在炉子里煎熬，终于开出了一些善良之花，是如此可爱，白白的，黄黄的，这白和黄交织在一起。

这么多年过去了,城市里的玉米花有太多的口味,譬如草莓味的、葡萄味的,但是我总是觉得我们之间有隔阂。

我喜欢的玉米花,有一种自然气息,它只带有玉米原始的味觉,在粮食里,去了多余的修饰,才见本真。

我仿佛听见一种花开的声音,在乡村的土地上苏醒了,一个人,从城市的喧闹里脱身而归,回归到泥土的世界里。

在乡村的夜晚,对着一盏灯,心里所念的,必是玉米的净身。

乡村素描

乡间，是泥土的世界。

好久没下雨了，禾苗旱得都卷了叶子。似乎一把火，这些庄稼就能燃烧起来。站在土地上，向远处望去，一股巨大的热浪，在空气里翻滚。

三爷"唉"了一声，就蹲在地上抽起了旱烟，这年成，似乎又是个灾年了。

乡间的路上，到处是松散的泥土，一阵风吹过，这土便似一阵黄烟，在路上飘荡着，只有那些林间，还有些阴凉。

我走在这林间，白杨树又粗了一些，叶子青青；槐树仍是旧模样，细碎的叶子，铺在树的枝头上。有些人，在林间支了一张床，安然入睡。

我听见林间一阵老鸹叫，这声音深切，而有些凄凉，嘎嘎的腔调，在林间盘旋，按照老家的常识，这悲凉的声音里，会有一条蛇出现，否则这鸟不会惊恐。

果然，在路的中间，盘着一条蛇，没有细细的尾巴，光秃秃的。在故乡，人们把这样的蛇叫作秃尾巴老苍。这是一种祥蛇，能给人带来好运。

这蛇,和黑花子蛇不同,黑花子蛇有些阴毒,人见了多半会将它打死,而人见了秃尾巴老苍,一定会选择放生。

三爷看见这蛇,脸上的神情变了,有了笑意,或许,这旱情缓解有希望了。过了三天,雨果然落了下来。

这雨,急切切地来了,像一个赶路的人,从村东头赶到村西头,这雨落在细土上,一股尘土味。这土的味道,也是从一个地方飘到另一个地方。

当三爷闻见泥土的腥味时,喊了声:"雨要来了。"便拿着塑料布上了平房,上面晒着干菜,不敢见这雨水。

雨,不给人准备的时间,呼啦一下子就落了下来,天地间一片白银的箭头,三爷在屋顶上,成了落汤鸡。

乡村弥漫着一片雨,许多事物都被一场雨阻隔了,许多下地的人,被困在别人家的门洞里,一时半会儿是回不去了。

这些人,便开始讨论这雨的好。

一场雨,被一村庄的人说好,便是一种善念了,许多人许愿说,天晴了,便去村头的奶奶庙里去烧香。

在豫东平原的气味里,庙里香火的味道是最弱的,许多人闻不见,或许只有敬奉着的奶奶神能闻到吧。乡下,味道最重的,便是土腥气,它从村庄的一头,飘到另一头。有时候,会飘进喂猪的人的鼻子里,有时候会飘进打牌人的鼻子里。

夏天的雨,多是雷阵雨,兴冲冲地来,也兴冲冲地去,一转脸,这天就晴了。这土路冲刷后,便干净了很多。

雨后的世界,也开始干净了。

这树叶青翠,上面趴着一种昆虫,我们叫它"水牛",黑色的身子,两条长长的须,像舞台上穆桂英佩戴的翎子。

我们赤着脚,在林间寻找水牛,这是一种美食,过油炸很是美味。同时,也在林间的土地上,寻找薄薄的口,用手一抠,出现一个拇指粗细的洞来,里面潜卧着"爬叉",这东西,过油炒,是肉中帝王,那个香,是别的动物比不上的!

雨,让人间安静下来。

人,不必想着农活了。雨天,适合烹食,许多人,将平时没时间做的饭,开始慢慢地做了。这饭的香味,飘散在空气里,和雨后的青草味混在一起。

这林间,蝉声鸣叫。雨后的蝉鸣,是干净的,透着一种自足,和天热时那种绝命的声音,是不同的,只是许多人分辨不出来。

许多不知名的鸟,藏在树叶下,一会偷着叫一声,人早就听见了它们的叫声,却对它们毫无兴趣。

许多人,走出家门,蹚着这路上囤积的雨水,一种凉从脚底传达。他们担心这地里的庄稼,刚才那一阵风,是否把它们刮倒,此时,他们只关心庄稼。

进了地,到处是看庄稼的人,相互发一根烟,然后唠唠着庄稼的长势,这一上午也就这么过了。

小时候,由于太懒,怕干庄稼活,总是希望有一天逃离土地,自从父亲去世后,家里的土地,不再种了,却再也感受不到那种想法的好了,总是期望在庄稼地,能找到父亲的气息,如今不见了。

在这场雨落之前,母亲忘了收拾柴火,一场透雨,木头全湿了。母亲抱一些湿木头,用麦秸点燃,我拼命地拉风箱,这火苗也不见旺盛。

或许,这才是人生。在人的一生中,总会遇到这样的挫折,一咬牙,多拉几下风箱,这火就燃起来了。

一个人,闻见了火的气息,紧接着便是一锅热汤面的味道。

或许，在河南的乡下，一锅热汤面，是中原的重心。

许多人，钻进玉米地里，他们找到玉米穗上那些发黑的花，在故乡，我们叫它"乌霉"，它其实是一种菌。

许多人，拿回来，用刀切好，便用油炒着吃了，我看见它一身黑色的粉，内心有些害怕，不敢去品尝，直到现在，仍然不知道这"乌霉"的味道。

玉米在土地上，扬花拔节，似乎我的这一生，也如同玉米一样，卑微而活。

也许，这些植物，在那个叫作草儿垛的村子，笑我的谨慎。我没想到，这些细节，逐渐打开我的童年。

在乡下，一阵风就会把一个家庭的伙食出卖，它从村东头刮到村西头，这油香的味道，让一个村庄的人都知道了。

村庄是不藏拙的，这炸油泡的味道，许多人是敏感的，中原的伙食，最好莫过于炸一顿油泡，就一口蒜瓣。

许多人，一辈子，也吃不上几顿油泡，他们活着活着就老了，当他们想要去挥霍时，却发现牙不行了。是牙先背弃了人的身体，而后是耳朵，最后是腿。

牙，是一个人对于中原的掌控，一个人牙没了，只能活在过去的臆想里。耳朵，开始成了摆设，人们拼命地去呼喊，却听见蚊子般的声音。腿开始疼了，便不敢走远路了，这人便离不开村庄了。

一个人，开始喜欢黑夜。

黑夜能给人许多便利，除了尽情地吃大块的西瓜，还有满天繁星的装饰。西瓜如此甜，乡下人多是大气，一块就是一块的分量，绝不切成那种碎碎的样子，一块西瓜吃到最后，就类似于洗脸了，可是许多人却笑主人的仁义。繁星满天，把一个漆黑的夜,硬是打造成一件艺术品,这天空像一座城池,容纳太多的物象,譬如:云朵、七斗。

许多人,也就这么活着,似乎所有存活的一切都是自然的。人和院子里的蔬菜没有区别,都真实地活着,乡下对于熟悉的人总是习以为常,直到有一天,某一个人去世了,许多人才开始唠这个人。

街里跑的那些狗,有谁会记住它们的样子,或许多年以后,这狗就成了胃的祭品,只有那些用心的人,会谈起这狗的主人,顺便提起那条狗。

一条狗,是引不起人注意的。

人们在意的,是一座大院子,里面的人是否有出息,是否仁义。这房子,最好阔一些,才会被人高看一眼。

我家的房子,低矮、破旧,在一片楼房里,愈加寒酸,我知道,这座破院子,是一条隐秘的河流,是母亲依托的现时,也是我回归的绳索。

乡下,是祖先的乡下,也是我的乡下,只是我没有祖先钟爱大地,他们在村东的坟地,守望着这里的天空。我呢?早已远去,留下一个童年的回忆和大地重合。

乡下是什么样子?有没有气味?

它的气味,在每一株草、每一棵树甚至每一座老房子里。我看见一堆粪,在感召着大地,在感召着生灵。

在大地上,脏与净,都很真实,没人躲避一堆粪,也没人讨厌一身汗味。

我,看见了乡村拙朴的样子。

故乡记

故乡是以一场雨切入的。

远处,雾蒙蒙的一片白。在中原,这样的时候不多,中原的雨总是落在实处,一地的湿透,让人心安稳。

这天,不像往日雨来的时候那样,一片黑压压的云压过来。如今这云不见了,这天也是灰白,只是氛围有些压抑。许多人,在街上,聊着庄稼与天气。

我知道,这雨快要下了。或许,我早就读透了中原的云气书,村里人不相信我,说我整天胡思乱想。

昨天晚上,我看见了星光闪烁,按照乡村的思维,有星星的夜晚,注定是晴天。但是我看到这星星闪耀的频率,比较快,在六月的天空,星星很亮,且闪烁不定。

我知道,明天会有雨落下来。父亲在世时,常常对我说:"星光闪烁,定有雨落。"第二天中午,几声雷,就把中原的太阳赶走了,一场风,疾驰而来,随后落下一场大雨,把乡村的土地浇透了。

雨水的乡村,是清凉的。许多门洞下,聚集了许多村人,他们对一场雨,开始评头论足,开始用庄稼生长的视角,去讨论雨水的好坏，一场雨，与其说落在土地上，倒不如说是落在人心上。

我喜欢雨水，盛夏的日子太难熬了，不见一滴雨，这乡人的身子，汗津津的，饭量，也小了很多。

一场雨落下来，这清凉的温度，让人们感受到一种无法言说的惬意。院子里，不急不缓地落着雨，这一院子的蔬菜，被雨水打得摇摆不定，只剩下一两只麻雀，享受着这一院子的雨声。

它们从豆角架上飞起，然后落在黄瓜架上，这乡村的生灵，占有了这一院子的雨，只有在雨中，世界才是安静的。

它们偷吃着黄瓜，人看见也并不赶走，人们都躲在屋子里避雨，对它们睁一只眼闭一只眼，这麻雀似乎读出了人的心理，在雨中挑逗着人类，架子上的每一根黄瓜，啄一下，就飞走了。

雨越来越大，这雨滴打在屋檐上，滚落下来，这门口一片水。这水聚在一起，开始往屋子里灌，许多人，从厨房里铲一木锨草木灰，放在门口，挡住这雨水。

我从一些变化推测出天气。一个人，站在乡村的土地上，切切实实地感受到自己是个农民了。父亲活着的时候，总是用天气去推测一个农民的合格与否。

许多人，活了一辈子，也读不透天气，他们在天气的围墙外，走不到天气这个城里。父亲常对我说："小，农民要想在土地上立足，一定要能读透这天气。"

那时候，我学会了观察很多的气象，譬如：日晕三更雨，月晕午时风；日落胭脂红，非雨便刮风。这谚语里的胭脂红，分明就是火烧云。

童年时代，学过一篇课文叫《火烧云》，用一种描摹的方式，把乡村的真实写活了，许多人，倒像活在故乡了。

雨后，出门碰见二大爷，他正从地里回来。在故乡，一场雨后，必定有太多的人，去看庄稼的长势。

或许，一场风，这玉米就倒了一地，像石磙碾压过一般，许多人，便闪入这玉米地里，去扶起躺在土地上的玉米。乡村的人，和庄稼之间已形成一种联系，谁也离不开谁了。这玉米，不仅是糊口的庄稼，更像亲人了。

他们，对庄稼的长势，了如指掌，什么时候抽穗、传粉，什么时候结棒、长胡须，每一个人，都犹如了解他们的身体一样，许多人，这辈子注定离不开土地了。

有一些青年男女，也闪入玉米地里，他们借玉米的帷幕，在此地偷情。在乡村的内部，玉米地是个看不见的地方，里面有干净爱情，也有不干净的贼，抠个箩头，今天偷几个棒子，明天偷几颗花生，乡村的玉米地，藏匿着太多的人性。

对门，住着一个青年人。

他厌倦了生活，跳河死去了，留下他媳妇，一脸的悲戚。这女人的眼角，分明挂着泪痕，只是少有人关注了。

日子就这样，每天都会死去一些人，也会出生一些人。那些逝去的人，很快便在人们的心头消失了，或许在雨后的时候，当人们聊天时，谈起这个人，才会突然意识到，这个人死了好多年了。

在乡村，一个人的死，是掀不起波澜的。他们的离世，和草木一般，这些人，除了亲人怀念，再也入不了别人的梦里。

一个人的死去，无非是村庄少了一个人的气息。这乡村，是混合着太多气息的大杂院，有草木的清气，有人体和动物的浊气，这些气味交织着。

前几天，我正在地里给庄稼浇水，这雨毫无征兆，就突然下了。先是急促的雨滴，然后冰雹打在身上，很疼。然后，是一阵风，很猛烈，我看见远处的一棵树，突然连根拔起，倒在地上。

我回到家，看见我院子里的那一棵桐树，倒在了地上，这树，还没落过凤凰，就倒下了，从此之后，村里少了一棵树的味道。一棵树，到底影响多少事物，谁也不知道，乡村任何事物都是渺小的，包括一些人，也不比这草木高贵多少！

四叔家的母猪，该生猪崽了，四叔不敢走远。这乡村的一头母猪，把一个人拴住了。这猪终于生了，一连生了八头，这些猪崽，在母猪的肚子下，你争我抢地抢占乳头，是多么生动有趣。

四婶和别的女人，一边看，一边聊天，不知不觉就聊到生孩子上，许多乡村的苦难，以猪崽为引子，便铺展开了。

女人，生孩子是一道坎，但是在乡村，许多人家的孩子，都不少于三四个，她们生孩子，似乎和生猪崽一样容易。

这乡村的女人，不懂什么叫作女权主义，她们成了男人的附属物，一进这个村庄，变成了"谁谁家的"。

乡村重男轻女，这儿子，是注定要有的。许多女人，一连生了两个女孩，便害怕了，去医院托熟人做B超，一查是个女孩，便打掉了。

乡村如此随意，或许，乡下人对女人引产手术，谁也不会放在心上。认为到了医院，便安全了，也没有一个人意识到一些可怕的后果来。

直到某一个女孩，因引产过多而不孕，或者说，突然有一个女人，因生孩子难产死去了，许多人便害怕起来。生孩子，成了女人的一道坎，乡村里的母亲，是注定要迈过这道坎的。

乡村，注定会隐藏许多事物。

这些女人的苦难，没人知道，多年以后，代表她们脸面的，是她们的这些孩子，一些人，没有生孩子，便少有人提及。

许多事物仍在，譬如一些树，一些老院子，但是这院子里的人，去了别的地方，这人，也快被人忘却了。

只有一些人，在聊天时，这些院子住过的人，才会在他们的嘴里复活，但是这些人，成了甘肃人，成了湖南人。

故乡安静，雨清凉，人，却少了。

不知这些远走的人，会不会在某个日子选择归来，谁也说不清楚。

一个人，怀念这样的乡村岁月。

一出门，碰见二大娘，二大娘笑着说："小，上家喝一杯茶吧。"在故乡，这茶，就是指白开水，故乡没有喝茶叶水的旧俗，在故乡，把白开水统称为喝茶。

我知道，许多人在城市的内部，开始习惯了喝茶叶水，而我仍习惯于喝白开水，这么多年，一直没有改变过。

每次回故乡，我保持的习惯和故乡的风俗无缝对接。或许，一个人，内心深处，故乡的影响已深入骨髓。

穿越黑夜的堂门

南亩的麦子,最先被风吹醒。

这场风,是从立夏的肚子里吹出的,而后便弥漫在屋顶、庄稼上。在村庄里,人昏昏欲睡,唯有月亮是清醒的。

这个时候,黑暗像一块巨大的幕布,它一点点凿醒夜色的空洞,顺便也把巢里的喜鹊,堵在里面。

此刻,天仍然黑着,觉醒者寥寥无几,这时候的夜空,如此深沉,野草慢慢地长,树也慢慢地睡,唯有穴里的老鼠,像极了盗匪,偷一口馍,喝一口油,它们欢悦的声音,把乡村的宁静打破了。

黑暗中的乡村,安居着干净的神和尘世的灵魂,无节制的欲望,此刻也睡了。那些在风中闪动的舌头,再也刮不起夺命的风了,此刻世界安好,人心善良。

黑暗中的世界,把众多的农人裹在里面,他们无力挣扎,像躲在叶子下的甲壳虫,面对着无边的黑暗,人们才觉得自己是如此的渺小,再也自大不起来了。

或许,古代的文人能读懂生活真谛的时刻,多半是在夜里,他们面对着被孤独覆盖的黑暗,一定会想起故乡、家园。

人间的功利,在黑暗里,此刻也是轻描淡写。许多人想着明天就归家,可是天一亮,他们又成了老样子。

黑暗中,没有心事的乡人,呼呼大睡,一些怀有心事的人,再也睡不着了。明天出门的东西,仔细检查了一遍。似乎自己有了强迫症,明明所带之物已经躺在皮箱里,但是还觉得缺少什么,又拉开灯,打开皮箱,检查了一遍。灯一亮,人彻底睡不着了,我仔细打量着这被黑暗包围着的房间,一个人就这么坐着,像失意的人,翻开微信圈,发现它没有更新,此刻像是睡着了,只好打开一本书,是梭罗的《瓦尔登湖》,这本书我时刻要带在身上,否则就犹如找不到家园了。

"我愿意深深地扎入生活,吮尽生活的骨髓,过得扎实、简单,把一切不属于生活的内容剔除得干净利落,把生活逼向绝处,用最基本的形式,简单,简单,再简单。"

"简单"二字,太过于随意了,如今的社会,想要把生活过得简单的人,似乎少有。他们被一根鞭子,赶往社会的竞技场,在里面拼命厮杀,最终留下黄土一堆。唯有在这样的黑暗里,人才会反省自己,这个世界上,能照见自己的镜子,真是太少了,黑暗是一块镜子,干净、阔大,让每一个人都能照出当初的美好。当这块镜子洞穿我灵魂的时候,我突然意识到莫大的羞愧,这种羞愧像一块烧红的铁,一下子烙在我们的身上,刺骨的疼痛,让每一个人感到清醒。人们发誓要追求本心,再也不能违背良心了,但是到了第二天,又穿起光鲜的衣服,遮蔽住了伤口,开始向这个世界妥协。

"社会已远远背离'社会'一词的基本意义,尽管我们接触频繁,但却没有时间从对方身上发现新的价值,我们不得不恪守着条条框框，即所谓的'礼节'和'礼貌'才能使着频繁的接触不至于变得不能容忍而诉诸武力。"在梭罗那里，我活明白了，期待着白天的到来，那时候，我们就能检验自己的硬骨了，可是当白天来临的时候，我们又怕了。

"善是唯一永远也不会亏本的投资"，"世界不过是身在之物"，这些闪光的句子，让黑暗里的灯光显得暗淡，我希冀自己被黎明的喜鹊叫醒，看这些报喜的生灵，是否告诉我家乡的消息。

我无意于城市的夜色，它太短了，我急于归家，我渴望遇见一个漫长的黑夜，把自己的灵魂，重新清洗一遍。

在窗外，我分明看见一只白猫，正沿着陈旧的屋脊，在黑夜里漫步。这是一种高贵的轻盈，这只猫试图寻找什么？

我不知道，我只知道一猫九命，这种具有灵性的动物，在屋脊上穿越立夏的节气，或许，一只猫，试图靠近乡下的安静。

猫，躲在乡下。而我却拼命要逃离乡村，我将故乡一次次扔在身后，剩下这只白猫坚守着被人情冷暖欺负的村庄。在土地上，那些阡陌的痕迹里，还保留着父亲的气息，犹如活在昨天一样。

父亲去世后，家里就荒凉了，我对于村庄的念想也开始荒凉了，或许在即将到来的黎明里，一些不知名的鸟，正呼唤着立夏。立夏像一道堂门，门外是春天，门内却是另一番模样：小荷、蜻蜓，还有被黎明灌满的清凉。然而在万物不薄的露水里，它们盘踞在草尖上，比人更心安理得地拥有这个村庄。

立夏的热，把我堵在屋子里，我开始恐惧立夏带来的暑气，整个世界都跑到蒸笼里，每一辆汽车，都是一把扇子，在不停地扇着火苗，地下的父亲，或许也能感受到人间的热了。

在乡村里，我开始寻找一些细节，邻居二牛赶着一辆车，就进了城，先是住在立交桥下，而后用一膀子力气披荆斩棘，在早出晚归的灯火里,他竟然拥有了一座像样的房子,艳羡了一村人。

他站在窗前,面对着这个薄情的立夏,再也听不到雨声和蛙鸣声了,夜里到处是推土机的聒噪声,不时地把黑夜的安静剥去,只剩下一些少不更事的年轻人,在路边唱着时兴的歌。

我无意诋毁一座城市的伟大,只是在潜伏着诸多方言的河流里,我越来越孤独,像一盏被雨水隔离的灯火。

我想起大卫的诗:

> 我这个异乡人的孤独
> 不是一个县的孤独
> 也不是一个市的孤独
> 夜幕降临的时候
> 在这套不足五十平方米的出租屋
> 到处弥漫的,至少是一个省的孤独

或许,这是我此刻真实的生活写照,只是被他写了出来,我蜗居的房子,带着立夏的潮湿和热气,一个人开始想念起被时光扶起的童年,那里有一片繁茂的草木和一座干净的草房子。

突然想起:生者犹困。

这四个字,正在我体内翻滚着。

吹过南亩的风

一阵风,从南亩吹来。

人们最先闻到的,是一阵土气,这味道,有些腥,有些咸。一个月没见雨点了,它燥热的身体里,似一团火焰,烘烤着这中原的大地、草木和人心。

这风吹过的村庄,带着一股瓜果香。南亩上的早茬西瓜已经熟透了,散发着清香,飘散在村庄里;麦黄杏,也熟透了。这些香气,混在一起,被风送到人的鼻尖前。

今天是小满,中原的麦子饱满了。

这麦子,一地啊!风在麦田里,横冲直撞,把这些麦子吹得像醉酒的人。一片盘踞中原的麦子,比人更受人尊敬。

人,在麦子面前,只不过是"躬耕于南亩"的农夫,而麦子却是小满节气里最干净的植物。

我看见一个人,从村庄里走出,他沉默一年了。似乎,他对村庄里的人不再信任。人心难测,他的儿子,有些迟钝,本来已经订了婚,不久就要结婚了,不知是哪个多嘴的人,在女方那里说他儿子傻,这门婚事黄了。此后,这人对乡人绝望,心门堵上了。

他来到田野,和麦子讨论命运、战争和灾难。此刻,他开始把麦子当成亲人,这草木,内心中空,不藏拙。

他和麦子讨论灵魂的有无。在乡村,许多人和他一样都坚持灵魂是存在的。他们相信鬼神,相信祖先的庇护。他相信善有善报,恶有恶报,这多嘴之人,终会被神灵所惩罚。

面对着这一地的麦子,我才感知到我的渺小和局限来。一个人,无论走多远,都不可能走出中原的格局。人是麦子的一部分,人的血液里,藏着麦子的仁慈。人们面对着土地,宁愿相信黑夜比白天更干净一些,因为白天的冷箭太多。

白天,有穿红戴绿的人,在麦地里很是鲜艳夺目。这女人,搅乱多少人心啊!风把女人的气息,送到男人的鼻孔里,他们心里开始记住了这女人的味道。

夜晚,世界安静了。女人睡下了,男人却睡不着了,他们躲在黑夜里,幻想着和这女人躺在一起,然后生个孩子。

我知道,乡村最大的事,不过是有一个孩子,然后他一天天把人催老,把房子催旧,把村庄催得面目全非。

一阵风,院子里的鸡娃开始跑了。这小鸡,黄黄的身子,将庭院填满了。乡下的院子,如果没有狗吠鸡鸣,便少了乡野味道,让人觉得乡村没了趣味。

在夜里,这鸡子可得看护好了,老母鸡护着它们,一不小心,黄鼠狼就来了,等人反应过来,就剩下一地鸡毛。

可是在祖母的字典里,这黄鼠狼是有佛心的。它身上通着神灵,一个人,虐待了它,会遭报应的。在乡村,人们面对着黄鼠狼,总是一副恐惧之心。

这风吹醒了田埂上的蚕豆。这清香,把人的魂勾走了,一个人面对它开始魂不守舍了,许多人便摘走一些,在盐水里煮着,吃一口：软、绵。

这几天，在微信圈里胡乱地聊天，突然想起一句谚语：立夏嫁女，小满看娘。

小满了，该回娘家了。一个人，无论走多远，都应该在小满这一天，让家里团聚一下。中国人最看重这些，圆满了，便意味着日子有了奔头，有了生机。

节气到了小满，便有些热了。许多人说，小满以后，早晨最出活。早晨凉意弥漫，可以心无旁骛地干活，一到中午，就不行了，天太热，人心就散了。

许多人，喜欢蜗居在清晨的露水里。我顺着草尖，会遇见许多青翠和丰茂。一个人，想让时间停下来。

中午，太热了。

一顿饭，大汗淋漓。父亲喜欢吃面条，并且是那种热汤面，一碗下肚，一身汗水，他便光着膀子，蹲在树下。

许多人，蹲久了，便要坐下来。他们坐的物品，多半是乡村的蒲团，这蒲团是玉米皮编织的，村人坐定，像一尊佛。或许，这蒲团是乡村唯一具有禅意的物件。

玉米皮，也有大义。

一部分，送进柴房，引火烧饭；另一部分，便编制了这蒲团。

蹲，是乡村的姿态。一个人，学会了蹲，便意味着不自大了。人们把姿态放低，便不惧怕困境了。

黄昏，是属于小满的黄昏。

这时候落一场透雨，池塘里的水满了，这蛙声，开始在乡村的胸腔内，产生共鸣。这蛙声，属于民间立场。

青蛙藏在林间，它的叫声，是冰凉的，也许这蛙鸣声，远没有枝头的蝉声闹腾。

蝉，是贵族式的鸣叫。

它立于枝头，只喝露水。这干净的蝉，一看就是夏天里的贵族，整天炫耀家族的声名，把人压到屋子里。到了夜晚，这电便停了。在乡村的雨夜里，断了电，便有了古人烛下话桑麻的意境。

你听，这村庄里的蛙鸣和蝉声交织，多像一部悦耳的钢琴曲。我想，懂得曲径通幽的动物，一定是这蛙和蝉。

让我不满意的，就是乡下人的命，感觉总是比不上城里人，每次燥热的夜，乡村总是断电，以缓解城里用电的压力。

翻开书本，上面赫然写着：人人平等。

这平等，蛙鸣信吗？蝉鸣信吗？

一个人，用前二十年，感受着乡村的燥热，多么希望这电扇，能多吹一会，可是这电匀给了城里人，多少有些失望。

夜晚只能听听风的声音了。除此之外，再也没有别的方法，让心凉下来。

此时，风彻南亩，草木听风。

蒜薹记

四月的中原，不安静了。

先前，一声鸡鸣，划破豫东平原。紧接着一声声的狗吠，叫醒了土地和天空。在中原，鸡鸣狗吠，永远走在人的前面。可是在四月，人先于它们苏醒。

在漆黑的夜里，一根火柴，一团火和一口乌黑的锅台，撑起了中原早起劳作的图景。人在夜色里，动着；炊烟在夜色里，动着。一掀锅盖，一锅馒头香。

人，匆忙吃了几口饭，就扔下锅碗走了。这黎明的露水，太重了。人，一进蒜田，这身子就不是自己的了。这身子，是属于儿女的。

二大娘，今年六十多了，一头白发，可是女儿正读大学，需要花钱，就强忍着多种了几亩大蒜，期望能解决女儿的生活费。

二大娘，脚上沾满了泥巴，从腰到脚，整个裤子都湿透了。一阵风，身子一阵凉。

这四月虽暖了，但是清晨的中原，犹如深秋，这冰凉的寒露，让人惧怯。人，顾不上这些了。从低下头的早晨，一直到夜色泛起之前，就再也没有抬起头来。一片蒜薹，等着人劳作，不敢偷懒。

人，在故乡的绿岛上，被生活的剪刀，一点一点剪短了寿命。一个人，笑着说，今年的蒜，能给孩子娶个媳妇了。可是当天夜里，他就起不了床了。开始住院，然后被医院的仪器把整个身子分解掉，摊开诊单，几乎没有合格的部件了。这医院，弥漫着药水的气息，一瓶瓶药水和一瓶瓶五彩的药片，把几亩蒜薹掏空了。人，还没好利索，就要求出院了。我知道，他是心疼钱了。

或许，医院对于乡下人来说，就是个沉重的十字架，他们内心的羞愧，在药水里延伸，这给孩子娶媳妇的钱，就这样散了。

然后，医院仍然一副冰冷，每天会在医院的走廊里，贴上交费单，两天就需要交一次钱，这速度，比人的血压升得更快。

或许，这就是小人物的悲哀，一个人，经受住了太阳的暴晒，经受了露水的冷，但是经受不住这医院的围猎。

中午，第一个卖蒜薹的人，会将蒜薹的价格，传递给乡亲们。有些人，为了多卖一点钱，会跑到县城里卖。

"蒜薹，一斤一块九。"然后许多人，潮水般地涌过去。等排到跟前了，这价钱只剩下"一斤一元了"，在乡村，价格起伏不定，人的命运也起伏不定。

四月三十日，一斤四毛。五月一日，县城的商贩，一下子不见了，这拔出的蒜薹，便没人要了。

于是，在豫东平原，许多人便将蒜薹扔在路边，扔在河渠里。蒜贱伤农，是一个时代的耻辱。或许，当人对乡村生活绝望时，便会一股脑地涌进城市。

乡村，成了一座孤岛，成了一片荒凉的废墟。村里的人，只剩下老人，多年以后，他们陈述生活时，便会苦痛地与它决裂。

一个远走的人，在微信里，看到路边倾倒的蒜薹，似乎看到一片巨大的荒芜，或许看到一张大嘴，正狠狠地吞下他们。在中原文化的厚重上,我看到浅薄的人命。

在电话里,母亲对我说,村里又病倒了三个人。这三个人,背靠着一片生机勃勃的绿色,却收获一身疼痛和灰暗的图景。

或许,这蒜薹的价格,把一个人的信心击败了。他们干活的时候,越来越没有心劲了,他们被生活遮蔽在"五一"的喜庆里。

这躺在大地上的蒜薹,犹如一片暗火,把一个中原的贫穷再一次点燃。河南,是苦难之地,1942年的西逃,让历史的白纸,蒙上一层黑布。如今,这贫穷的中原,再一次看不透世间的去向了,他们感觉一次次被轻视。

蒜薹,本该进入万家的厨房,经过烹炒,成了一道美味佳肴。可是,这偌大的土地,倒像一口大锅了。

我在陕北之地,买一把蒜薹,贵得要命,没想到在蒜薹的源头上,却如此无奈,或许,乡人只能认命了。我自己,也仿佛成了一片无人问津的蒜薹,在人间的尘埃里,飘荡不定。

午睡,我做了一个与蒜薹有关的梦。梦里,有两堆蒜薹,一堆,被一辆车拉着,翻山越岭,进入菜市场、超市,最后死在肠胃之中。另一堆,没出中原就被扔在路边,慢慢变软、沤烂。

人生也是如此,有人从没离开过村庄,有人虽然离开了村子,也不过是带着乡愁的影子,一辈子心念故园。

或许,从一段关于蒜薹命运的文字,或从一片无人问津的蒜薹,我们内心深处的乡村,是如此痛心。

故乡的蒜薹,成了2017年中原最大的痛,和郑州的雾霾一样,被钉在乡愁的坐标上,虽痛但存在着。

人心变了

当我这样给村庄定义时，似乎它遭遇了一场危机。村庄有双重属性，父亲活着时，它只是祖国九百六十万平方公里的土地上一个微不足道的村子，不大不小，任何人都彬彬有礼。

我所歌颂的村庄，一直都带有面具，所有的情绪都隐在面具下。

父亲脾气不好，这在村里不是什么秘密，许多人遵循"多一事不如少一事"的处世哲学，彼此和睦，相安无事。

父亲的村庄，似乎有诗意的成分。村子安静，这里的人，都有一种本事，能用炊烟指认月份。

任何一个村子的葱郁，必定有一颗草木之心。一株草，比父亲的镰刀先抵达这里，每次想到此，我都对于乡下铁器的锋芒，怀有一种深深的愤怒。但从没见过人，向草谢罪。

草木，代替不了人。

它们太安静了，似乎让人看不清村子的秉性，让人误以为一团和气。

父亲去世后，一些人心的恶，慢慢浮现出来，母亲没有了父亲的庇护，而我又在遥远的陕北，一些乡村式的丑陋，便出现在母亲的情绪里。

俗话说,养儿防老。

在故乡,养儿不仅为了老有所依,而且还燃烧着一股生的尊严。再不济的孩子,只要在村子里立着,人便不欺。母亲的愤怒,便落在这个"欺"字上。

秋收,地便空了。

旋地机,从我家地里经过。原先宽大的路,少有人走,开始搁置了。母亲在路口,与人大骂一场,似乎与村人的仇,就这么结下了。一个孤独的母亲,在土地上,是如此可怜,正被一群世俗的势利,慢慢包围着。

地,母亲早就不种了。

这地,给了姐姐。虽说两村隔一条河,但是一条河的距离,在乡村就盘踞着十万水鬼。与其说鬼,倒不如说人更确切些。

乡下的人心,早就不古了。

欺生,永远是乡村的一个真命题。一群人,便会排挤村庄之外的人。姐姐,脾气好些,或者说她不够强势,没有同乡村撕开脸皮的勇气。

母亲看着这地踏成了路,便睡不着了,乡村一直这样,所有的矛盾都根源于土地。

其实,我对村庄的厌恶由来已久,从父亲去世开始,村庄的俗或者贪,都在心头闪着。

那天,院子外只有唢呐声,院子内,我们的哭声和乡人的谈笑声,混杂一起。一些村人,瞅准机会,跑进屋内拿几盒烟装进口袋里,扬长而去。还有一些人,名义上是忙客,要招待吊唁的客人,可是他们把烟拿了之后就不见了,直到吃饭,才露了面。

乡村的人情味,淡了。

其实，不是我对于故乡有多么的留恋，而是我在这片被苦难喂养大的土地上，等待一些事物的到来。

是什么事物，我也说不清楚。

或许，是一场梦，梦里皆是锋利之物，人的头顶都顶着触须，去接受一些远方的信号，酒吧的信号，美味的信号，还有衣服的信号。

或许，我所等待的，就是一场变形记。许多人，变成昆虫，或者中原的树树草草，变成了人。

一个人，在乡下，虽不喜欢俗的人把故乡变成一个名利场，但还是喜欢回到那里。有娘的地方，就是故乡。母亲在，我的故乡至少此刻不会晦暗。

母亲怕冷，我知道。

村庄一到冬天就变性了。它欺负年老之人，总是拼了命地往房子里塞北风，炉子虽呼呼烧着，但母亲依旧太冷。我知道，一个人的冷清，不是火所能驱赶的。

一个人也在冬日温暖时，进树林拾柴，过祖辈的生活。同枯木对话，是另一种修行，这是故乡的人体会不到的，他们喜欢在热闹的场面里，活着，过着。

然而，我的故乡，早已缺乏对话。

许多人，越来越远。每次回故乡，都有些不适。

我知道，村庄早就失去了雄性特征，越来越阴柔，男人走了，只剩下女人。

许多人，仍在村庄里，用传宗接代的偏见看人，谁家儿孙多，且在身边，便腰挺得笔直。谁家的儿孙，在外地工作，且回不来了，便感觉抬不起头来。这心理，似乎有些变态了。

行走的村庄

一

过完年后,男人们就走了。

麦苗青翠,漫过了村子。也许从今往后,这村子就会是另一番景象。阳气升上来,满是阳气的村子,人们不再怕寒了。草木,也顺着路,把一些人引到田里。野鸡,兔子,也欢快起来,动物一动,人就坐不住了。白天还好,人一忙,就忘了许多烦心事。夜晚,风呼啦啦地刮着,许多鸟,蹲在树杈间,把一个村子的灯火收到眼里。

这些鸟,似乎听到了一些悲凉的话。"他爹,开春了,活路来了,咱家等不起啊。""他娘,别催了,明天就走。"絮叨之后,世界便沉了下来,剩下二牛和他婆姨的做爱声,似乎这村子就浮在一条性爱的河流上。

第一个离开村子的人,是二牛。好些的衣服,都扔给了村庄,他知道一进城,这些衣服就用不上了。其实,一个人,要走时,所能带走的东西不多。一身衣服,一床被子,就能挂在一座城上。

二牛一走，乡村就乱了。

村里人，一个看一个，好强的人看二牛走了，都不愿落后，踏着麦子的气息，被汽车拉走了。只剩下一些老人和孩子，坚守着村子。村庄空了，或者说，村庄就要荒芜了。

名义上，村庄是一千口人的容身之所，实则村庄只剩下一副骨架。人，是村子的皮，我一直这么认为，没人的村子，其实是把村子的表象裸露在外。它的存在，名存实亡。

二

二牛走后，他的婆姨桂花陷入孤独的海洋里。两个人的世界，突然安静了，没有了争吵。

清晨，村庄安静似熟睡的婴儿，一呼吸，空气里弥漫着烟草味，烟囱最先醒来，让人间的味道抵达上天的神庙。

她起床，烧水做饭。

一个人，背负着诸多石头，压得她喘不过气来。三个孩子正在上大学，每一个月都吐着要钱的舌头，语气很坚决，似乎这是桂花欠他们的。这些孩子，在城市里，尽情地吮吸着乡下父母身上的血。家里，还有一个老人需要照顾，只不过前几年瘫了，老人整天圈在屋子里，性情变得古怪。时不时骂桂花，话很难听。

桂花，只能忍耐。这时候，她开始想念远方的男人，都走了两天了，是不是挣下了钱。也许，钱对于一个贫困的家庭而言，有别人体会不到的滋味。下个月，该买玉米种子了，老人的药，也快断了，这一切，都堵在桂花心里。她渴望分身，变成两个桂花：一个在乡下待着，一个去城里打工。

殊不知，她的男人，在劳力市场已待了两天，还没找到活干。白天，这里的民工，像一匹匹野狼，眼睛里，满是贪婪的光泽。看见一个老板模样的人走过来，这些人如潮水般涌上去，一个个拼了命地往车里钻。夜晚，他们就躺在桥洞下，看远处灯火照彻城市，但是这个地方，与他们无关。他们只是一个过客，无寸瓦之地。在城市，他们在桥洞下，像一个局外人，呼吸着城市的雾霾而眠。

两天来，二牛没有接到一个活，因为他有些放不开手脚，他以为站在市场上，人家就会主动去挑他。可是已经两天了，他都没有被人挑走，他知道，他必须把脸扔掉了。

脸，对于乡下人而言，是个荒谬的词。或者，一张脸，会被一场生存的雨水冲刷，尽剩下泥沙。

两天后，他像一只求食的狗，闻着钱的气味，拼命钻进车里，也不问做什么，只要能挣钱，什么都可以干，反正有一膀子力气。

有了活干，在城里就有了活路。一周后，二牛在城里混得不错的消息，在村子里传开了。许多人，提着蛇皮袋，同乡村告别。

三

那个叫草儿垛的村子空了，许多人来到城里。似乎村子仍在，只是挪了地方，我宁愿这样定义它：行走的村庄。是啊，村民都在，只是从草儿垛漂移到了城市。

他们仍种庄稼，只是种的庄稼不再是麦子、玉米，而是墙。一栋栋高楼，是他们种出来的。或者说，他们自己就是一株株麦子、玉米，被饥饿的命运，种在城市里。

天黑漆漆的，他们就将城市污浊的空气转化为干净的劳动。一些人，在倒春寒的冷气里，水泥、瓦刀、砖，三者之间，被麻木的手，捏合在一起。

一场风，二牛倒下了。

第二天，他满血复活。也许支撑他的，不是梦想，而是那一天一百元的人民币，这钱的背后，隐藏着的是一个家庭的温饱。

一个汉子，发着高烧。

春天，总是喜欢柔软的部分。一个汉子的硬，刺痛了城市的青翠。他和其他人一样，抓砖、用泥、堆砌。或许，一个人的高烧，一个人的痛，都被按在这墙里。如果一个人没有回忆，这卑贱的命运，不会唤醒一个城市的文明。

他似乎意识到桥洞下的风太重了，这样下去，自己真的会垮掉。一个人，或许死了就死了，但是背后那个家庭，一直是一根卡在喉咙里的刺。

他决定去租一间房子。

繁华地带，当然不敢去的。他在郊区，租一间民居。里面只有一张床，空荡荡的。租一个地方，就有一笔花费支出，他有些后悔了，可是想想桥洞里的风，实在太重了，他一咬牙，交钱。

白天，他不回来，唯有夜晚在此处过夜。这些房子，空着的极少。隔壁，是一个女人，来自于乡下，三十多岁，和他年龄相似，脸却少见的白，和他小时候梦里的姑娘那种肤色一样，白皙鲜亮。

一个院子住着，低头不见抬头见，一来二去，就熟悉了。她来自于L城的郊区，弟弟读大学，为了挣钱，只好来这里。她看起来很文静，一笑起来，有种茉莉花的味道。

夜里，很安静。只有隔壁女人的做爱声，像一把钝锯发出的锯木声，把空气搅乱了，把一个人的灵魂撕裂了。这破地方，中间是被木板隔开的，那边一动作，床就嘎吱作响。声音传进二牛的耳朵里，他心里犹如一把钩挠着，身体燥热，似乎要爆炸了。

隔壁的声音，每夜浮起。

二牛想他婆姨桂花了。

也许，乡村的夜，能容纳一个人的性欲，此刻在城市里，这孤独的感觉，把二牛的床事摁在房子里。二牛觉得，自己是城市里多余的那一个。

四

几天后，二牛想搬家了。

那天，天阴着，似乎要落雨。二牛待在家里，没出工。

风，很重。把地上的纸屑，刮得团团转，许多塑料袋，在空中乱舞，有的塑料袋，挂在绿化树上。对面是商贸大厦，那牌子上微笑着的女郎，也被尘土遮蔽了。风把牌子，吹得啪啪直响。

落雪了。二牛终于可以安静地待会了，也许这雪天，是他真正审视城市的开始。他从来没打量过这座院子周围的环境。抬头，后面是一片湖，杂草丛生，湖的周围，种有庄稼。一片发绿的青菜、葱，似乎是城市内心的颜色，涂在土地上。

如果是夜里，会安静点，居然能听到一些鸟的鸣叫，像家乡的斑鸠，又像长尾鸟，此刻，他不知道自己身在城市还是安居乡村。但远处，是一些新建的楼，近处，又是石棉瓦盖的民居。这情景，让人找不准定位。

只是，汽车的尾气，包围着这里，还有几个大烟囱，正对着天空吐烟,它的烟瘾,肯定大于二牛。

城市,戴着面具。

二牛想,趁着雪天,再重新找个住处,这里太压抑了。一出门,碰见那姑娘,冲他一笑,他反而不好意思了。"大哥,本来趁着雪天,准备去请你吃顿饭,没想到在这里遇上了。"二牛竟然不知道怎么回答了,呆呆地站在那里。等他回过神来,姑娘已把他拉进房子。圆桌,四个菜,一瓶二锅头,廉价的那种。

屋子里,先是沉默。

后来,二牛说到搬家,姑娘很纳闷,二牛说,晚上会想起他婆姨桂花。

姑娘脸红了,她知道晚上动作太大了,影响了二牛的睡眠。

"大哥,你知道吗?这个男的大我二十岁,我为了给家里寄钱,只有被他包养。"二牛心里一愣,这姑娘,花一样的年龄,怎么就不去找个正经工作呢?

也许,这个世界太复杂,二牛读不透,也看不懂了。

从此以后,隔壁似乎安静了些。

在院子里,二牛看到这姑娘,仿佛看到了村里的大红,大红自从走后,再也没回来过,有人说她当了"小姐"。

城里,是另一个村庄。

五

一晃半年,二牛仍在工地与住处之间切换。仿佛他的江湖就这么大。也许,回到乡村,别人以为他的郑州一定很大,又有谁知道,他的郑州只是一条路线。这路上,有酒吧、有夜市、有站街的女人,还有一些一拍即合的男女。

二牛的世界,没有灰尘。

那里,长满青草,有夜半传来的蛙鸣,把一个人的故乡唤醒。如果湖水仍能清澈透明,二牛就如同活在另一个故乡。工地上,许多人,说说笑笑,犹如在老家的农田里干活。

村庄走了,带着这么一群求食的人。

谁也想不到,村庄突然有一天,就扔下一些人不管了。前些年,一次电击,它扔下了大春;去年,一场车祸,它扔下了三冬。今年,谁也想不到它扔下了二牛。

那天,天气炎热。

二牛在高空作业,突然头晕眼花,一头栽了下来。工地顿时乱了,村庄的人,把村庄的仪式搬到工地上。一些事,有条不紊地进行,这个人回家报丧,那个人同工头谈判,剩下的人,守住二牛的尸体。

赔偿金给了,二牛就回到了乡下,许多人,又回到故乡。城市里,那个临时的村子不见了。很多女人,一见二牛的灵柩,就落了泪。

"这么好的人,怎么说不见就不见了呢!""你怎么忍心走呢,扔下这一大摊子,让桂花怎么办?"

很多人,拿着黄纸,烧几张纸,哭一阵子,拍拍土,就走了。乡村,表演的成分太多,真正痛入心扉的,只能是儿女。他们披麻戴孝,哭喊着,似乎要把二牛,从阴间的路上,叫回来。

外棚,滴滴答答地吹着。

内棚,是一些孝子,跪着。

许多人,站在墙头上,不过是为了看活人,看儿女的哭,看亲戚朋友的礼节。乡村,被哭声衬着,涨潮了。守夜的人,除了儿女真心难过,其他人,聚在一起打牌。这死亡,于他们而言,无足轻重。

一根刺,只能落在儿女的心头。

桂花躲在屋里,一次次昏厥。她恨自己,为什么就赶自己的丈夫呢?如果自己不赶他,他就不会死去了!

下葬后,村子又恢复了安静,比村子更安静的,是桂花的沉默。二牛走后,桂花明显癔症了,有时候,看见飞鸟,就忘记了手里正干的活。瘫在床上的父亲,也不再闹了。老人安静地看着院子,不知是否想起这个老实巴交的孩子。

村里,似乎忘记了二牛这个人。

很久都没人提起二牛了,似乎他的名字,消失在村子里。只有坟头,那些荒芜的草,证明着他的存在。

六

每年,都会有村民外出。

春节一过,许多女人开始催自家的男人,去城里挣钱。夜晚,照例是男人和女人的叫声,稀释在夜色里。

天一亮,一样的蛇皮袋,一样的土布鞋,照例地去L城。

城市,和乡下到底有多远,也就一段路的距离,或许一具尸体的距离。他们,仍会在城市里,组成一个新的村子。

村子,是会动的。对此我坚信不疑。

归葬记

故乡一片漆黑，犹如掉进一口巨大的瓮里。此刻，是夜里两点，从昨天四点开始，我就一直乘火车在穿行。

就这样，我一直穿行了十多个小时。这十多个小时里，我感受到一种窒息的压抑。或许，这十多个小时，承载了我三十多年来所亏欠父亲的所有债务。

此刻，村人未起，村庄一片安静。

这薄凉的夏意，于我而言已经入骨了，我突然感受到一种沁入心肺的悲凉。故乡，很熟悉，可是最熟悉的人，此刻已经睡下了，再也不能呼吸故乡的空气了。一进村，我的腿像灌了铅似的，再也迈不动了，我知道自己渴望选择逃避，不敢面对父亲那一脸的沧桑。

我知道，等待我的将是一座巨大的伦理坟墓，也许一入家门，我就不是我了，我成了曹家的一具行尸走肉，在人们目光的注视下，必须完成一段行程。

天，仍然黑着。院子里，只有一盏昏黄的灯，在灵堂前闪着。这微弱之光，像一束悲哀之火，焊接在我的目光里。

一抬头,看见一具棺材先于我进门,这个生活了三十多年的院子,终于不再完整了,它在一具棺材的面前坍塌下来。

这棺材放在冰棺里,夜晚安静,我只能听见它里面的制冷声。父亲此刻应该很冷,我知道父亲这一生,被岁月赐给了许多苦难的疾病,譬如:关节炎、心脏病。

父亲躲在这冰棺里,他的关节炎一定加重了,我似乎听见这骨头发冷的声音,在灵魂深处呼喊。父亲似乎咬紧牙关,只留给我们一脸微笑。此刻,我处于冥想和现实的双重境界,我的潜意识里,仍然觉得父亲还活着,只不过是睡着了。

姐姐看见我,一声悲号,把我惊醒了,我被姐姐的哭声从虚幻的世界拉了回来,面对着父亲,才意识到他将永远离开我们,我内心的平静,突然塌陷了。

我被姐姐引领到一条悲痛的河流上,于是我一阵眩晕,此刻的我,再也看不见一点镇静的样子,泪水打湿了衣服,鼻涕和泪水混在一起,此刻的悲苦,让一个男人沉浸在一个乡村的哭声里。

这个夜,很漫长,足以让我回忆起他的一生。我将父亲与我有关的温情,全都浓缩在这一夜的哭声里。

我怎么也没想到,面对父亲我会如此失态,本以为会在棺木前,和父亲拉拉家常,话还没出口,这哭声就惊醒了乡村的夜晚,许多悲痛的音符在空气里弥散着,让这个乡村,包裹着一种悲意。

此刻,我的世界彻底黑暗了。母亲,仍躺在医院的病床上,父亲的去世,让母亲始料不及,她眼一闭,感觉到世界突然黑暗了。当母亲被抢救过来时,她面对着的是三个与她一样悲苦的孩子,他们强忍着被变故撞击后的眩晕,一脸镇定地安慰她。

我的身上挑着两个担子,一头是父亲的葬礼,另一头是母亲的安危。我突然觉得自己快要崩溃了,一种生的恐惧,在我的生命里漂浮不定。

　　我知道，母亲的哀痛，来自于一种瞬间的改变。一种生的温暖，突然不见了，当她看见三个孩子时，突然失声痛哭。我知道，她习惯了对于父亲的依靠，这场变故，让她毫无还手之力，此后便和儿女的命运，绑在一起了。

　　这漫长的夜，时间犹如停止了一般。

　　抬头看看天，还是一团漆黑。此刻的院子里，只剩下舅舅和姐夫商量着葬礼的声音，这声音虽微弱，却像一把挠钩，把我的心刺得毫无节制。一声高于一声的哭声，是我所能怀念父亲唯一的悼词。

　　姐姐说着父亲的好：那年大雪，夜里十二点，她发烧，父亲背着她，夜奔五里，敲开诊所的大门。突然，一声大哭，把我们带入一个悲哀的境地。

　　我知道，父亲像一棵树，长在我们每一个人的心头，他伸出的每一个支脉，都与儿女有关，他再也不能惦念我们了，我们与父亲之间，被一场葬礼所隔绝。

　　天终于亮了，这黎明的光，把乡村的门洞叫醒，许多人，注视着我家门楼。我知道，乡人眼里的热闹，即将上演。他们躲在人伦的格局里，偷看我们姐弟几个声泪俱下的样子。在乡村，我和姐姐成了人们眼里的演员了。这几天，他们高高在上，内心怀揣着观看的心绪，去打量孝子们是否悲伤。

　　在这场葬礼上，我和姐姐，都满足了他们的嗜好，我们沉浸于父亲生前对我们的好，哭起来的样子，悲痛欲绝，这表现，满足了乡人的偷窥心理。

　　母亲在医院里对我说："回去，让你叔带着你，一家一家地磕头。头，要低下。"我在乡村的街道上，犹如一株漂浮在大海上的草木,这乡村的每一个街道,都犹如一个迷局,我不清楚父亲的离世,在人们心里到底会产生多少悲伤。

乡村造就的礼节,是一定要走的。叔叔在前头让烟,我在后面磕头,男女皆要跪拜,这时候,孝子的膝盖是不值钱的。我知道,这礼仪也不过是走程序,一个人,在风俗的引导下,越来越靠近人心。出门碰见二大爷,他拉着我的手,失声痛哭,我知道,这种哭,是真挚的,源自于一种血脉相连。

在故乡,有些人,表面安慰我,实则不过怀有一种高高在上的看客心理。我在世俗的目光下,能一眼洞穿人的内心。许多人,在我离开后,开始讨论父亲的葬礼,在他们眼里,一个孩子的脸面,不过是葬礼的相互比较。如果父亲的葬礼,举办得太过于寒酸,多半会像一阵风,传遍这个村子,这不孝的名声,会像一块布,盖在我们姐弟的脸上。

响器,是要请的,烟酒也是要讲究规格的,否则我就会被孝的刀片,一刀刀凌迟处死,我毫无主意,只能听从长辈们的安排。叔叔安排着父亲的葬礼,我们像一个提线木偶,被众多的人,鞭打着向前走去。

一出门,看见众多乡人围在门口。

我知道,这乡人不过是观看葬礼的热闹而已,他们不在乎死者生前的善、生前的苦难,他们站在高处,手拢在一起,冷眼旁观,让这个小院里的哭声,多了些旁观者。这时候,我感觉后背的目光,像一束束火焰,在不停地燃烧。

我被父亲的这场葬礼所绑架。我每天在医院和家之间穿行,生者在医院里,满怀悲戚;死者在棺木里,一脸安详。从家到医院,不过三十多里路,这一路,似乎耗尽了我漫长的一生。我在生者与死者的夹缝里,举步维艰。

母亲那几天，粒米不进。

我们了解母亲的世界，儿女的安慰，也不能消减她内心深处的痛苦。母亲游走在回忆的画面里，每一幅关于往事图画的浮现，都引发她一阵悲伤的哭泣。

"老东西，怎么说走就走了！"

这一句话，看似轻飘飘的，实则像一把铁锤，敲击在我们的心上。也许，人生所有的重量，都在这一敲之中。我的内心，被这一锤敲得有些蒙了。

从医院出来时，我暗想：天地如此辽阔，为何让卑微的人如此苦难？我是一个卑微如草木的人，我这一生，也不过是在风雨里摇摆。此刻，我在人情的风雨里，摇摆得更加厉害。

到了家里，一进院子，烧纸的人来了。

他们拿一卷黄纸，一边哭着，一边偷看守灵人是否哭得悲痛。我越来越讨厌故乡这些虚伪的礼节，许多人，被乡村的风俗，推到这灵堂前，他们内心毫无一点悲伤，却还要努力挤出几滴眼泪来，以衬托这个葬礼。

在乡村，人们内心的情感，并不会以某一个庭院的悲苦为转移，他们表面的悲苦，实则是为了自己的百年留伏笔。到那时，人们也会拿着黄纸，鱼贯而入，在逝者的灵堂前，烧几张纸，掉几滴泪。

有时，我觉得乡村就是一个舞台。每一个人，面对着死者，都拿捏得恰到好处，不过分渲染，而又拿出一些悲的哀思来，这就是中原文化的模式。

出门，看见一些在自家门前看热闹的人，正指指点点，一看我来了，便退回院子里。他们是害怕我给他们磕头，在故乡，人们嫌弃孝子"扑通"一声跪下。这白事的晦气，让他们觉得不详。

我知道，这些人一定会在背后议论，这葬礼的规模，有哪些有头脸的人来吊唁，对于我这样卑微的小人物，哪能认识一些有头脸的朋友，来的人无非是三里五村的亲戚而已！他们一身朴实，却带着最深的悲意，姑姑的眼，哭得红红的。

或许，这是唯一有些伤感的亲戚，这血脉相连的亲情，也把姑姑带入回忆之中。在葬礼上，每一个人都在回忆的河流中，一点点找到温情的源头。

晚上，人都走了，这个院子也安静了。

二姐去了医院照看母亲，剩下我和大姐，在父亲的灵堂前，一边烧纸，一边和父亲说话，或许这是我和父亲说得最多的一次了，悲悲啼啼，絮叨了一夜。

当夜安静下来，我也开始为乡村的虚假而忏悔，白天的人，都像裹了一个套子，看不见内心的真实。我想，一个人，如果真的怀念逝者的好，倒不如在夜晚，来烧一张纸，说说父亲以前的坏脾气，让一个真实的人，在言语里复活。这时候，不需要眼泪，让我们感念着乡村的温情，这才是对于逝者的安慰。

这天夜里，吹鼓手来了。在故乡，我们叫这些器物为"响器"，它们抬高了乡村的悲痛。一听到响器，我知道父亲要去彼岸了。我虽然不知道彼岸是不是没有痛苦，但是我知道父亲在现世所受的苦，走到头了。

响器刚响，村里的世界就沸腾了。许多乡人，围在乐音悲伤的世界里，听一些欢喜。逝者的痛，与他们无关，他们沉迷于一个乐音营造的世界里。

这响器，本是给死者送行的，没想到却一声高过一声，把一村的目光，招引过来。这里，倒不像死者的灵堂，犹如一片焊接听者愉悦的火苗，一点点燃烧着。

姐夫说，为了有面子，请一个班子表演吧，被我拒绝了。我知道，乡村如今的班子表演，为了挣钱，人心坏了。他们竟然在逝者的灵堂，表演艳舞，这是对逝者最大的不敬，我怀着深深的敌意，去看待乡村此刻的风俗。

我希望，在葬礼上，能让父亲再听听他喜爱的豫剧《我爱我爹》，当声音传到我的耳朵里，顿时悲戚不能自已。我犹如在一个虚拟的世界里，找到了父亲的映像，他一头白发，满脸皱纹，也许陪伴他的，是一台收音机，和一把泛着光泽的农具，这才是乡下人的一生。

我就这样，胡思乱想了一夜。

这一夜，我也搞不清自己到底是在此岸，还是在彼岸。一会儿，我看见了灵堂前的烛火，一会儿仿佛在另一个世界和父亲对话，父亲的脸上堆满了温和的笑意。

天还没亮透，这响器便从庭院里传出，随后一个乡村也醒了。亲人三三两两地来了，这是父亲的肉体在阳世存活的最后一天，他们看看有什么需要帮忙的。

婶婶们开始剪裁孝衣，在乡村，白头是祭奠亡者唯一的方式。这孝衣一穿，这个庭院才有了一点悲伤的色彩。除了我们五个声嘶力竭地哭泣，是怀有真情的，别的悲伤，只能寄托在白衣麻绳上了。这麻绳串联的世界，是一个乡村的风俗。

妻子在旁边，听我沙哑的声音，便有些心痛了，我知道这时候，所能弥补父亲的，唯有这哭声了。只有在哭声里，我才觉得自己好受一点，否则在乡村的世界里，我感觉自己像一个不可饶恕的人，我离开故乡十来年了，这十来年，父亲的黑发，让我的婚姻给催白了。

父亲，再也看不见我的孩子了。想到这，我的悲伤又重了一层,我让哭声去传递一个儿子的悔恨。或者,我声音的悲苦,早已打透了这棺木的厚度。

吹鼓手,在外面吹着;乡亲们,在外面欣赏着。或许,"欣赏"是乡村唯一的主题,这些悲剧串联的词汇,与他们是没有关系的,他们只是看客,在一场葬礼上,怀抱一种姿态,去品味死者的儿女们,以怎样的方式送死者最后一程。

这天,来的人不多。乡亲们,心里都有一个小算盘,我远在陕北,注定是远离中原了,他们怕给我随了份子钱,而等到他们父亲老去时,我不在,就还不上这个情,白白吃了亏。

我知道,这就是真实的乡村,一些人还未动,心思就被别人看清楚了。乡村人心,不藏拙,容易被人看穿。还有一些人,是我的家族之人,按理说,应该回来守孝,可是叔叔对我说,他们怕耽误挣钱,就不回来了。

在叔叔的陈述里,我感知到一个乡村的变化,人越来越势利起来。风俗,再也不像以前那样淳朴了。许多事物,变得可有可无,包括一场同宗同源的葬礼,也不过形同虚设了。

我和打墓人,一起来到祖坟里。

我知道,所谓的风水,只不过是一种对后世的安慰,入土为安,死者不过是躲在一方黄土下,被蝼蚁吃光了身子。但是叔叔却不这样想,他们一定要给父亲找到好的墓穴,也就是所谓一间阴间的好房子,这样能给后代子孙一些好庇护。

我知道这想法只是自欺欺人,但我依然怀有很大的热情,因为父亲生前很信风水,我以风水的形式为他送葬。

这天,我门都没出,躲在灵堂前悲苦地哭泣。该出灵了,买的纸人纸马,父亲也要带走了,我知道父亲生前连一个烧饼都不舍得买,这纸人纸马,在所谓的阴间父亲也定然不会使唤它们的，父亲的善，自始至终。

哭灵的人，在祭奠的时候，开始从一月哭起，姐姐也守在灵堂前，只剩下我一个人在棺材前，也从一月的麦田里回想起父亲，他一腿泥巴，奔跑在田埂上。一个影子，闪现在我面前，我开始和外面哭灵人的哭声相迎合，只不过二者不同的地方，一个是虚假的，另一个是真挚的。

我在棺木前，几乎昏厥了过去。这八月，天热，再加上我这几天滴水未进，一哭起来，便觉得天昏地暗。

父亲的棺木要出葬了，院子里的亲人，都看着父亲躺在一个偌大的棺木中被抬走了。此后，父亲的概念，只剩下文字的记载了。

我被人架着，遵循着乡村礼节，在门前摔了瓦，并且拼命地阻挡父亲的棺木，因次延误了父亲下葬的时辰，我就想和父亲多待一会，让我的哭声，在乡村流淌成一条河流。

这天，母亲坚持要回来，我们不让她回来，母亲以死相威胁。她想送送父亲，陪伴了一辈子，突然间孤单了，剩下一个人，被孤零零地扔下了。

在送葬过程中，母亲一声不吭。

只有我们在父亲下葬时，拼命地哭起来，我知道，一个给予我生命源头的肉体，即将回归土地了。而我却在他给予我温情的时刻里，走不出来了。

我的哭声，在葬礼上漂浮着。

父亲，被黄土埋下了。突然听见"哇"的一声痛哭，母亲昏了过去，看热闹的乡亲，围拢过来，母亲醒来后，又昏了过去。母亲昏了两次，他们围拢了两次。

母亲被人架走了，他们仍然觉得"好戏"还没看过瘾，有些失望地走开。这就是乡村，一个渺小而又世俗的地方。

院子空了，人散场了。我突然感到一种虚幻，我觉得父亲还活着，刚才只不过是一种假设，然而屋子里，相框中父亲微笑的照片，让我回到父亲已经不在了的现实中。

院子里，只剩下我们姐弟三个。

我们一个个惊魂不定，你看看我，我看看你，这几天，我们像一只只兔子，被围在世俗的栅栏内，逃不掉。此刻，栅栏不见了，而我们也彻底感受到了乡村的人心。此刻，一个人都不见了，这个院子，漂浮过的葬礼纯粹是一种展示，没人关心生者的悲苦。

母亲，也安定下来，她知道，这个院子，此后要被孤独覆盖了，她也不再悲哀了，她要学会亲近这场变故赋予的孤独。

守了"头七"，我和姐姐也都走了，家里只剩下母亲一个人，在深夜里恐惧，她害怕每一个即将来临的夜晚。但是，我让她跟我走，她说离不开这个院子，担心父亲"回来"看不见她。她在这里生活了四十多年了，这四十多年里，承受过多少岁月的苦难啊！

此后，日子又回到正常。父亲的死，很快就被人忘记了，他只存在于我们心头，存在于一个与我们有关的日期。

这天，被我们称为祭日。它与我们的生命捆绑在一起了，我们把它看成和清明、寒衣节一样，成了命里的一个悲伤之日。

第四辑

那些安静的事物

立 春

年过后，开门见春。

立春时，门前贴的红对联还很鲜艳。"出门见喜"的字，仍是乡村温暖的陈词。一个人，站在乡村的内部，依次打开节气的窗户：立春、雨水、惊蛰……在春天的第一站，便是立春了。

豫东平原的春天，总是姗姗来迟。

一阵风吹来，有些微冷。这春，多半是立不住了。花草未萌发，冬国的帝王，一口吐了一场大雪，把乡村全压在雪下。

桃花未开，还在路上。

雪融化后，似乎又恢复了正常。

母亲一边看着日历，一边说"该打春了"。其实，我不知道打春是干什么的，翻阅古书，居然翻出一地习俗。

在故乡，有人拿着长鞭，在麦田里抽打，似乎用力愈大，这年景也好。这是记忆里的打春，看大人们闹得欢实，我也觉得好玩。多年以后，才回味过来，这些被鞭打的庄稼，一定很痛。

这鞭抽在身上的滋味，我深有体会。

那年立春，冰还未化。我和小伙伴们，在河边玩冰，突然听见咔嚓一声，心想坏了，这冰裂了，就吓得不敢动了。一个人，面对空旷的大地，大哭了起来。

父亲闻讯赶来，将我从河里救了出来。然后便是一顿鞭打，这痛的源头，从立春开始，一直蔓延到如今。

多年以后，我记住了打春。

立春，邻居对我说，要打春牛了。在故乡，方式不同，有的人，用鞭子轻打牛背，这只是一种象征，实则是对牛的一种期望，或者说是对人的一种激励。开春，地要翻耕了。人勤春早，牛也不例外。

可是，在我的故乡，打春牛，已换了形式。不再鞭打真牛，而是让老人们用胶泥捏成一头牛的模样，肚子里装满五谷，用鞭子抽打后，便流了一地的粮食，预示着来年会五谷丰登。

或许，中国农耕文化的气息，是从立春开始的。一些人，在春天里，开始祭祀，或许，这是与神相通的方式。

远古，一个人记载春天，一定是结绳记事的，或许，年过后，这绳上打的第一个结，便是立春了。在古代，节气是大事，它是农耕文化的"指南针"。

在故乡，立春日，人都闲了。

许多人没事，便请戏班子唱戏，今年你村请，明年他村请，资源共享，好不热闹。三五成群，去赶戏。

在中原，村落一个接一个。

抬头不见低头见，三里五村的，谁都认识谁，到了谁家的门口，便会搬一把椅子来，给认识的人坐。

这叫社戏。在鲁迅的笔下，专门写过。江南水乡，罗汉豆正好，可以吃了。这戏剧，也是江南人所能欣赏的。在豫东平原，兰花豆刚开花，还不能吃，人们听的，是豫剧。在河南，豫剧是人心头的宝。

这社戏,准确来说应该属于春社。因为,在古代文化里,还有秋社。

立春后的第五个戊日是社日。这天适合唱戏,一个村子请来了戏班子,三里五庄的人,便会赶来听戏。

古人说,这社戏是男女幽会之用。在故乡,也是如此,男女基本不往里面挤,里面听戏的,基本都是上了年纪的,未结婚、未出嫁的都远远地看,他们的眼,一次次扫瞄青年。有些人,对眼了,便钻进沟里,私定了终身。

这文字的表达,是乡村式的。

还是说点高雅的文字吧。立春三候里面,我最喜欢的,就是鱼陟负冰。春风一来,冰就开了,但是这冰,仍是一块一块的,在河流漂流,一条鱼,在冰下游,犹如背着一块冰。或许,这是一条背负着希望的鱼,它背上的冰,越来越轻,直至不见了。

立春,尚冷。

父亲,也不能出去揽活了,只好待在家里。或许,只有等到春分,他才会离开家,一个人,和苦难一同隐于城市。

父亲,是大隐。

母亲,是小隐。

夜晚,母亲便会点燃一盏油灯,借着昏黄的光织布。你看,脚蹬手动,脚和手好不热闹。在立春后,总会有诸多夜晚,有织布声穿透心灵的境遇。

多年后,每到立春,我就会想起乡村那些简单的快乐。

母亲,和关系要好的妇女,便会在白天,坯布、整经、浆纱、自接、织布,这织的布,二姨要一块,三姨要一块。

在立春时,织好的布被瓜分了。

母亲，一脸微笑。似乎一个人的价值，从立春开始，顺着命运的河流，在众多血脉相连的人情上，流动着。

这便是立春。

一个人的立春，千百万人的立春。

雨　水

此雨水，非彼雨水。

我说的雨水，乃一节气。

《月令七十二候集解》写道："正月中，天一生水，春始属木，然生木者必水也，故立春后继之雨水，且东风既解冻，则散而为雨矣。"从古人的文字里，了解到这雨水，属于春天，和惊蛰是一对好兄弟。

按照五行来说，春天属木，色青。

一片青葱的草木，在花海到来之前，是最好的铺陈，这手法，应该属于赋的范畴。这春天，应该属于汉朝，天地间，到处是一团锦绣的亮色：红花如霞，白花如雪。也许，草木间，应该有一女子像卓文君那样，素手抚琴，明心向春。

但对于草木而言，花只是点缀，而位于主体地位的，仍然是树叶和草，叶草青青，把春天推向一个青青的世界。

在佛教里，青色较为特别。佛教的人，喜欢穿青衣，因此在佛教里，有一个青衣派，以天台、华严、禅宗、净土等宗派为主。所以，一片青衣里，隐藏着善，那么草木同样也如此，野草一开春，就热闹了。它们的肉身,不知救活了多少人,救活了多少日子。在故乡,人们永远会记住一些草名:米米蒿,水萝卜棵。

这些草,太善了。

如果在一个寺庙里,看见一片草,也是一种修渡,青灯黄卷的世界,也会将佛音传达至此。一个人,在故乡的虎丘寺里,突然想起一句禅语:满月为面,青莲在眸。

这雨水,隐藏在炊烟里,推着日子前行。故乡人说,七九河开,渐有潺潺流水;八九燕来,谁家新燕开始啄春泥了,而我依旧感到一股冷;九九加一九,耕牛遍地走。在雨水里,会遇见故乡的草,一耕牛,一犁,将故乡的泥土,翻遍。这些泥土味道,是属于生活的。

雨水,应该有两个指向,一个是物质的,落在大地上,譬如:雨水洗春容。把春天洗干净,让草叶更亮。另一种是精神层面上的,润物细无声,说的是一个人对他人的影响,这些雨水,落在纸上。

"田园经雨水,乡国忆桑耕。"只是这故乡,回不去了,自从城市文明将农业文明挤压得没有了活路,一些人便开始叛逃了。土地,不要了,庄稼也不要了。同这些一起抛弃的,还有儿童和老人。雨水里的故乡,变得太凄凉。

在雨水的节气里,有些地方有认干爹的习俗,在故乡,也有人认,故乡人说,认个干爹,便会减一次灾。

这时候,在故乡的雨水里,少不了推杯换盏,少不了一个人像狗一样,卧在草垛里,睡着了。

人们都说,宋人尚文。

宋代少了草莽气,也少了英雄气,多了文人气,文人自然有文人的玩法,便不再沉迷于剑拔弩张,而是喜欢品茶赏物。

他们喝茶,且喜欢用雨水泡茶。

明代文人熊明遇在《岁芥茶疏》里说:"以布盛秋雨、梅雨,淀而封诸瓮中,愈久愈妙。"似乎这样的说法,有些不靠谱,在曹翁的《红楼梦》里,妙玉请宝钗、黛玉吃茶,黛玉曰:"这也是陈年的雨水吗?"

可见,人用雨水泡茶,定然是真事了。我喝茶偏少,不解其趣味。对于人们说的,秋雨冽而白,梅雨白而醇,更不甚理解了。喝茶,需要见识。

《儒林外史》里记载:"房中间放着大铜火盆,烧着通红的炭,顿着铜铫,煨着雨水。聘娘用纤手在锡瓶内撮出银针茶来,安放在宜兴壶里,冲了水,递与四老爷。"这一段话,是生活里鲜活的场景,虽与雨水泡茶有关,但我不解茶语。

赏物的人,一定喜欢瓷器。这青色的瓷器,淡泊、沉静,多像一个人,被生活的窑火烧过,再也没有棱角了。

中国赏瓷器,而在日本,他们也在雨水这天赏琉璃。日本人,很重视节气,他们文化习俗下的节气,颇有特色,立春插花,惊蛰染绛,谷雨和伞,很有趣。

《枕草子》里也记载日本人单枝小瓶插花的古风。说起花,便想起了花信,文字里说,油菜花、杏花、李花,伴细雨,每隔五日开放。看起来,这雨水是暖的。

我不理解,冷惊蛰、暖雨水是什么意思?

陕北的彦亮兄,给我发过来余世存的《二十四节气》,看到里面一段文字,突然醍醐灌顶。"汉代以前,惊蛰和雨水的顺序前后不同。"原来,在古代,惊蛰在前,雨水在后,一下明白了,雨水节气,会有花开放了。

如果在古代,顺序颠倒,小楼一夜听春雨,明朝深巷卖杏花，是存在的。在雨水节气，确实有杏花开了。

在雨水里，一个人的心境，要闲下来。只有心闲了，才能去靠近草、靠近花。一地草语，一树花海，都是一种姿态。

这姿态，是走向不同方向。

野草，走向质朴；花朵，走向浓艳。这或许是人生的两个极点，一个活在顶峰，一个在低处。我想，在闲心里，才能打通一个人对于俗世的认知。

一个人，在雨水里，也开始回忆起故乡了。那里，不大不小，可以容下一座草木的城池。

一个人，在雨水里，念着：夜静鱼读月，雨落思故人。

惊　蛰

草绿，惊蛰至。

惊蛰一词，让我觉得有些好奇。

这是一对奇怪的组合。惊字，是春雷过后，留给大地的后遗症。蛰，是万物蛰伏之后，新一轮的开始。

你看，惊蛰后，草木惊醒，开始竞争了。

动物也惊醒了，陆续走出巢穴。"蛰虫惊而出走矣。"大地上，万物对于惊雷发出的较大动静，还是十分敏感。大地上的虫子太多了。这些虫子里，个性不同。最勤快的，是蜘蛛，很早就开始吐丝盘网了，织一张床，入眠、狩猎。最懒的便是蛇了，还在睡懒觉。

古语说：鹰化鸠。这句话具有浪漫主义色彩，人面对春色，也许看花了眼，连鸟都认不清了，这鸠我倒认为是斑鸠，可是文字里却说是布谷。

我喜欢的场景，是麦田、布谷、中原。

其实，在春天，我从没有碰见春雷响过，因此对惊蛰有惊雷的说法，有些失望。活了半辈子，也只限于听说。

惊蛰时，倒是这春天的树，开始绿了。报春的树，非柳树莫属。这柳色嫩黄，引领春天的潮流。陶渊明曰："草木纵横舒。"一个舒字，写出了草木的自由。惊蛰至，草木再也不需要潜伏了。草，钻出地面，先探一探头，呼吸一口空气，然后开始以此为题，写一地的草书。树木也如此，柳树抽芽以后，便把春天的灰暗，赶走了。我觉得惊蛰这个节气，应该是春天的栅栏内，最具有色、形、格的一个节气。

惊蛰的色，最靠近人心。

枯木、衰草，都是冬天的后代。一过惊蛰，春草骚动，开始和庄稼争锋了。人们也开始忙了，春犁一翻，便是一春的泥土气息。在故乡，炊烟和泥土，是农耕文化的代码，最能代表乡下。

惊蛰的颜色，是嫩黄。一地的野草，或者说一地的野菜也好，过了惊蛰，应该洗洗肠子了，这野菜便成了好东西。在故乡，随时随地都能遇见竹篮、铁铲，和一个喜好饮食的人。

譬如荠菜。春在溪头荠菜花，是春天和野菜的私语。看到这野草，便觉得故乡除了人纯朴，还有野菜的素淡。人与野菜，组成乡愁。

池塘边的桃花，也开了，这让我想起了"初候桃始花"。桃花一词，太惊艳，满树的花火，点燃了春天。

黄鹂鸟，也开始叫了。只是在古代，这黄鹂鸟有一个好听的名字，叫作仓庚。古人写诗云："离黄穿树语断续。"也许，古人笔下，鸟和柳树也有缘分：两个黄鹂鸣翠柳。这叫声，带出一春的温暖。

惊蛰的形态，是柔软的。它不再是冬天干邦邦的硬。冬天，地都冻僵了，鞋子踩在上面，声声入耳。而惊蛰到了，这万物都柔了，冰也化了，开始有潺潺流水，野草也铺了一地，踩在上面，如地毯。

惊蛰的形态，是柔软，是欣欣向荣。

烟雨湿阑干，杏花惊蛰寒。有雨的惊蛰，让人误认为身在江南。杏花一树，惊蛰仍不算温暖。雨水寒，只剩下故乡，仍在诉说着一些歌谣：冷惊蛰，暖雨水。这话，有点问题。雨水在惊蛰前，温度更寒才对。怎么就出来了一个暖雨水呢？

惊蛰和杏花，如果要画出来，我觉得唯有老树才能画出神韵。

惊蛰的格调，便是文化了。

没有文化支撑，惊蛰也不出奇。在惊蛰这天，南方祭白虎。这白虎，代表口舌、是非。看来，人世间最怕的还是口舌之争。最柔软的舌头，却能吐出最坚硬的诽谤。

北方呢，吃白梨。

梨，和离谐音。一过惊蛰，村庄就空了。许多人，都走了。他们像草一样，在城市里冒出。而村子，只有老人和野草，还是旧模样，一年又一年，不知变通。

古人留下风俗，石灰放门外，可绝虫蚁。在故乡，石灰太贵，还是草木灰好用，二月二这一天，便用它防虫。

这习俗越来越没人在意。惊蛰，还有什么必须要铭记的，在乡村，似乎没有了。乡村对于大地，缺少虔诚的回忆。

在惊蛰，不要睡太晚。

夜卧早行。这话，很有道理。人，应该睡得早一点，第二天，一睁眼，或许就能看见一枝桃花入窗了。人，早起，围着一条河流，慢慢地踱。

早行，是古诗里一个很普遍的词。"人迹板桥霜"，便是见早行人。惊蛰里的早行人，一定是形成了一种习惯，或者说到了一定的境界。

北方河流太少，也缺少泉水。

听泉的风雅，是做不到了。倒不如在河边，捡一些石头，放在盘子里，装饰一番，这是雅中的惊蛰。俗的惊蛰，便是和农夫一起，不谈文字，只说一些桑麻。

把酒话桑麻，是惊蛰的世界。

惊蛰，虽是一个节气，但我期待在惊蛰的雨水里，遇见开放的桃花。遗憾的是，在北方，惊蛰的雨水，变成雪的时候较多。一棵树，一半是桃花，一半是雪，这画面，是不是太养眼了：红彤彤的桃花，白皑皑的雪。

这是故乡里最好的回忆。

一个人，逃不出惊蛰，也逃不出春天。

春 分

春分，日渐渐长了。

一个人，可以将春天的触须，仔细地捋一捋。一畦春韭嫩，半园春日光。春分时节，人心想的，多是吃食。

这时候，应该以清淡为主。

豌豆尖，是春分佳品。要不然，这豌豆尖，也不会从《诗经》里蹚过。故乡人，提起薇菜，一脸茫然，经人提醒后，才大骂一声：××的豌豆苗。

春分，是将春天一分为二吗？

我不知道。前面是惊蛰，已经将人心惊醒了。后面是清明，春分恰在中间。

"二月中，分者半也。此当九十日之半，故谓之分。"一过春分，寒气就退了些，天就暖了。

天一暖，人就闲不住了。

或许，这是中国人的通病。一个人，在寒气里，可以围在炉火旁，一旦过了春分，这人就开始讨厌局部的束缚。

人，开始走向阡陌。

"夜半饭牛呼妇起，明朝种树是春分。"这人，夜半三更，便开始喂牛，呼喊老伴，要去田野里，栽一片春色。

说起这牛，我的话就多了。

古代的牛，是家里的顶梁柱。就算皇帝祭祀，也不轻易杀牛，只有到了大祭，才用牛，在古书里，有太牢和少牢之分。

在春意深深的江南，人也犒劳耕牛，祭祀百鸟。祈祷这些可爱的生灵，不要贪恋人间百谷，要不人又要饿肚子了。

春色正中分。

在故乡，有人会在地里说春。我一直不了解这些人，为何在麦田里，一直在说，且说的我一句也听不懂，后来才明白，春分之际，有春官。

这官是属于民间的。故乡人，在官方的夹缝里，活了太久，只有春分时，面对民间的春官，才正常一点。

皇帝也不闲着，为了江山长久，也会选择时日，去祭祀。在潘荣陛的《帝京岁时纪胜》里记载："春分祭日，秋分祭月。"

春分，应该祈祷日头暖热。否则，这倒春寒，便将一树的花，给废了。

在陕北，果树多，这花朵，遇见冷子，便一脸苦相。也许，日头推着春天，也推着人，向温暖前行。

春分者，阴阳相半也。故昼夜均而寒暑平。日子平均了，而一些人，仍在贫穷着。一个人，面对春分，会为五斗米发愁。在当今，五斗米不是问题了，而问题在于，每个人都背负一座山。

春分至，花开了，花中也有三候，海棠、梨花和木兰。这三种花，我有自己的逻辑。海棠花，是从古诗词里，溜出来的，给人文雅的假象，而梨花贴着生活，只有木兰，在中原，很少见，我和它有隔阂。一个不熟悉的植物，不敢轻言。

蒋勋老师说："美是生命的功课。"

一个人，在生命里，总会遇见一些让人动心的句子。"柳色青山映，梨花夕鸟藏。"这是一个格局不大，而具有乡野味道的句子。在墙外的梨花树里，确实有几只麻雀，在里面鸣叫。

在春分，怕见雨水。一下雨，人就躲在屋子里，读读书，写写文。也许是"梨花满地不开门"，是"雨打梨花深闭门"。不知为何，这诗句里的梨花，总和柴门有关。难到这梨花，是贫民之花？

也许是，我的故乡，梨花众多。

当梨花白头时，杜牧的"一树梨花落晚风"，恰到好处。

我父亲，是个木匠，喜欢木头。他会在春分里，散开一些梨花木，然后打造一些家具，闻着，有木头清香。

在故乡，海棠是看不到的。

海棠属于富贵之家。

石崇有金谷园，里面种了很多海棠，他说"汝若能香，当以金屋贮汝"，这是另类的金屋藏娇了。或许一提到海棠，总有些不文雅的成分。

《海棠春睡图》，是张大千在台北，送给故人的画。这是海棠的实指，而在海棠的虚指里，有杨玉环和唐玄宗的影子。

或许，最让人发笑的，是那一句"一树梨花压海棠"，这或许是宋词里，最生动的艳词，让人想入非非。

但是，我的春分，草木之心，刚从春天里跑出，还一地荒凉。

春分一过，雨水未至。

也是好的。

清　明

燕子来时春社，梨花落后清明。

燕子，不知在谁家院子里开始啄春泥了。春社，也已经唱过戏了。梨花开始落了，这清明切切实实地来了。

其实，我不喜欢梨花落下。这花，本就是白花，又落了一地，难免让人太感伤了。梨乃离的谐音，似乎，离别一词，藏在人生字典里。

清明，到底源自何处？

古书里，说法不同。《历书》里说："春分后十五日，斗指丁，为清明，盖时当气清景明，万物皆显。"清明，天气空明，似乎温暖覆盖了中原。这天朗气清的天气，哪里是那个哭啼啼的清明。

《淮南子》里记载："春分后十五日，斗指乙，则清明风至。"看到这里，我纳闷了，一个是斗指丁，一个是斗指乙，到底哪个是正确的？

斗，应该指斗牛星了。再细分，斗，指北斗星，牛指牵牛星。乙，应该指太乙星了。古人喜欢以星宿分管区域，或许每一个星宿,都住着一个神。我想二十四星宿里,这斗木獬和牛金牛,应该是这两个星宿的主宰神了。

小时候听父亲说,在清明,只要斗牛星和太乙星相对,这天必有风。起先不信,后来经历过几次,便觉得神了。

中国的节气,如此之准,让人佩服。

古人云：清明断雪,谷雨断霜。

过了清明,天就开始暖了。

在故乡,卖小鸡的人,开始走家串巷了。这些人,不要现钱,只赊账。他们将小鸡,赊给庄稼人,只记上个名字,就走了。等到年关前,便来要账了。

这些小鸡,黄嘴黄腿,黄黄的身子,毛茸茸,很可爱。乡下人用高粱秆,把这些小鸡围起来,防止黄鼠狼偷嘴。

喂的食,是小米。把它们用水泡了,然后便撒在高粱秆围子里,看小鸡争食物。有农家生活气息。

夜晚,一个人坐灯下读书。

"日落狐狸眠冢上,夜归儿女笑灯前。"这诗句,是关于乡村的。日落,人进院点灯,只剩下狐狸,躺在冢上。我想,这冢,一定是青冢,因为古代认为青色,是正色。古人用词,很讲究。人,回来了,迎接他的,是一双儿女,这是典型的中国家庭,在诗句里活了。

说起家庭,便不能不说上坟了。

清明节气,人踏着雨声,烧张黄纸。

其实,这哪里是清明的风俗,这是寒食的旧俗。晋文公烧了山,做了蠢事,便开始后悔了,于是不生薪火,表示祭奠。或许,一个人,空腹其身,用饥饿去铭记一个人,才能真正会记住痛苦。

这寒食节,和清明相距太近了。或许,有些人,为了省事,便合二归一了。如果不是古诗里,有太多的寒食诗句,人们早就忘记了有这么一个节日。

这天,天清地明。

这才是这个节气的原生态。清乃清澈,人心,空气,都包含。明乃日月合体,在古代,日代表阳,月代表阴。而在中国文化里,阳代表男人,阴代表女人,也许,这明字便代表阴阳同一了。

只是,在故乡,阳世的人,会祭奠阴世的人。阴阳虽相隔,但是他们会用文化,把一个乡村的隔阂打通。

黄纸,是沟通二者的密码。

一个人,在坟上,静静地烧,把内心的委屈,都通过黄纸,告诉那边的人。

清明,也和柳树联系甚密。

"清明不插柳,死后变黄狗。清明不戴柳,红颜变白首。"这谚语,很可爱。只是读不透"死后变黄狗"一句。

在故乡,柳树众多,都长在村外。

许多人,在清明这天,会上坟栽树,其实是做个记号,多年以后,祖坟里,全是坟头,后人来上坟,能找对地方,不至于给他们送钱送错了地方。

民间传言,柳枝可防鬼魅。在故乡,辟邪多用桃花,柳树用者甚少,但是在书里,很多。

清明,柳树一片繁茂。

或许,人也不会高看它们一眼。

只是,在古书里,扁鹊用柳叶救人,华佗用柳枝救人,看起来,这柳树,确实有菩萨心肠,值得人尊敬。

一个人,在清明,心最软。

像一片柳叶。

在古代,西北风叫作不周风,这让我想起了不周山。东南风叫作清明风。听名字就知道,这风是来自江南。

似乎,一个节气的长度有限,但是,人们觉得无限的,是关于一个节气的背后,所隐藏的风俗和人生。

一个人,在清明,等一场风。

谷　雨

谷与雨，在春天联姻。

谷雨，来自一个传说，据说这发生地，距离我生活的地方不太远，那个地方叫作白水。白水，有一个人，叫仓颉，曾经在此处，创造了文字，让文明得以传承，上天被感动了，下了一场谷子雨。

此后，人间便多了谷雨的节气。

在二十四节气里，我最喜欢的，是谷雨。谷，代表丰盈，一个饱满的大地，被一片稻谷，喂饱了。在故乡，人常说"饥饿无君子"，是啊，礼仪是温饱喂养出来的。雨，代表沉寂，有雨水，世界才安静些，我想故乡的雨里，除了地里那几具蓑衣还在追赶庄稼，也许其他的人，都在屋内卧床听雨了。雨天，最适合睡觉。

一个人，在雨中，想着这谷雨的含义。"清明后十五日，斗指辰，为谷雨，言雨生百谷清净明洁也。"《群芳谱》也记载："谷雨，谷得雨而生也。"从文字里，有一条线索，似乎，这一场雨，避免不了的，要下在这大地上。

一片雨水，和稻谷之间，开始有了对话。雨生百谷的说法，让我浮想联翩，一片稻田，叶子清亮，这雨洗过的颜色，和远处房上的瓦，形成对比。一些雨滴，顺着叶子，滴下来，这声音，很小。

天地间，只有雨水的打叶声。

这是南方的谷雨。北方的谷雨，是另一番模样。"谷雨轻笼锄麦人。"谷雨、锄头，是北方的世界。一个人，腰酸背痛，他的痛，被谷雨打湿，被谷雨扔在麦田里。

如果雨下得久一些，这道路湿透了，一脚下去，会带起一脚底的泥，只要没有特别紧急的事，一般不会外出，除了面缸空了，需要磨一袋子面。父亲在前面拉，我在后面推，好一个谷雨背影图。

在谷雨这天，生出些文气，一不小心，就会在诗句里，遇到一些让我动心的词。譬如：夜雨剪春韭。譬如：夜雨十年灯。可是，在故乡，没有文人，只有农夫，剪春韭多是在白天，母亲穿着蓑衣，去一趟菜园，剪一把春韭回来，然后开始包饺子。

夜雨遇见的春韭，是安静的。

人们遇见的春韭，是美味的。

"夜雨十年灯"，在故乡，不代表一种漂泊。夜雨，是一种惯性。而十年的灯，在故乡，是实指，是指屋子的大梁上，挂着的那口马灯，只要加上油，就照亮了屋子。这灯是爷爷从地主家分的。

一个家庭，在人生的前二十年，唯一值得炫耀的事物，竟然是一盏马灯。

雨停后，人心头的冷，散去了。

清明前后，种瓜种豆。趁着这场雨水的墒，赶紧点豆子。这豆子，一抽芽，便有豆芽的鲜嫩，兔子吃，老鸹也吃，于是这豫东平原的土地上，开始扎起稻草人来，让它们代替人守望着庄稼。

地里的活，忙完后，便开始走娘家了。在故乡，有走谷雨的说法，一个人，提一个篮子，里面卧着几枚鸡蛋，便开始回娘家探亲。人与人的寒暄，在谷雨里升温。

谷雨，也并不是总是雨水。

人是个怪动物，一提起雨，总是一心的不得劲。其实不然，谷雨晴日子居多，牡丹花开了，"谷雨三朝看牡丹"，在中原，洛阳牡丹甲天下，而隔壁的菏泽，也以牡丹闻名。我们故乡，夹在两片牡丹的富贵里，却一直贫穷着，它们的富贵，与故乡没有任何关联，让人失望。

谷雨来了，人开始关注饮食了。

谷雨熟樱桃。一个人，也开始爬低上高了，一手的樱桃，定然是连枝折断，回家，在灯下，一颗又一颗，仔细品味，一家人，在灯火下，和樱桃相遇。

园中的香椿树，芽也长了不少。一个人，开始将香椿芽，摘下来，凉拌，或和鸡蛋炒，都是极好的。在母亲的字典里，最好吃的就是香椿芽，我知道，这是那一个时代，缺吃少穿的思维。

枸杞芽，也可以品味了。"春生苗，叶如石榴而软薄堪食。"一个人，在枸杞芽上，走一趟，回味一下母亲的童年，或者是父亲的童年。

有时候，隔壁的老先生，便把我叫来，给我讲节气，人们都知道我喜欢读书，他认为我也喜欢听这节气。

他给我讲："三月中，自雨水后，土膏脉动，今又雨其谷于水也。雨读作去声，如雨我公田之雨。"这话什么意思，我当时是听不懂的，直到多年以后，我才了解谷雨的内涵。一个大地，从谷雨开始，才算真的醒了，惊蛰不过是引子罢了。

麦子、野草，都撒欢了。这时候，鸟也出来了，是戴胜鸟，这鸟，冠似折扇，嘴极长，有人戏称它为"山和尚"，或许是对这鸟自由个性的陈述。在乡下，到处云游，有时候去杏花丛里，叫几声佛号。

在戴胜鸟的叫声里。母亲开始了一种文化仪式，在谷雨这天，要贴"谷雨帖"了。这其实是黄裱纸上画的符，以此镇住那些乱游荡的蛇、蜈蚣、蝎子。

《夏津县志》里记载："谷雨，朱砂书符禁蝎。"在故乡，朱砂辟邪，效果比桃木好。所以这一天，朱砂画符，来装修中原。

一个人，在朱砂里，遇见一片乡下的风俗，在乡村里活着。也许，现代人，怀着一种耻笑的心态，去看待古人。古人和今人之间，隔着一个农耕文明的图腾。

清明断雪，谷雨断霜。

天气升温了，温暖的背后，家乡的蒜抽薹了，一个伤筋动骨的中原，开始了。许多人，被节气推到了苦难里。

此刻，再也读不出苏轼"半壕春水一城花，烟雨暗千家"的妙处，我开始在谷雨的城池里，想着母亲的老寒腿，是否在露水冰凉里，又开始疼了。或许，一个人，该从意念里归乡了。

恰好，我在文字里，遇见故乡的谷雨。

稻谷南田，烟雨蒙蒙。

心草入寒时

一

或许，总有这么一些时刻，是让一个人内心温暖的。譬如：一个人，在一条河流上追忆过往，其实是追忆一种消逝的生活。我虽出生于平原，却也算枕着河流长大。河流赋予人类的，除了一片水的净心，还有村庄的人事秘史。

我的生活，潜伏在一个叫作草儿垛的村子，而村子却漂浮在一条叫作犁河的河流上，这条河来源于哪里，村子里的人谁也说不清楚。

它流到村庄时，水量就小了很多，人们觉得这河过于温柔，许多乡人便不怕它了，这就是乡村人的惯性逻辑：欺软怕硬。许多人，光着身子，走进它的身体内，或摸鱼，或冲洗身子，或去看一看，这河流里的植物。

在这条河流上，植物常年都保持着一种惯性的思维，安静而笨拙。水草以芦苇为主，它们成片地站在水里，注视着这个被人遗忘的村子。

村子，具有平原的性格，一条街穿过，便挂满了大大小小的房子，或者用一个简单的比喻，犹如一条绳子上挂满了钥匙。

这村子，走的人多，来的人少。

芦苇总是站在水里，看从村口走出的人，它清楚地记住了每一个人的出行时间，以及每一个人出现的次数。一个乡村，毫无隐私地全都裸露在它的目光里。

我认为，河流是有思想的，草木也是，这芦苇便是一个孤独的思想者，它面对着时间衍生的空虚，却长出了一些饱满的肉身，它站在河流上，坚守着自己的一亩三分地。

芦苇，常常看见一个人，拿一把绳子，拿一把镰刀，去砍倒它们的宗亲。这人将芦苇捆在一起，背在了后背上，然后消失在黄昏里。

这河里的芦苇，知道这村人的贫寒，他们需要把芦苇的身子破开，然后编成席子，拿到集市上换一些柴米油盐来。这些苇篾的席子，在月光的映照下，白亮亮的，如水一般。

这条河流，牵扯着人类的目光。这长满芦苇的河流，村里人叫它芦苇荡。这里除了有鸟飞过，还有许多野鸭子。

它虽不说话，却用眼光洞穿一个铺满人事的村子，许多男女，背着自己的家庭，陷入芦苇荡的深处，或许那时，世界与他们而言，什么都不重要了。

我是一个另类的人，我喜欢站在水边，听芦苇生长的声音，村里人都说我病了，这河里哪有什么声音，我却听到了芦苇呐喊着：人类不义啊！

关于人类怎么不义，我不知道，我所面对的村人，都面带着微笑，似乎一切都是那么美好，母亲却说人心是隐藏在笑的背面。人类太难猜了，我喜欢去看芦苇，它们不说话，也不会议论人心。

我时常站在河流边，看着这一片芦苇，心里想：这芦苇到底为何如此干净?我站在河边,也把自己长成了一株芦苇。

在我的前三十年,从没有像此刻一样,仔细地打量过芦苇的样子。它像我内心的镜子,时常照出我的一些卑微来,为了生活得更好,我背叛了一片芦苇,坐上火车,从中原来到陕北小镇。

记得有一天,我被生活压得喘不过气来,只好顺着陕北的河行走,我在水流的宽广处,遇见一片芦苇,飞翔在河面上。

芦草,具草木之状。

或许,我只好这样给它定义了,我实在找不出更好的词去安放芦苇干净的灵魂。在河里,它贴着水面,把根扎往深处,身子却向往这辽阔的天空。

我不知道,第一个给芦苇命名的人是谁,或许,当他遇见这水里的草木时,内心一定被惊醒了,这植物的身子是直的,轻易不会被折断,这内心却是空的,不记人间的罪恶。当草木看透一些名利,心变淡了,淡了也就不在意险恶了,心里什么都不挂念也就淡泊名利了。

我对着这质朴的名字发呆,在天地之间,还没有任何一种植物,让我如此感兴趣。总是觉得芦苇不是一般的植物,要不然一苇渡江之后,也不会有人成了佛。试想,那时候,一个人,面对着一条浩大的江面,内心一定产生更多的孤独感,或许一个人只有在孤独的时候,才能思考一些形而上的问题。

生与死,在每一刻都可能互换角色,所以渡江的释迦牟尼,面对的是一心的恐惧和抗争,在苇草之上,人便有了活着的定力。

我的思维越来越远了,似乎要逃离出现实了,我应该回到此刻的境遇——我在一个穷山恶水的陕北小城。每次想家的时候,我都会顺着田间小路,去找到那条河流,然后看一看陕北可爱的地方,譬如风轻云淡。

在高原，草木摇落之后，天地顿时空了，而有些人的内心，却越来越满。秋收了，便有了挥霍的资本，这些人，看不见年前的样子，那时他们念叨着：有钱了，先给父母邮寄一些回家。可是，这钱有了，口袋也满了，他们的心里却没有父母了。或许，只有在贫寒时，才会想起卑微的亲人。

芦苇看着每一个言行不一的人，它想发笑，可是又怕打扰了别的植物。

人间越来越轻了，这芦苇也开始摇落这些叶子。这一片芦苇是有主人的，这么多年了，这芦苇的主人，从爷爷的名字，换成儿子的名字，又换成孙子的名字，似乎它串联起来的，是一个家族的图谱。

芦苇，被这些干枯的手，带回家，此后便与农人的图景绑在一起。河里的芦苇，只剩下一些没主人带走的，还留在河里。只是它们的叶子，已经落尽了，只剩下枯黄的身子，站在河流上。人间的一切，都开始给自己找退路了，许多动物开始搬运食物，藏在洞里。似乎人间的一切，都倾向于归隐。唯有芦苇，披一身魏晋风骨，昂着头，迎着风，灿烂地笑着。

这芦苇也感染了我，我似乎也学会温暖地活着了。一个人，沿着山路，看看周围的山景，听一听陕北的鸟鸣。

一个人，面对着黄昏。心里突然蹦出一个词：向晚。我喜欢这样称呼黄昏，或许只有"向晚"一词，符合我的心境。一个"向"字，让心有了能去的地方，一个"晚"字，似乎有了太多的遗憾。

一个人，只有在靠近暮色时，才会知道一天是否虚度了。这前半生，是否还有一些有意思的事情，等待我去干。也许，"荒废"一词，在心头泛起寒光，似乎这一刀下去，这一天，或者这一年的五味杂陈，都不见了，它们安静地死掉了。

人到中年，还未临不惑，内心还有一些热衷的事，譬如：不想再蜗居了，趁着年轻，也给自己找一个停泊的地方。或许，这房子，在郊区，我称之为"乡下"，心灵可以栖息了，抬头看见不远处，便是白头的芦草，撑起一片寒冬的亮色。

叶，暗了下来。芦花，越来越亮。

或许，芦花没变，变的只是落叶，它一天天黯淡，倒把芦花衬托成了唯一的帝王。第一次见到它，我惊呆了，苍茫的山里，竟然隐藏着一片白，比雪暗一些，但比雪轻盈太多，一阵风吹过，满山遍野的盈盈笑语，落在耳朵里。

我不知道，它第一次见到我这个乡下人，是什么感受，或许它会笑我，笑我一脸的稚嫩。它作为一种存在，先于我抵达这陕北小镇，只是它被当地人轻视，这白头的芦花，被司空见惯的目光，遗忘在这里。或许，我抵达这里，是命运中一次安排，上天让我去欣赏，一片白雪似的美，这美，如此古典。

这芦花，让我想起故乡的白茅，也是和它一样轻。"长风吹白茆，野火烧枯桑"，白茅，是一个童年的味道，而人老了以后，是会想起桑树的，落叶归根，或许就是这桑梓之地。

白茅是属于童年的，把一个人年轻的样子，写在故乡里，强摁在草木上。回到乡下，突然觉得自己成了另类，和草木越来越远了，一个人，如果认不清草木，或许便彻底改变了习性。

无事时，也会翻古书，看到人喝白露茶，也叫白茅，这是豫章之地特有的叫法。然而我的故乡，白茅只是一种贫寒的草，被人嫌弃。没想到，在陕北，我遇见了和白茅相似的植物，只是它的花，比白茅更白，更丰盈。看到芦苇的白花，我便想起古人的发明：毛笔。

毛笔，也是白花，只是它秉性难测，一会儿是温暖的家书，一会儿又是谣言的奏章，它本质单一，却永远被人掌控。无聊时，也写写苏轼，也写写杨凝式，后来想写一写金农，便停了笔，这人，太痴，怕误了他的纯、他的善念。

二

也许，一种草，便是一种活法。

桃花太艳，梨花太素，倒是这芦草，适合一种散淡的情怀，一碗白米粥，一盘萝卜干，搭配在一起就绝妙了。

一花，一性。

一人，一心。

这白花，也将散去。这冬风太寒，会倾轧下来，这芦草的风骨，也有撑不住的时候，一下子，就散落了一地。

散去，是一个大词，草木摇落，人也要散场，永不谢幕的只有文字，它们在一代又一代人心上活着。

面对芦花，我毫不掩饰对它的爱，一个人，一片芦花，在陕北相遇了，便点燃了一纸怜惜。我知道，这芦苇叫水苇，站立河中，还有一种旱苇，长在山间。或许，本是同宗同源，走着走着，境界就变了。正如兄弟几个，一些人安居了城里，一些人蛰伏乡下，逐渐，习惯、心境、思想，都不一样了。

有时候，在山里会遇见旱苇，它更坚强一些，叶子比水苇更小了，或许这是进化的结果，一个为了活命的植物，便学会了收缩，它开始减少蒸发，保存水分。许多人不会明白，一种植物，怎么能够安居这荒凉的山崖上，他们哪里知道，这草木读懂人事以后，便不想奔波了。

我也不想走了，开始念着陕北的好。"故乡"一词，于我而言，只是一个符号，或是一片灵魂的域场。这旱苇，和我一样，孤独崖边，终老于旷野。我喜欢这个"旷"字，"野旷天低树，江清月近人"，或许，这都是一种主观的偏爱，人活着，偏爱就在。偏爱，是一些私心。如果再走远一点，就可怕了，偏爱成了溺爱，便会淹死一个人。

人，和芦苇一样，最好孤独些，否则，就丢了初心。虽说保持了初心，但是这段日子，村口的那条河总是莫名地出现在我的梦里。梦里的我，总是想不起它的样子了，我把故乡丢了。

当我醒着的时候，我切切实实地能回忆起一条河的样子，它们敞开了胸怀，去接纳每一个像我一样远走他乡的故人。

一条河，流淌在记忆里。记忆除了温故，还可翻新。河水清且浅，有鱼没鱼，尚不可知，因为我和它隔阂太久，我们之间缺少一段直视的对话。

那时候，每次去外公家，必经这条河。河上的桥，已呈老态模样，桥板之间，有大缝隙，每次都小心翼翼地经过，生怕一个不小心，顺着缝隙，掉了下去。

想到这，我会哑然失笑。那时的我，多么的胆小，一条河给我的定义，无非就是：胆小、规矩。

每次都规规矩矩地走过这座桥，从不敢在桥头多看一会，或许我的生命里，是怕一座桥的，我到底怕什么，我也说不清楚。"规矩"一词，在乡村的生命力最久。许多人，包括我的父母，老是提起规矩，一个女人有了喜欢的人，便一起钻进了芦苇深处，许多人在一起，议论起这事情便说这女人不太规矩。

从小我就讨厌"规矩"一词，父母用它压抑着我的天性太久，这两个字，犹如一块大石头，堵在了我的心口。这河里的一草一木，是不是也和人间一样规矩一些？我不知道，我看到的，是一个安然自足的世界。

夏荷铺满河面。粉嫩的花，胖大的叶，在水里晃动。只是，秋风一起，荷就成了残荷，枝叶，都枯黄了。莲子，散在水里。这时候，长得最旺的，是芦苇。一夜白头，苇花正美。

这里，比庸俗的村庄干净，没人想着小利，也没有人以他人的苦难为乐。一枝芦苇，易见风折断，可是它们没有个人英雄情结，而是一群抱团取暖的禾草，它们一起抵制风的暴力，这里像另一个世界，犹如陶潜笔下的桃花源，进入世界，便是无尽的自由和惊喜。

说起芦苇，给人的印象莫过于长得细挑、有风情。芦苇，符合当今的审美观，以瘦为美。它们立于水，而成于隐忍。忍什么呢？似乎人也说不清楚，我认为，芦苇忍一些冰凉的人世。

在乡下，芦苇是孤独的，和它同样孤独的还有母亲。我一直认为，母亲是一株孤独的芦苇，也长在河里，只不过这河，是人世的河。她的河面，是村子；河底，是人心。只是，这条河，是浑浊的，偷盗、妄言，像河面上的风，一下，又一下，风刮不息。

父亲刚去世不久，村子就开始咬舌根子，说母亲贪吃，让父亲去镇上买牛肉，这下父亲走了，母亲的福便享到头了。这风，从河南老家的电话一端，通过姐姐的嘴刮到陕北，刮到我的耳朵，我内心一阵悲凉。母亲，在故乡是孤独的，忍受着嘲讽、痛苦。小时候，有了好东西，母亲总是留给我们，自己从来不舍得吃。牛肉，在整个童年里，也没有吃过几次，即使吃一次，这肉也被我们小孩吞进肚子。乡村的这股风，刮得太阴了。

我知道，在风的源头里，有一些女人，她们一边嗑着瓜子，一边说着母亲，她们的舌头，比毒蛇还要害怕。我一向对于乡村的流言蜚语深恶痛绝，她们躲在语言的背后，一阵又一阵地，扇动着舌头上的风。

一个人，活在陕北小镇，开始痛恨起村庄来，我乐于赞颂的村子，居然养活着的，是这么一群卑鄙的人。

我对村庄开始绝望起来，再也不想归乡了。我渴望把母亲接来，与村庄老死不相往来。母亲，越来越像芦苇，内心开始空了，盛不下心事。

我乐于把人和事物做比较。芦苇，在河面上；母亲，在村庄里。他们都孤独地不说话，微笑般迎着风。

似乎，我的阐述背离一种草木的本身，我被植物的性情拉入一个让我无能为力的境界里，我开始欣赏它。芦苇的花，白净，柔软。这芦苇的花，聚在一起，像一座水中的终南山，青青的身子，白顶。这白头的芦苇，陷入秋天的包围里，周围的黄叶，一片片倾轧过来。

我感觉到了一种围城，这是多么令人窒息的事情，在围城里，我想到的，是一些与白有关的故事，它们躲在历史的角落里，等待着人去揭开幕布。

说起白头，不能不说到一些旧事，伍子胥一夜白头过韶关，骗过了历史；白毛女的白头，是缺乏营养。而芦苇的白头，又是为了什么呢？是为了这个村庄吗？

似乎不是这个样子，村庄的人早就走空了，只剩下一些女人，说着别人家的恶，念着自家男人的好。我从这流言上，跑了。我开始回忆一些纯朴的东西，譬如善良，诚信。

记得小时候，父亲总是从河里砍几株芦苇回来，用锯截开，一拃长，放在纺车锭子上，缠绕上棉线。夜晚，一盏灯，还有纺车的声音，叫醒童年。如今，纺车被父亲劈成了柴，喂了灶火。父亲，也不在了。

当初，乡下盖房子，芦苇是大义之物，破开身子，编成席子，在椽子的上面，会铺上一层芦苇席子。然后，和泥，砌瓦。

一个孩子，躺在床上，听着雨声，看着屋顶的席子，总是会想起那一片布满河面的芦苇花。

我为了躲避乡村内部的风，坐在窗下，点一盏灯，翻来一本古书，一打开，满是芦苇的气息。我怎么也不会想到，这芦苇居然是诗里的常客。"芦苇晚风起，秋江鳞甲生。"一层层的白花，叠在一起，犹如一条鱼的鳞片，这诗句，落在书本里，太生动了。

或许，晴日的芦苇不如雨中的芦苇，雨中的芦苇不如月下的芦苇，月下的，不如一头白雪的芦苇。试想，如果初冬的雪，下得早一点，这白茫茫的雪，映合着白茫茫的花，它们交织一起，把乡村下成唐诗的意境。

一种植物，具有通透的心、笔直的身子，它们生于干净的河面上，这芦苇，让我好生羡慕。我时常觉得，这芦苇，就是个隐士，其实它很有名气，在《诗经》里，就出了名。只不过，它隐于乡下的河流，从不谈起过往。

我们人类远远比不上它们，人类过于小聪明，缺少大智慧。一株芦苇，在河里，内外兼修，去除华而不实的红，留下淡淡的白，和蓝天白云，相互依存。

这时，还有一个乡下的孩子，拿着一截芦苇管，拼命地吮吸着瓶中水。一晃三十多年后，这芦苇也不见了，只剩下一个孩子，也不是旧模样，一脸的胡须。

我的生命里，生长着一片芦苇。

或许，从另外一个角度来看，我也是一株芦苇，长在母亲的河流里。母亲的河流，比我的河流更长远一些，她所包含的苦难也更多一些。

写完这些文字，我敢肯定地说，今夜，最先入梦的，一定先是母亲的样子，然后是一片芦苇，长在母亲的河里。

衰 老 记

一

村庄老了吗？

这是毫无疑问的。我已经在村庄里活了三十多年，这三十多年，太可怕了，时间推着村庄不停地奔跑，乡人死了一批，又生了一批，每一批人，都风化为乡村的符号。他们的名字，注定是没人记住的，他们和田野的庄稼一样，卑微平淡。

这土地上的麦子，被人收割了一茬又一茬，而我家厨房屋顶上的那些麦秸，还是十年前放上去的。它的光泽已经消散了，那种金黄的亮，已经交还给岁月了，只剩下一种暗淡的颜色，在屋顶上，很安静，像一种陈旧的抒情。

还记得十年前的父亲，精气神十足，一身用不完的气力，总是天不亮就下地了，他扛着铁锹，犹如扛着一支乡村的笔，在辽阔的大地上，写出温饱的文字。

每一垄麦子，都像一首赞美诗，只是父亲不知道诗是什么，只有我知道，我在父亲的背后，读着"谁知盘中餐，粒粒皆辛苦",而父亲却在麦田里劳作,汗水顺着肌肉滚落下来,落在这土地上。

我和父亲最大的差别,就是内心深处对庄稼的敬重不同,父亲生怕冷落了每一株庄稼,他细心地伺候它们。每一支麦穗,他都是要捡拾的,我对他的这种态度嗤之以鼻,心想:"又不是吃不上,还费那工夫。"父亲从不说"热爱"二字,却把每一株庄稼当作亲人,我虽在文字里虚假地说爱它们,却在餐桌前,任性地浪费。

一个农人,用一生的时间,去阐述一种哲学:尊重。他尊重庄稼,尊重鸡鸣、狗吠,更尊重乡村的每一个人。

而我,却窝在一个偏远的小城里,孤独地活着,我已经蜕化到"四体不勤,五谷不分"了,土地对于我来说,只不过是一个地方,它承载一片丰茂的草木,能长万物,却不知土地在乡村的内部,是一部灵魂的《圣经》。

二

我家的房子,老了吗?

是啊!它的后背上,裂了缝,只要到了冬天,就一阵阵风,往里面钻。屋内的我,坐在炉子旁,还冻得瑟瑟发抖。这裂缝,是时间的陈词,它述说着乡村内部的变迁,一个院子,是如何从荒凉之处焕发生机的,又是如何渐于苍老的。

那些年,父亲是一个亲吻泥土的人。他将地里的土,运回家里,然后从古老的压井里,打出一桶桶水,和泥,用砖模压出一个个土坯,那一刻,父亲是一个艺术家,每一个土坯,都很精美。就漫长的程序而言，父亲又像流水线上的一个个环节，呆板、机械，将一个健壮的身体，扔在乡村里。那时，父亲一身的腱子肉，在阳光下显得饱满而有弹性，一个男人的青春，被我生活过的乡村所铭记。

到了晒土坯的时候，母亲总是跪在佛像前，祈祷着这日头高一点，再高一点。只要有阳光，空气就散发出泥土的味道，它干净，不夹带一些潮湿的霉气。

烧窑，是一个大活，村里男女全部出动。在乡村，只有到了烧窑，乡村才如此和气。男人抽着廉价的纸烟，鼓着腮帮子，把一车车土坯运到窑里，一层层地码好，今人所说的码字，不过是拾人牙慧而已，古老的乡村，已经将码的艺术，做到了极致。

一把火，乡村就沸腾了。

烧窑的关键，就是对火候的把握，三爷是绕不过去的人物，据说他通着神灵，能和火神对话，总是叽里咕噜地说个不停，谁也不知念叨什么。

有他出手，这炉砖，就算踏实了。一个个干净、规矩，整齐划一。

女人呢，则在厨房摘菜、淘洗，一个乡村视觉和味觉的艺术，马上要就呈现在桌子上，一场属于乡村的饕餮盛宴，马上就要出场了。女人，拿出手艺，男人坐在桌子上，说着庄稼，抽着烟。

夜黑了，人还在，他们还有没喝完的酒，还有没说完的话。一些男人，平时不舍得买酒，他们惦记着那些酒水，只是此刻，有些男人开始说胡话了，这醉酒的人被自家的女人生硬地拽走了。

有砖了，房子就算成功了一半，木料谁家都不缺，地里的树，一伐倒就是上好的木料。盖房时要请一村的人，来帮衬几天，这房子，就成了一个新的坐标。

那时候，看到屋顶的瓦，我想到一个词：鱼鳞。我不懂成语，只知道这瓦一片压着一片，细密地排列着，多像鱼鳞啊！

这鱼鳞，也老了。它们吃了三十多年的灰尘，被风刮了一次又一次，再也没有精气神了。它们在屋顶，已有了衰老的模样，有些瓦已经脱落，一到下雨天，这屋子里，便有雨水落下。

物犹如此，人何以堪！

三

土地会老吗？

我觉得土地不会衰老，它永远保持着一种青春的气息。在故乡，最先衰老的，永远是人、房屋、河流。

土地，哪怕板结了，只要让它荒上一年半载，又会长出丰茂的庄稼。土地的自我修复能力，超过我的想象。

村庄，闲置土地越来越少了，在过去，闲置土地都是那些被人瞧不上的土地，人们带着歧视的目光，冷落它们。如今，村人越来越功利化，在土地上，种上大蒜、青菜，然而将它们运往城里。

在村庄的周围，是鸡叨地，顾名思义，是允许鸡叨食的土地，家养的鸡，一展翅膀，就飞出了院墙，开始啄食地里的庄稼，人也不恼。这些地，本不占分地指标，是额外的补偿。一个村庄，也会考虑动物，说明人对于鸡，是仁慈的，万物皆平等，众生要回归田园。

这些地，本没有区别，都是黄河淤积的肥沃土壤，不过是因为位置不同，就造就了不同的身份。土地有选择的权利吗？

似乎它的出生，就带着很大的限制性，陕北的土地，中原的土地,和江南的土地,各有造化,宿命之不同,不过是盘踞的地域不同而已。我和这土地一样,没有选择出生的权利,我和中原,缠绕了三十多年,却有了特殊的情感。

此刻,我蜗居在经度114.80纬度34.52的村庄里,每天都守着节气,看草木从白露向寒露转换。人生也是苦短啊,总觉得天天相似,突然意识到,自己的鬓角,冒出太多的白发。

我站在土地上,感谢它们施舍给我的恩惠,这些粮食、蔬菜,是多么的伟大啊!

泥土,也会衍生出太多的东西,譬如砖头、瓷器。砖头,堆砌了一个蜗居之所,让人类有了私密之境。许多看似隐私的事物,都可以在阻隔的地方进行,例如做爱、繁衍。瓷器,是土地长出的贵族,它们飞翔在文玩市场,我只喜欢那些笨拙的瓷碗:厚重、粗糙。

现代的碗,总是觉得太薄,太轻盈,经不起折腾,一落地,真的碎碎平安了。小时候,那种白碗,底座厚,落下来,碗完好,只不过碗身有了缝,母亲嘴上狠狠地骂着我们,实际却心疼着她的碗。

那时候,有锔碗的人,在乡村,我们叫他们手艺人。我对于俗语,知之甚少,我对于"没有金刚钻,不揽瓷器活"一句的理解,就是从锔碗开始的。

这些事,似乎都消散在时光里。

村人,都走了。只有父亲那一辈的人,还在守护着土地。父亲每见人走,都对我说:"我就不信土地养活不了人。"我微微一笑,对父亲说:"你能给我娶个媳妇吗?"父亲沉默了,我的这句话,深深地伤害了父亲的自尊,也伤害了土地。

父亲也深知,如今这土地换来的,不仅仅是要填饱肚子了,还要衍生出太多的附属物：彩礼、汽车、楼房。

土地，看起来一无是处了。

其实，土地也可以分割成不同的事物，一种是坟，它是人为堆砌起来的高地，悬浮在灵魂之上；另一种是窑洞，存活于安身处。土地，不是一无是处，它既能铭记人的归宿，又能遮风避雨。

四

草木会老吗？

似乎不会，"野火烧不尽，春风吹又生"。只要一阵春风，草木就会露出毛茸茸的脑袋，它们遵循着自然的规律：春生，夏茂，秋实，冬藏。

在秋日，我看见一些野菊花，在田野上，一大片，它们淡淡的黄色，把一片土地照亮。此时，秋的色彩，是从野菊花开始。在远处，有牵牛花，是紫色的，还有那种碎碎的白花，平淡素雅，更有漫山遍野的苇草，白了头。

路边，长着数不尽的龙葵。紫色的果，是童年的味道。我采一些，拿回村庄，人们却说，这果实，估计没人会稀罕它们，这多少让我有些失望。

母亲在院子里，开辟了一片菜园。

她种的蔬菜不多，只有扁豆、丝瓜和菜葫芦。它们顺着架子到处攀爬，居然占据了多半个庭院。丝瓜和葫芦，挂在枝蔓上，一阵风起，它们便摇摆不定，犹如寺院里屋檐下的那些风铃。

故乡的性格，其实就是草木的性格，西北多胡杨，所以西北人坚韧；中原多刺槐，所以人们隐忍，又内心不安。

草木，见识了太多的到访者：布谷、麻雀、啄木鸟。它们从春天开始，便穿越在草木的世界里。春叶多，疾病隐藏深，树叶落尽，这啄木鸟便来了。

天未亮，人们就在草木间出没了。他们习惯了天色的灰暗，人们摸黑赶出了一垄地的庄稼活来。草木，也喜欢被他们亲吻，被他们的手翻来翻去。

母亲做好饭，父亲便从地里回来了，这时间，不早不晚，比钟表还管用，他放下锄头，洗掉了脚上的泥巴。我认为城乡最大的区别，便是生活方式。城市的早晨，是从洗脸刷牙开始的，而乡下的早晨，是从检阅草木开始的。这些蔬菜、庄稼上，已经沾满了人的气息，很多人闻不出来，只有草木清楚他们的味道。

城乡的收尾，也是不同，乡下人心疼草木，天一黑，便关门睡觉了。灯，熄灭了，草木也在夜色里睡去。

城市拉长了白天的长度，灯光里衍生出一种文明，它们喧嚣，它们卧在城市的灯火里，喝得死去活来。

土地太孤独了，人和草木，都是它的衍生品，谁也不比谁多知道多少。只有明白这道理的人，才算活明白了。然而，在现实中，很多人都俯视草木，人们的视角有多高，则证明人有多肤浅。

草木，和人一样，必须经历过少年的疯狂，一地的草，肆无忌惮，到了中年，便惭愧了，老了以后，开始节制了。

节制，是乡村的内核。

隐忍，也是乡村的内核。

许多人都节制了，世界才干净。话语都留半分余地，世界便少了矛盾。

五

河流会老吗?

我认为河流会老去。河流年轻的时候,河水清澈,水草繁茂。无论是清晨,还是黄昏,村庄也没有这么多薄凉。

那时,我们会在河流中,抓出一尾鲜鱼,回家,过油,煎焖,很是合口。河流,从鲜鱼的身体里穿过。

如今,河水被污染了,一河的黑水,奇臭无比。水草也不长了,得癌症的人,也多了起来,看似毫无关联,实则病理是从水开始的,地下水发红,隐含着毒素。

我越来越想念儿时的河流!

那时候,父亲在河边开辟一片菜园,每天早上,母亲都摘几把青菜,顺便在河流里洗了。空闲时,母亲在河边捶衣,将积攒几天的衣服,洗干净了。洗衣粉,太贵,买不起,很少用它,主要用胰子,据说是皂角做的,环保干净。

如果几天没去菜园,母亲肯定惶惶不安,她害怕蔬菜遗忘了她。也许,一个人对于乡村生活的习惯,已经深入骨髓了。她离开了土地,离开了庄稼,她便觉得不知道干点什么,除了会侍候庄稼,好像再也没有别的本事了。

水和母亲,有太多的相似。

人类,起源于母亲的子宫,在羊水里,游来游去,从某种意义上说,人从水里来,终止于泥土。

我喜欢圈养蝌蚪,把它们养在瓶子里,看它们一天天变化,直到变成青蛙,有了蛙鸣,才觉得有些过分了,就在河边,把它放生,看它跃入河里。

每年，父亲都会去挖惠济河。

父亲带着一床被子就走了，母亲成天跪在蒲团上祷告，我觉得那时候的幸福很简单，一方院子，两个人，就够了。

如今，迷失的人太多，我们越来越没有幸福感，我们从一个地方，到另一个地方，走的地方越多，便觉得越没有归属感。

那些年，唯一不安的季节，便是夏天。

每次下大雨，我们都看着河水，是否会高过堤坝，担心淹没了村庄。这条河，其实是黄河的支流，它在远处，丈量着黄河水面的高度，我们在夏夜，整夜惶惶不安。

一下雨，这出村的路，便泥泞不堪。路，是不能走了，我们便沿着河堤上的小路，去上学，它干净，没有一点泥。

后来，村里盖楼房，需要打地基，地里的土，有政府管着，不让挖，人们便从河堤上挖土，这河堤从此坑坑洼洼的。一下雨，我们都出不去了，整个村子的人，都出不去了，犹如被困在一个瓮里。

一到冬天，这河便干了。

只有落叶，铺了一层，像给大地盖了一层被子。河里，再也没有水了，有一些卫生纸，和几个散落的避孕套。

乡村的野还在，秩序则不见了。

人心，也变了。

六

我有些怀旧了。

想起那个叫作"曹胡同"的村子，它毫无特色，只是九百六十万平方公里的土地上一个普通的村庄，主干道是"十"字，而有些次干道，是"丁"字形。

村子不大，不到一千人，可是每户院子的大门，却都是大红的铁门，很气派。只有我家的门，是木质的，犹如一个寒门。父亲一咬牙，安装了铁门。

铁门在，威严了好多，可是却少了木头的气息，我似乎觉得乡村冷了不少，一扇门，用铁的寒气，扫过街道。

儿时的木门，是一种记忆，它承载着一种古老的防御术。木，是和土地长在一起的，它嵌入土墙，是另一种生活。

风吹过街道，吹响了那些铁门。

我躺在东屋的木床上，听着风吹铁门的声音，犹如一个个编钟。铁门大小不一，发出的声音，也不相同。

还有一些风，似乎找不到家了，它们在街道上晃来晃去，带着枯草的气息，落在一个人的头顶，这人冻得发抖，裹了裹大衣，消失在街道的尽头。

他，去了哪里，没有人关心。如同我去了哪里，也没有人关心一样。

北方、大雪与黑路

北　方

　　风，翻越邻居家的院墙，落在我家的院子里。它从地上爬起来，顺着门缝进入我家的屋内，此时，我正躺在木床上，听见一阵风，贴着脸呼唤我。

　　我被风叫醒。走出门，看见院子里，落满了叶子，一个叫作"树"的朝代，就要结束了。叶落尽，只剩下树干，让风奈何不得，或许，树比人更有骨气一些。

　　它从不喊疼，孤独地站在那里，看着这个村庄里的炊烟，还有一些来来往往的人，也看见一些人，离开故乡之后就走丢了。

　　一个人，即将到了不惑之年，可是，对什么都没有看明白，我能看明白的，就是岁月不饶人，它已经拿母亲开刀了，母亲的白发，已经满头了。

　　或许，人生就这样了。

　　蜗居小城，过简单一点的生活。每天，读读书，和友人在微信上斗斗嘴，把一种枯燥的生活，尽量活得有诗意一些。

一个人，在睡不着的时候，也想想过去的理想，那时候，我还很年轻，总觉得世界上，应该有我的影子。

但是，我的影子除了在那个叫作"曹胡同"的小村庄，就丢在秦家寨了。

这些年，我有些病态了，再也喜欢不起来新鲜的事物了，有时候，常常对一个"旧"字发呆。

旧，是生活抛弃的部分，它不再年轻，像此刻的我。在街道上，看见一些旧照片，那种黑白色的，便会想起母亲，想起远方的姐姐。或者，会怀念黄昏的影子里，有一个骑自行车的人。

那时候，自行车是凤凰牌，笨重、费力，它承载着生活的重量。父亲，常常一车子带我们姐弟三个，前面两个，后面一个。日子，就这样简单。

如今，父亲不在了，剩下三个可怜的人，在不同的地方念叨起他，也是一脸悲戚。不说了，马上就入冬了，要准备些棉衣了。

又快到送寒衣的日子了，我把去年写的文字，重新读一遍，便觉得日子太快了，一眨眼，便丢失了许多日子。

在故乡，麦子一地青翠了，却再也找不回那个一天往麦地里跑几次的庄稼人了，似乎日子暗示我，把许多丢失的东西忘了吧，但是我觉得一些人和事，被一把烙铁烙在心灵上。

故乡的人，有些面目模糊了。

我在远方，开始安于一种生活。一个人，什么都不想，过一天，便算一天。

一个人，在北方。我不再像年轻的时候那样，总是标榜自己是北方的王了，其实，我只是北方的一株草。

笔下的诗，也开始切入生活了。一个人，在夜里，写出下面的句子：

标配的生活，是这样的：
睡懒觉、煮粥，在一台电脑前消磨时间
或许，现实的事总是让人失望
满山的草，被羊啃去一些
让我想起人生
消失的那一部分，犹如理想
坚守的那一部分，被风吹着
屋檐下的燕子，看着远方的小路上
正返回的乡村
牛羊，从新雨后归来
落日满空山，是诗人的事情
我看见一些熟悉的人，面目相似
他们固守着贫穷，一辈子，就这样活着
唯一不同的，是他们的脸上
落了一层余晖，像一个人，涂了一层金
坐在乡下的屋子里，变成了一尊佛
没了伤口，没了血泡
这一瞬间，我似乎忘记了人间

在这首诗里，我能看见一个被消磨掉理想和苦难的人。此刻，再也不提理想了，理想被日子一点一点地蚕食掉，只剩下一地鸡毛。我似乎看到我的中年，和刘震云书里那个中年人小林一样，卑微而窘迫。

一个人什么都不说了，裹紧衣服，出一趟门，买一些过冬的蔬菜。

大 雪

早晨五点二十三分,我便醒来了。

在陕北小城,大雪不见雪,只剩下一场夜的盛宴,漆黑的夜色如墨,一团一团掉进生活里,这个时刻,还没有一点光。

我想,大雪是不是应该遵从节气的路标,按规则准时而来。或许,一场雪,正在赶路,不久的将来,大雪便会落下。

不知为何,提起雪,心里便明净了不少,生活中的阴郁也散了。

大雪,适合做什么呢?

适合看电影。突然一个电影钻入心里,名字叫作《我们俩》,金雅琴老师虽说老了,但是大雪之中深藏的孤独,让我想起了大雪封闭的灵魂。

一开场,便是一场盛大的雪事。

大雪推进的故事,永远吸引着人,似乎这支撑人间的大雪,会成为薄凉的背景,大雪、四合院,加上老式的自行车,一种日常的生活缓缓陈述。

江南的雪,是浅薄的。大多的雪,触地即化,在日本的描述里,这种雪称为"泡雪"。只有北方的雪,才醇厚一些,才野一些。日本的文字里,关于雪花有太多的分类,譬如:深雪、细雪、绵雪、风花、牡丹雪。从文字里,一个细腻的民族,正在剖析着细微的风物。

或许,这文字太文艺了,"文艺"一词,于我们乡下人而言,是一种病态。我们的生活是应该贴近吃喝拉撒睡的。

或许在古诗里,只有"红泥小火炉"一句,是属于乡村式的。红彤彤的火焰,让人满心温暖。围坐的人,一起说着孩子和收成,人间也就这样了。

小雪时腌的雪里蕻已经能吃了，切碎，加点香油，便能入口了。这菜，是带着乡下的气息，不适合娇气的胃。

填饱了肚子，便会想一些上半身的事情，譬如读书、冥想。大雪营造的氛围，太悲凉，不适合读海子的诗。

　　割下嘴唇放在火上
　　大雪飘飘
　　不见昔日肮脏的山头
　　都被雪白的乳房拥抱

这诗，把一个大雪的意境打破了，似乎大雪的自足不见了，只剩下一片雪白的乳房，代替了人间烟火。

大雪而至，深藏于冬。这时候，躺在床上，被子盖了三层，天太冷了，不适合出门。一个人，无聊时，适合读读顾城的诗。

　　我走向许多地方
　　都不能离开
　　那片叽叽喳喳的寂静
　　也许在我心里
　　也有一个冬天
　　一片绝无人迹的雪地
　　在那里
　　许多小灌木缩成一团
　　维护着喜欢发言的鸟雀

多么好的文字，谁能想到这么干净的人，竟然拒绝生活了，一把斧头，就结束了生命。被他拦腰斩断的，还有诗歌。

海子、顾城之后，标志着一个时代的终结。诗，越来越小众，越来越走不进世人的生活，唐诗所浸泡的生活，越来越虚弱，越来越与生活远离。

这样的话，可能会让一些人不舒服，诗歌总会有人写，包括我也写一些，但是感觉读到的这些诗歌，总与生活隔膜一些。

回到生活吧，那时候，大雪纷飞，我们穿着棉衣，挤在墙角处，玩着儿时的游戏。一转眼，三十多年了，生活方式也变了很多。再也没有人，去体味大雪的深浅了，大雪，成了一种奢侈品。

人说"一白遮百丑"。大雪，是白的最高状态，古人很多关于白的描写，都是富有魅力的。月光如碎银，大雪素白。这些白的意境，也被人移植到生活里。古人也喜欢美白，那时候，女人用淘米水洗脸，这个方法，故乡人一直用着，传承着古老的美白方式，只是这方法，在都市的化妆品面前少有人关注了。

入冬，大地少了水分。

一场雪落下，意境就不一样了。这世界又滋润了，许多人的感冒也好了。看起来，万物皆好，只缺一场雪。

这雪一旦落下，便停不下来了。它用一种精神，把万物安放雪心。在大雪封住的大地之上，只有一些鸟还在活动。

你看，那一只麻雀，越来越远。

它在大雪中，犹如一个小黑点，从眼前飞去，消失在远方。

黑　路

此时，莫名地爱上走黑路。

走黑路，有什么好的呢？黑乎乎的夜，一个人走进去，如同走进一个镜子里，再也走不出来了。

每次走黑路，我都觉得时间好漫长。对于黑夜，我有点恐惧情绪。一个人，只有恐惧时，才走得小心翼翼，才渴望快一点到灯火通明的地方。越是恐惧，越是觉得一条路如此长，时间犹如停止了，好不容易才走到门前。

如果是在白天，可以边走边看路上的花花草草，感觉才一会工夫，一抬头，已经到了家门口。同样的一条路，为何白天和黑夜有如此反差？

突然觉得是心理原因，人生也是这样，同样是对一件事情，欲望越大，感觉等待越是漫长，如果放下一切，以平常心去看待它，或许就感觉到一种轻松了。

在一条黑路上，什么都是看不透的，每一步，都潜伏着危险。乡间的小路，坑坑洼洼，一个坑，就足以让一个人崴脚，成了生活里的负担，人走在黑路上，必须凭白天的印象去走，可喜的是，我们的记忆，是被生活丈量过的，每一步，都很到位。

只有在黑路上，心才能虔诚。心虔诚了，才觉得不会害怕了，白天没做过亏心事，鬼不会找我，走路自然稳多了。

其实，鬼神的事，到底有还是没有，我也说不清楚，我一次也没碰到过，父亲倒是碰见过几次，老实本分的父亲一辈子不会说谎，我想，这件事也不会是假的。

他说，明明是一条明晃晃的路，走过去，怎么就成了围着一座孤坟转圈圈了，他也说不清楚，回到家的时候，一身疲惫，像干了一场农活一样，挨床就入眠了。

这是黑暗衍生的故事，带着神秘的气息，每一个人都活在似懂非懂的世界里，怕每一座孤坟，怕每一个消失的人。

生人，到底怕死亡的人，还是死亡的人怕我们呢？我也不知道。我们按节气和他们产生关联，别的日子，似乎老死不相往来，人心里念念不忘的，可能就是一个虚像，一个似曾熟悉的影子。

现实中的我们，不可能逃避出黑夜，我们在黑暗的河流上，一直奔走，我们像一条鱼，从黄昏走到鸡鸣。

这些年，走的黑路越来越多，却不害怕了，路灯太多，没了那种厚厚的黑，心里，不免念起了童年。

那时，一放学，我们疯了一般，从五里之外的镇上，像一只只鸟儿那样，飞向村庄。在路上，没有声音，只有庄稼，如果是麦地，还好一点，就怕盛夏，一人高的玉米，风一吹，呼啦啦地响，心里有些害怕，走得越来越急，直到看见村头那一户人家的灯火，心才安一点，觉得黑路到头了。

人生有黑路吗？谁也不会回答我。

人生的黑路，就是父亲离开我们的日子，剩下我们几个，抱头痛哭，像一群无家可归的鸟儿。

这个深秋，突然看见路边的芍药，干枯，也没有精神了。想起春风来时，它满枝的花朵，把整个春天都比下去了。如今呢，像一个走黑路的人。

再看看远处，银杏叶落了一地，梧桐树上，叶子也所剩无几，这就是时间的力量，能让所有的事物改变。树木，群山，河流，都慢慢地被时间改变着。

我突然意识到，这些花木，也有自己的黑路。它们在黑暗中，安静而孤独地生长，像一个被光阴流放的罪人。

许多出走的人，到了晚年以后，再也不会看不起故乡了，他们想看看故乡，走到故乡的深处，看见那些农人，才算看到故乡的原生态，不过是土地对人的绑架。人离不开土地，土地也离不开人。他看到,每一个农民替他活着,村里的每一户人家,都是他的亲人。

他什么话也没说,看看故乡就走了,或许这是最后一次了,再往后,就要走人生的黑路了,那里或许就没有痛苦了,也结束了对草木的挂念。

他走完了黑路,会有人继续走下去。

如果在漆黑的夜里,一个人正走着,突然听见隔壁的二嫂拉长嗓子哭了一声,这声音,凄楚而悲凉,从乡村这头跑到那头,整个村庄就都知道了,又有一个人走了黑路。第二天,就有人夹着黄纸去了。

或许,这黑路,拓宽了一个词的容量,从现实到彼岸,都让这个词成了中转站,许多人,不过是黑路里的一个个因子。

黑路上,有太多的人,赶路的,叫魂的,还有走后门的,尽管我们看不见他们,但是他们都在黑路所呈现的影像里活着。

这些人,有关乎生存的,也有关乎灵魂的,也有关乎欲望的。也许,这就是人生百态,黑路上,也有一个我,越走越觉得人生被苦难打磨得干净了不少。

黑路,从自然主义的现实延伸到死亡的场域,这个词被越拉越长,许多人,不但害怕自然中的黑路,更怕另一种黑路。记得祖母说起死亡,总是一脸的胆怯,或许年龄越大,越害怕死亡了。

我对于黑路,只在乎黄昏以后黏稠的厚度。狗吠可以有几声,但不要太多,人,蜗居家里就好,路上走的人太多,脚步声太乱,总觉得黑夜少了安静。

走黑路,有了诸多的方向,既是现实的,也是形而上的。

夜晚沉思录

灯　火

　　中国，讲究五行之说。

　　五行之中，各有宿命。土生万物，雨生百谷，火里飘出炊烟。其实，说起火，很多人心情复杂。它能让一座房子、一片森林顷刻之间化为灰烬，也能让一片贫瘠的土地变得肥沃。刀耕火种，便是祖辈写下的艰难文字，它从一片白纸上落下来，带着先辈理想的温度和思维认知。

　　火，能穿越漫长的岁月，犹如穿过一段漫长的时光隧道，来到多年以后的今天，它落地生根，成为生活中的常态。

　　火，在我的生命里安居。

　　我与它相遇，源自生命源头的火焰。

　　我在母亲的子宫里存放，被岁月的手推了出来，那年，天有点冷，我最先遇到的，是屋子里的一堆火。

　　这片火光，在我的生命里，再也跑不掉了。每次看到火，总想起母亲的阵痛，像人生中最倔强的稻草，从她的身体里钻出来,一阵阵的痛,打败了母亲日常的温和。母亲变得有些暴怒,头重重地摔在床上,痛苦得像一条扭动的蚯蚓,但她仍等待着婴儿的哭声。

想到这,我内心非常难受,抬头,头顶是一盏灯。

我时常认为,灯的繁体字"燈",乃是火光上升之意,登高在头顶,便成了一盏灯。每次想起"登"字,我想到的不是登高,不是"登泰山而小天下",而是五谷丰登,填饱肚子,是乡下追求的事情。或许,火光足够多,让屋子洋溢着光明,人对于黑暗,总是恐惧的。一个人,躺在夜晚的房子里,如果不开灯,这个人的身体便封闭了,除了呼吸声和思想,其他的都被关在黑暗的笼子里。

我认为,灯乃火的升华。

一盏灯,只有从火堆里走出来,才能成为美的修饰。它逃脱了火堆之火的杂乱无章,以一种服务于人类的信念,从灯身里逃出来。如今,灯已经从火光演变成电流,看似与火无关了。

其实,在乡下,一些苦难的符号,都与灯有关。那些年,一盏灯,照亮母亲中年的日子,她在灯下赶制入冬的棉衣。一盏灯,照亮一本淡黄的农历,父亲想的是农历里的草木和农耕之术。

太穷了,买不起马灯照明。于是,用墨水瓶当灯身,用完的牙膏筒,一卷,卷入搓好的棉花,浸透油,火柴一划,这点点之光,让一个黑屋子明亮起来。

或许,对一个人而言,一根火柴的光是微弱的,但是它发出的光,温暖了一个人冰凉的屋子和漫长的乡愁。

哧啦一声,屋子亮了。

一片安静的黑暗,被它穿透,或许,哪怕一丁点的光,对于乡村的夜而言，也算是一种救济，一种缘分。

在灯下，我看见祖母跪在蒲团上，虔诚地磕头，一翻日历，到了十五了。灯光昏黄，只有祖母的影子矮下去。

我认为，灯是一把关进囚笼里的火。

当火光关进围城里，才能有礼仪之美，野外的火光太放肆了，被风吹得肆无忌惮，只有火被关进笼子里，火的野心才会消隐，才能显得更有风度。

记得小时候，祖父总会给我们用高粱秆扎灯笼，那时候几个毛茸茸的小脑袋挤在一起，看高粱篾在他手里上下翻飞，犹如一件用顺手的农具。扎好笼子，糊上红纸，点上一根红蜡烛，一个孩子快乐的声音，落在乡村漆黑的街道上。

灯，成了乡村的眼睛。

一个人，提起一盏灯，这个黑夜就明眸善睐起来，倘若乡村的夜，少了一盏灯，便感受到太多的孤独。

在乡村里，只要灯亮起来，世界才是活的，一切声音都会在，人的吃饭声，牛咀嚼草的声音，都在乡村的夜里飘荡着。当灯灭下去的时候，这个世界就睡着了，只剩下风声和老鼠出洞的声音。

当今，灯太多，色彩斑斓。

正月里，回到故乡，仍然有空谷一样的孤独，除了麻将声，乡村再也没有什么动静了，只有正月十五这天，人们才抬头看看天空，一排排的灯笼，依次而飞，像一排排南飞的大雁。这种古老的传统，成了支撑年的趣味。

这种灯，故乡叫它"贡灯"，其实，在文献的记录上，它应该是"孔明灯"，乡村人不懂这些，只遵守祖辈的叫法。

这些灯，像星子一样，在高空里传递着火光，这火，被关进笼子里，它安居之内，乐不思蜀，在黑夜的天空里，自由遨游，羽化而登仙。

或许，灯太多，火越来越少了。

在故乡，新农村建设渐入佳境，炊烟不见了，炊烟其实是乡土社会的符号，它在天空里，让人情冷暖落于灶台。柴火被禁止烧了，火光越来越看不见了。我看见灶台的前面，再也没有麦秸和木柴了，烟囱成了摆设。

只有正月十五这天早上，人早早起来，点燃木柴，围拢而坐，这是豫东民俗，故乡美其名曰：烤霉气。或许，这是一种期冀，把坏运气赶走。

太阳出来以后，这火光就不见了，或许，火光适合黑夜，它必须避开太阳，一把火，就让黑夜开了花。我认为，灯是黑夜最美丽的花，比荷花还干净一些。干净的，是人心。人心净，一切都美好。

在一盏灯的文化词典上，也有晦气的一面，譬如守灵。一盏灯，火苗忽闪，像一个跑动的灵魂。

许多后人，跪在棺材前，守着这一盏盏灯，让往事从火光里跑出，是火光让一个人，遵守时间，遵循于祖辈的风俗。

或者这火光，是火焰家族最为黑暗的时刻，但也是这火光，让火的含意更丰满一些。一个人，面对火光，想到的，除了温暖，还有一座座坟茔。

提笔，写下这个"灯"字，火光登高，把整个世界的灰暗赶走了。

我是那个在火光里画向日葵的人。

夜晚，一出门，看见每一个人的头顶，似乎都顶着一朵向日葵的花盘了。

夜　晚

夜晚，适合静坐。

捧一本《世说新语》，读出诸多的趣味来。人性，没有被压抑，像泉水一样，汩汩流出。或者，读一本《聊斋志异》，发现书里的女鬼，居然比今人可爱多了，她们情感比我们更纯粹一些。夜半，适合读《浮生三记》，一个人，偷得浮生半夜闲，把人生苦短放在文字里把玩。

只有安静下来，人才能思考一些平常没时间想的事物，譬如：生、死。

死生，皆为大事，满月，百天，一周岁，一次次的礼仪标识，让一个人的一生像一条永远前涌的河流。然而道路越走越短，或者从出生那天，就意味着要归于死亡，过一天，少一天，只不过我们习惯于积极的人生态度，少了些对于日子消逝的伤感罢了。走到尽头，也意味着一个人的一辈子，盖棺定论了，好也罢，坏也罢，不过都是一个标识。头七，一年，三年，十年，把一个人的一生，装到坟墓里。

前一段时间，写了一篇小文《再见，大黄》，居然有人留言说母亲不仁义、绝情。这种道德绑架，让一篇文章置于火上，被不停地烘烤。

其实，我的文字是我的精神史，记录着我的一生，别人不懂一个人内心深处的孤独和精神层面的东西。

父亲去世后，对于胆小如鼠的母亲而言，是多么恐惧的一件事，整个阔大的院子，空了，儿女都在外地打工，她害怕听见一些细微的声音，大黄的叫声，是那种呜呜的哭声，让母亲觉得是父亲回来了。那些日子，母亲神经有些错乱了。

在乡村，狗就是狗，人就是人。

乡下人分得清，狗就是看院子，如果一只狗老了，看不动院子了，也意味着它的一生走到了尽头。

祖辈一直这么认为，我们也是。

一个农村妇女，一辈子没走出过乡村，难道让她具有万物平等的生命意识吗？

夜晚，是一个人思想出没的时间。

许多人，开始扔掉了白天的面具，用安静的夜色给灵魂洗了洗澡。也许，只有夜晚安静时，人才真的是自己。他或她，把白天的高傲去掉，开始归于日常。

夜晚，总会想起很多东西。

青草满地，田园牧歌式的生活，总觉得有些向往。可是，此刻我龟缩在楼房里，像一只孤独的乌龟，一动不动。

有时候，会突然听见树叶落下来的声音。

这声音，虽然软，可是也是一种衰老啊！我突然想起许多故人，他们的衰老从一些细微的东西开始。

头发，开始出现了银灰色。或许，这是一个人向时间妥协了，一个人，注定是拗不过时间的，头发白了不可怕，可怕的是一个人的牙齿松动。那么，这意味着什么？

意味着，一个人开始少了年轻时的放肆，人生开始有了限制，这菜不能吃，那菜不能吃了，人活得越久，可能约束越多，儿女很多的唠叨，看似关心，实则像一座城，把他们紧紧围住，自由被爱勒死了。

年岁越大，越不喜欢黑夜。

古人和今人一样，一写到日暮，日子感觉就凉了起来，光阴，一点点溜走了。它穿越我的往事，穿越我的故乡，它穿越大地上一切草木和温暖的墙根。

许多人，老了以后，愈发相信一些灵异的事情来，譬如：昨夜，父亲给她托梦了，让她在人前莫言。这不过是一个人想念亲人了，便给自己找一个借口。

夜晚的时候，母亲常提起父亲。

说他那年去外婆家，故乡叫法奇特：老姥娘。那年，为了赶制木箱和床，回来晚了，加上喝了一点酒，经过村庄的那片坟地时，他看见一条光亮的路，就走了下去。走累了，便坐下休息，抽一袋烟，抽完烟，发现围着一座坟走了半夜。

这样的事情，时常落在耳朵里。它串联起乡村的神秘气息，我不知道，这样的事情可信度有多少，但是父亲却说得真真切切，扣人心弦。

夜晚，想起这些有些恐惧。

那些多年未联系的小伙伴，乘着夜色来了，腋下夹一瓶酒，带着童年的回忆扑面而来，我不知道能否抵挡住流水的往事。

一盘花生米，一盘拍黄瓜，一盘炒鸡蛋，外加一盘凉拌猪头肉，一瓶杞国酒，在灯下，许多流水般的语言，也带有酒气了。我在他们夹杂苦难的乡下方言里，一饮而尽，这个晚上，我是属于酒杯和往事的。

夜晚，我躺在床上，听见屋顶瓦松开花的声音，这声音细微，却永远高于我们。

我看见许多光，落在我们身上。

它一点点打通一个内心深处的黑暗，或许，这光像一个菩萨，扶起我们柔弱的身子，让一个人归于平静。

光，试图照亮人生中的枝枝叶叶，但不能改变的是，有一些角落是照不亮的，这里藏着一个人最隐秘的往事。母亲一头白发，把光阴狠狠地摔在地上,我越来越害怕时间,怕时间带走她。

一个人,开始懂得把味词汇了。

衰老,有两个层次。老,指的是身体上的老去,与时间长度有关。而衰字,则和精神有关,如果一个人没有精气神,可以看成是衰。这两个词,本该分开的,却生硬地放在一起。母亲,精神尚可,与衰毫无关系,她对乡村的草木仍然热爱。

但,她的牙齿越来越背弃她。她开始处于素食之中,牙齿已经咬不动肉了,只剩下草木般的素食,与她有关。

星子在野

夜色漫下来,铁桶一样围着村庄。一个人站在院子里,鼻尖上挂着一团稠乎乎的夜色。这漆黑的夜,太黏稠了,似乎要把一切生灵、草木都裹进去。

母亲说:"没有月门地,真黑啊!"

大地像被谁施了魔法,无边的孤独压了下来,不知道是这孤独衍生了夜色,还是这夜色衍生了孤独。我感觉到这夜色压在人的身上,把人压得抬不起头来,似乎一抬头,就会碰碎一块夜色。

不知是谁家的灯光,在远处招摇。这灯光,像一个魔术师,突然把一块漆黑的幕布揭开了。这光,召唤着它的同族。你看,这灯光,一簇簇,像一朵朵盛开的花,把无尽的夜色赶走了,世界也明亮了起来。

这时候,一定有炊烟在漆黑的夜里横冲直撞,只是我们看不见,我们顺着虚拟里的炊烟一直向上,突然看见一空的星子。不知为何,总觉得"星星"一词缺少诗意,倒是这"星子"一词让我觉得有趣。

"星垂平野阔",是古人给我们留下的宝贵遗产。我们守护着它，像守护着先祖的土地和房屋，它们在高处，沉默寡言，多像父辈啊，一辈子，没走出过村庄。我宁愿相信，这星子就这样一直守护着这个微不足道的村庄，从先祖开始，它就开始庇护着人类，人类却不相信一点微弱的光，能具有自然的神性。

天上，一定也有一个村庄，它们都是这个村庄的村民。我想它们也有族谱，也有辈分。不知为何，想着想着，就把它们想象得和人类一样，其实星子组合成一个庞大的帝国，它们占领了天空，俯视大地。

它们并不平等，也有好坏之分。小时候，看见一颗星星拖着长长的尾巴，向天边溜去，父亲说："贼星跑了。"一个星星被赋予"贼"的称号，估计在天空也不受别的星星待见。同它一样的，还有华盖星，听说是灾星，一个星子的不祥，消解了星光的诗意和诗句里的暖色。

星子在漆黑的夜里，像一些自由组合的文字，这个大一些，那个小一些。这星星，多好啊。我是一个喜欢看星星的孩子，在幽深的夜里，许多人都密谋洗一次澡，抽一根烟，而我却喜欢蹲在树下，看着头顶的星星，这密密麻麻的光，多像母亲绣出的一张花手绢啊！

本以为，这星子终于摆脱束缚了，在天上一定很自由，可是我发现，这星星的位置，在某一个时刻是固定的，人们便根据这种观察，将它和时间一一对应，熟悉乡村生活的人，一抬头，看见星星，就知道几点了。

小时候，我上学时，家里没钱，买不起钟表，特别是冬天，漆黑一片，父亲从窗户一望，看见星星，说还早呢，再睡一会吧。正睡得香，父亲叫我起床，窗外一片黑，踏着厚厚的夜色走到学校，人基本到齐了，我觉得父亲对于星星的判断，有一种神奇的准确。从此，我才知道星子也是一本日历书。

星子，是穿越时光的。它落在土地上，成了一本串联时间的线索。小时候，只有到了七月七，才突然意识到牵牛织女星来，一种被星光裹缠的神话，只不过是星星点点而已，看到星子，觉得具有温情的世界，也不过是一块石头而已。这石头，是熬过了多少日子才见了光明啊。我们顶着一头星光，却不知石头与时空的摩擦，烧制了一盏灯。

中国，是依托于农耕文明的国家。它根植于大地，却无法与云气、月亮与星子摆脱联系，它们指导着农人思维，更拉长了古老中国的农耕史。

母亲常说："看不见一颗星星，明天是个阴天啊！"那时候，最怕的就是月黑头加阴天。黑紧紧缠着村庄，有时候还有一阵风吹来，把生命里的一点暖意也吹没了。我躲在灯下看书，却听见父母对于星子的断定，明天的农活，怕是要改变了。

或许，梵高的《星空》注定不是中国式的，中国人不喜欢孤独，他们群居一起，相互诋毁又相互取暖，或许，他们不理解梵高式的孤独，更不理解色彩灼烧的繁盛之后，便是深深的孤独。

中国人，靠着大地生活。我们习惯于一种绑架的体式，而不可能陷入孤独的迷恋中，这些星子，是孤独的投射物。它们看似繁华一片，实际上却不敢靠近，孤独地围绕着一个空旷的夜晚。

中国文人，喜欢在生活里思考天空，思考陨石。我来自杞地，先祖们忧天有些怕了，我们也被目光燃烧怕了，我们不敢去描述星子和生活的诗意，只靠星子和农耕文明的延伸，保持着一点联系。

李白、杜甫等思考过自然的文人，都在古诗里为我们提供一片容忍星子的藏身之所。我们不能脱离粮食而活着，自然万物都变成预知天气的一种符号，星星同样如此，"天河明，雨将行；星星稠，雨点流"，或许，雨水冲洗了天空，这星子更加明亮了，雨后的青山，才觉得更干净一些，就算落在大地上的星光也会质朴一些，不轻浮。

雨后，星子会泛起，和它一起活动的有老鼠，它钻入夜的肚子里，一会偷吃一点盐，一会偷吃一块面包。母亲说，这老鼠偷吃了盐，变成了蝙蝠。我家一袋子盐不见了，不知道这夜空中飞行的蝙蝠，是不是我家喂养的。

或许，这高处的星子知道，但它仍然保持深沉。父亲常说贵人不出语，我学不来星子的矜持，我习惯于大大咧咧的样子，一个人，过不了太细腻的生活。

抬头，看见一空星子。

或许，又该有喜事临门了，听见远处不知名的鸟，叫了几声，便安静了。夜深了，灯光灭了，只有星星还发着光。

草盛豆苗稀

当风吹过村庄时,我还在沉睡。

村里的叫鸣鸡先用叫声洞穿了村庄,我想村人都有赖床的习惯,肯定没有几个先于它们醒来,村里的炊烟还没完全升起,稀稀拉拉的几柱,显得孱孱弱弱。

野草肯定醒了。它们乘着晨光,贪婪地吮吸着露水,它们长得繁茂,豆苗被它们裹着,像捆了一条绳子,伸展不了身子。地里,豆苗不是很旺盛,刚出芽时,被野兔吃了不少,村人将木棍绑成十字,穿上一些旧衣服,试图吓退野兔,可是野兔并没有放弃美味,从这一片田到另一片没有稻草人的田地。村里懒惰的人,迟一点支起稻草人时,地里的豆苗已光秃秃的,野兔似乎摸透了村人的心理,它们可劲欺负这些懒人,他们地里的豆苗,有一片没一片的,像人的头上起了一些癞疮。

我看到这些,突然想起陶渊明的一句诗:"草盛豆苗稀。"草除了围住豆田,还围住村庄,它们大有合围之势,而我的村庄,却不生气,任由它们生长,草与人,相安无事。

豆苗过膝盖了,稻草人,被日子扯得模糊不清了,原先红艳的颜色，被日子磨成了淡红色，靠近它，再也想不起衣服的主人是谁了。

在村庄，警示是一种境界。

村里人，找不到更好的办法时，便想起了警示，稻草人，对于野兔来说，是带着人类的温度的，或许这温度不那么温和，代表着杀戮和追赶。再高一点的警示，便是文化里的隐喻，譬如门神，庙里的菩萨，都代表着一种文化上的警觉。门神挡住了鬼神，菩萨挡住了人心的恶念。

豆苗的疯长，是从一把锄头开始的。一个人，成了村里的一种符号，一把锄头也是。他们模糊不清，或许是我很久没回故乡的缘故，再也想不起人的样子，但是豆苗却清晰地长在大地上。

一把锄头，被多少手抚摸过，我不知道，打铁的，锄地的，一把锃亮的锄头，在村庄是默默无闻的，而有名气的永远是人，父亲干活总是一阵风似的，让村里人望尘莫及，只能感叹一句。

一把锄头，给豆苗保墒。

或许，落了一场雨，这豆苗就疯长了。雨后的盛夏，豆苗一天一个样，人好像永远是老样子，等到人感觉老时，才发现地里的豆苗换了一茬又一茬。

年轻时，常笑话陶渊明是个书呆子，连种地都不会。"草盛豆苗稀"，似乎成了一个庄户人家的耻辱。没想到，多年之后，再读陶渊明，才发现这一句却成了一种文化高度的坐标，一个文人与一个老农合二为一了。我也在村庄种过土地，种出来的庄稼，比陶渊明好不了多少。

或许，文人对于种地先天迟钝，或许他们的心思不在种地上，他们种的庄稼，长在白纸上，一茬又一茬，郁郁葱葱。

有时候，安静下来，也常常想一些事情。村庄，成了生命里的一个栖息地。代表村庄的庄稼,一种是麦子,在海子的诗歌里复活:"吃麦子长大的/在月亮下端着大碗/碗内的月亮/和麦子/一直没有声响。"另一种庄稼,是大豆,在陶渊明的诗歌里复活,它的生命力,比麦子长久多了。或许,它都好几千年了。

"带月荷锄归",是我的理想世界。

我是一个理想主义者,在现代化的世界里,我总觉得格格不入,只有月光落下来,我才觉得世界干净一些。

一把锄头,穿越乡村的月光,也是一种幸福的事。你看,这月光,像流水一样,呼啦一下子,就淌了一地。

这月光,像是从我心里流出来的,它一直流到村东头的豆苗地,它照亮了每一株具有乡愁的豆苗。月光,就这样照着,其实,人都认为它是静止的。其实,人们错了,月光永远在追赶时间,它从一堵墙翻越到另一堵墙内,它从一扇窗钻入另一扇窗,它知道乡村的秘密。豆苗,却永远不知道村庄内部有多少秘密。

有月光的夜里,除了想想地里的豆苗,还适合看看月,读读书,读《瓦尔登湖》,"大多数人过着一种平静的绝望生活,他们心中的歌和他们一起埋入坟墓"。这文字里,包含着一种死亡的平静,或许人的一生,无论如何折腾,对于村庄而言,都犹如平静的湖水。

或许,人这一辈子,不过如此。和这土地上的豆苗一样,无论生前怎样,结局都如此相似。有时候想想,我和祖辈有什么不同,似乎没有什么不同。

我走出了村庄,不过是进入另一个村庄。

他们一辈子守着祖辈生活过的村庄,倒也干净,一辈子只想着盖一所房子,种几亩豆苗,给孩子娶一个媳妇。

我虽然跑出来,离家千里,但日子的过法,和他们一样,心里念叨的事情，也和他们一样，突然觉得无论如何跑，都跑不出村庄安排的宿命。

月光下，越来越觉得自己有些异样了。

我发现，自己长成了一株豆苗，周围的人，无论来自于哪里，都活成了豆苗，或许，人不过就是一株豆苗啊！

物与人，越来越分不清了。

有如候鸟

我再也没有村庄了。

这个村子,是我最后一片与故乡有交集的地方,我吃这片土地上种出的庄稼,也喝这片土地抽出的井水,我像一个农夫一样,将几十年的日子,丢在那里。

祖父说:"这个村庄是我的!"父亲也这么说。我真羡慕他们说话的神情,竟然如此的自信。到了我这一辈,再也不敢这么说话了,我感觉自己不是一株生于此处的植物,而像一只候鸟。

父亲说,这个村庄是祖辈遗留下来的唯一遗产,他舍不得走。他一辈子,就在这土地上,虽然活得粗枝大叶,但人生的基本线索依然清晰:娶妻生子。

我似乎也应该这么活着,才是不背叛祖辈生活过的这片土地,我的前二十年,也确实朝这个目标活的。

还记得上学时,我所有的家当,都会塞进火车,然后让它们沾满故乡的泥土味。那时候,我将每一本书,都会寄回来,觉得以后我肯定会回到这里。

或许在我潜意识里,我实在没地方可去,或者说我将我未来的生活都限定在这个村子里,我把所有的未来,都塞进村庄。可是,毕业时,才觉得自己真如候鸟,我在祖国伸展的枝叶上寻找归宿。

我从一个地方到另一个地方,我突然意识到,村庄再也不属于我了,如果我回去,会有众多燃烧的火焰把我烧焦。

"他婶,东头山安家的二小子,上了大学,又回来了,这学看来白上了。"我吃着这语言里的炭火,这话虽说的别人,可是我怕回去了,自己也燃烧了。

我拼了命地向外走,似乎走得越远,就能躲避他们的目光。我真的觉得自己像一只候鸟,不停地在生活的地方和村庄之间奔波,我走过的路,叫作经历。

在外面,我才觉得故乡的好。

故乡虽然贫穷,仍有许多村干部在村庄欺上瞒下,他们任用自己手里的权力,随意脚踏村庄的每一个人。我对故乡曾经绝望过,认为它就是一潭毫无生机的死水,如果一辈子待在这里,我会疯掉。可是我却一年又一年地回去,母亲还在那个贫穷的地方,父亲的坟,每一年都需要我去添土。我与那里似乎纠缠不清了。

在陕北买了房,我又开始将家里的一切,从河南往陕北搬运,和当初上学时往河南搬运的情景一样,我忽然觉得人生充满太多的不确定性,不知道未来,还会不会和此时一样,又将这些东西搬运到他处。

无论如何搬运,有一样东西我搬运不了,那就是父亲的坟。

和这个坟相连的,是父亲生活过的村庄。这个承载着我物质和精神的地方,像一条河流的源头,喂养着我们。

小时候,我们在一马平川的土地上,像一匹匹马,父亲用手里的鞭子,将我们的身体抽出了花,我们忍着巨痛,却想不到要远走。那时候觉得,这里的土地,包容着我们,这里,有一座房子,是属于我的。

尽管多年以后,这座房子仍是我的,我觉得我没有资格再去讨论它,我一走就是好几年,我从未好好打量过它。

它的身子开始脱落,屋顶上长满了瓦松,像父亲荒凉的坟茔,我突然觉得故乡离我好远。我不熟悉任何一片土地。

小时候说书的那个先生,也不在了,我对于故乡所知道的红色文化,就是他告诉我的,这里曾经也有一面如火的红旗。

在不远的虎丘寺,播撒着革命的火种,或许佛对于屠杀已经习以为常,也不再劝人放下屠刀了。当别人的刀架在村庄的头上,我们只能选择用刀的方式反抗。我们是第七革命小队,力量最薄弱,却斗争最顽强,这是县志上写的唯一关于村庄的文字。

我觉得,是时候给村庄正名了。

故乡,并不是那么善恶分明的。这么一个村庄,从清代起,就出过团练和守备。县城的商务会长,也是村里人。

一个村子,枝叶大了,便会向周围延伸,周围的土地都被我们村占领了,他们只能给我们村打长工。不服气,便带着兵器闯过去灭人杀口。嚣张跋扈,除了欺负外村人,也欺负本村人。

那些年,村里并不太平,出过土匪,也出过地下党,村庄亦正亦邪,许多人相安无事,一笔写不出两个曹字。

血缘的关系,让村庄关系复杂。

此刻,人们只想着挣钱,村庄单一下来,里面只有两种人:男人和女人。

我是众多男人中的一个,我和他们一起,为了生存而逃,我们坐上火车,带着乡下的尘土,去靠近另一片尘土。

尽管这尘土的秉性不同,但是我们并不在意,我们一起向西，有人去了新疆，包了果园，有人去了西安，卖早点，我一头扎进陕北小城，做了教书匠。

我们是故乡分散的枝叶，每一枝上的叶子都带着河南的方言和脾气。或许，河南成了一种符号，在远方存在。

我不知道如何去定义我们的行为，突然想起了周晓枫的一本书《有如候鸟》，才觉得我们也是一只只候鸟，从生存地到故乡，不停地打探消息。

或许，候鸟这个词，就是人世间为我量身定做的一件遮羞的衣服。

一只童年的蚂蚁

童年时，会记住一只蚂蚁。

那只蚂蚁，长腿，一身褐色。这蚂蚁，在河南老家叫笨蚂蚁，它虽然身体强壮，可是从不蜇人，倒是那种一身漆黑的小蚂蚁，很厉害，咬一口，奇痛无比。

那些年，一个人蹲在树下，看阳光漏下来，这光影映在蚂蚁的身上，也映在少年的脸上，那个少年就是我，我是一个奇怪的孩子。在乡人的眼里，我怪异、孤僻、不入群，喜欢一个人蹲在树下，看蚂蚁搬家。

看蚂蚁搬家，是我童年的一大乐趣。它们搬家的队伍浩浩荡荡，我喜欢在它们路过的地方，揉下来一些馍花（馍的碎屑），它们争先恐后地往洞里搬，很是勤奋。

此刻，我想起我的父亲，他和蚂蚁一样勤劳，在那个叫作"曹胡同"的小村庄里，卑微地过完了他的一生。

在乡村，时常看到一些孩子，拿着火柴去烧蚂蚁，用凸透镜对准一只蚂蚁去烤它们，或拿一杯开水去浇它们，我的内心深处感到一种悲凉，似乎生命于他们而言，只是一种叫作蚂蚁的动物符号。

当时，我突然流泪了。

那时，只知道内心难受，却不知道这流泪的背后潜藏着一种悲悯和敬畏。

生命，是平等的。

此刻，人总是以一种万物之灵的姿态去轻视它们，把它们当成一种可有可无的生灵。在乡村的词典上，蚂蚁是无用之物。或许，在乡村，人总是觉得此生是高于它们的，然而事实是蚂蚁和他们一样，同归于一片土地，成了腐木和碎土。

乡村人，只注重吃饱肚子的事。他们从不觉得施恩于蚂蚁，是一种敬畏。人们只觉得敬畏的对象，一定是大事物，譬如天地、祖宗和天气。

他们觉得，这蚂蚁死则死矣，不过如一颗流星的消亡。在人们的心里，生命是有等级的，人类至上，蚂蚁为下等。

其实，在乡村的内部，人对于灵魂的敬畏与尊重也是一种假像。他们在人去世时，只不过觉得乡村少了一具肉体而已，一些人，被乡村的世俗推着，他们请人吹响器，是给活人看的。请来的人，吹着唢呐，而吹的歌曲是《纤夫的爱》。

这欢快的气息，消解了死亡的沉重。一种对于逝者的敬畏，不见了。乡村，所有的仪式，都已经成了一种象征。

乡村，需要对死亡敬畏一些。

《围炉夜话》中说："立身之道何穷，只得一敬字，便事事皆整。"古人，已经替我们指明了方向，而我们人类却一直陷入世俗的围城里，找不到心灵的归宿。

或许，童年的我，是一个清醒者，以一个孩子的视角，读出了一个乡村扭曲的本质，他们沉浮在一条面子的河流上，而丧失了一种对人的尊重和敬畏。

我多想一个人远离乡村,远离人,在一棵树旁,安静下来,什么都不需要做,只静静地看蚂蚁上树。

一只蚂蚁,从低处往上爬,能爬到何处,取决于一只蚂蚁的欲望。欲望这玩意儿,太可怕,它衍生出太多的东西。

读佛经,便读出一些失落来。"七佛以来,犹为蚁子。"后半句是:"八万劫后,未脱鸽身。"

看起来,这蚂蚁,注定世世代代要偿还一种孽债,去印证佛的因果了。我不喜欢佛经,就是不喜欢这样的因缘。

在乡村的腐木上,只有蚂蚁和臭虫,才能打通一个乡村的内在纹理。

在一个院子的前面,是一堆锯开的圆木。一圈又一圈的年轮,圈着我的童年,也圈过一个乡村的往事。只有很少的人,能从年轮里读出一个人活在此处的意义。

蚂蚁,在这些圆木上,不停地奔跑,似乎它的这一辈子,就这样了。

一个人的一生,觉得就这么浑浑噩噩地活了。多年以后,我读美国诗人罗伯特·勃莱《冬天的诗》,才读到一种洞彻生灵痛感的文字。

> 冬天的蚂蚁颤抖的翅膀
> 等待瘦瘦的冬天结束。
> 我用缓慢的,呆笨的方式爱你,
> 几乎不说话,仅有只言片语。
>
> 是什么导致我们各自隐藏生活?

一个伤口，风，一个言词，一个起源。
　　我们有时用一种无助的方式等待，
　　笨拙地，并非全部也未愈合。

　　当我们藏起伤口，我们从一个人
　　退缩到一个带壳的生命。
　　现在我们触摸到蚂蚁坚硬的胸膛，
　　那背甲。那沉默的舌头。

　　这一定是蚂蚁的方式
　　冬天的蚂蚁的方式，那些
　　被伤害的并且想生活的人的方式：
　　呼吸，感知他人，以及等待。

每一个人，都会审视蚂蚁，人们在蚂蚁的世界里，看到了人类的际遇。在黄昏的阳光下，我一个人在陕北小城，想着故乡的蚂蚁，是否和母亲一样，也带着生活的伤口。

这么多年，我在乡村的土地上，常常捕捉灵感，却无法真正读懂一只蚂蚁。我认为，蚂蚁如我，我如蚂蚁。

我们都是芸芸众生中的一类，以一种贴近泥土的方式，向苟活者致敬。

明天，我仍活在故乡之外。

像蚂蚁一样，一如既往的卑微。

童年的木味

许多人，是枕着木头长大的。

我们一出生，就被生活扔在了一个叫作"床"的东西上。婴儿的哭泣，注定被床铭记于心，那上面，有被时光磨出的陈迹，有一个人童年的回忆。

这辈子，注定和木头捆绑在一起了。

在厨房，父亲做的橱柜，盛放着生活的滋味：细白的盐，纯净的味精。酱油，是村头那个王老头自家酿的，据说他的先人，是宫廷厨师，只是被政治的绳索，绑在了这个叫作草儿垛的地方。一个人，是抗拒不了时代的，它太微弱了。自古以来，有太多的人，都抗拒不了生活。

橱柜上的醋，是祖母酿的红薯醋。

它，发着澄明的亮色，这醋是水醋，不太酸，但健康。喂养童年的，就是这些无激素的天然植物，它们发酵，它们顺着锅台，满足一个院子里不同口味的挑剔。

人，一路活下去，会遇见越来越多的木头。从堂屋，到东屋，再到厨房，都被木头填满了，桌子、木箱、凳子，都成了屋内的土族，人倒像一个外来者，他们天一亮，就走了。在土地上，他们握着锄头、镰刀，整理着这片土地，到了吃饭时才归来，似乎这屋就是一个客栈。

这木头，瞧一眼这人，然后继续在屋子里打坐。似乎这是一个小国寡民的世界，彼此之间，互不干扰。

只是有一些肥胖的人，来串门，一屁股就坐坏了这单薄的凳子，这木头，咔嚓一下子，就散了架。这人，拍拍屁股上的土，有些难为情了。

在乡下，木头很多。

木头的气息，会顺着门钻进来。

我拼命反抗它们，但是它们依然占据着我的村庄，有些人，握了一辈子木头的农具，老了老了，却放不下了。

童年时，总看见父亲不停地摆弄木头，用锯切割它们的身子，用墨线给它们定型，用刨子给它们瘦身。

父亲，像一个魔术师，让家里的木头开出了花，它们安居在堂屋内。在乡村，木头和人，有时候是能够做到合二为一的。许多人，走着走着，就走到头了。他们的归宿，是一具棺材。

他们躲在一个木头的房子里，虽然狭小，但是也算和木头有了关联。

一个人，生命的尽头，与其说回归泥土，不如说回归一座木头的房子。它安稳地落下，被黄土覆盖，然后成了土下的民居。

其实，在乡村，总觉得棺材透着寒气，一个人，靠近它，感觉到背上发凉。童年时代，我看见一些人家的窗户下，躺了一具棺材，感觉纳闷，人还活着，怎么就备棺材呢？看见它，觉得不吉利。

后来，知道了乡村风俗，人长寿了，才备棺材，说是喜丧，虽带个喜字，也感觉到乡村的风俗太可怕了，这一具棺材，阴森森盘坐院子里。

父亲，是个木匠。

他做过太多的东西，木犁、衣柜，最让我感兴趣的，便是家里的那个大红色的木箱，它常年上一把锁。

我内心多么渴望去打开它，看看里面有什么。在乡村，总觉得木箱里有太多珍贵的东西，譬如存折、钱以及先人留下的首饰，后来觉得童年的思维，太可笑了。

我记得第一次打开我家的那个木箱，里面满满的，都是母亲织的布。色彩斑斓，构成了一个颜色的海洋。

母亲这一生，喜欢织布，一入冬天便开始织布，夜晚这织布声，散在村庄的头顶。父亲，从河里割回来几根芦苇，然后用锯锯开，这一拃多长的物品，我们方言称之为笼骨。用纺车，把线缠绕它的周身，便看见它们躲在梭子内，与织布机成为一体。乡村的内部，有木头的味道，这织布机，被岁月打磨得发着亮光。

寒冬，落雪了。

父亲便闲不住了。他喜欢做一些凳子，拿到集市上去卖。我喜欢这时候的父亲，他的工具箱，犹如一个百宝囊，有白胶，有墨斗，有各种各样的刨子。

父亲喜欢用大一些的刨子，我便拿出那个最小的，铁制的，在木头上刨花。不一会，这地上堆积了一地。

这刨花，烧锅引火比较好。木头生下的儿子，最终入了灶台，成了灰烬。

父亲的刨花散落一地，散发着木头的清香，榆木的重一些，槐木的淡一些。

童年时代，我最大的愿望便是做一名木匠，没想到走着走着，我成了一个知识分子，蜗居在城市的水泥房里。

此刻，我多么希望能有一座木房子，里面摆满了木头，让我的灵魂穿过木头的房门。

这次，回故乡，感觉乡村的木头少了，窗户成了铝合金，茶几是玻璃的，唯有一些凳子，还散发着木头的清香。

童年的回忆里，长满了槐树、榆树和桐树。我躲在屋子里，闭着眼，似乎乡村正从我心上跑过。

木头清香，家具笨拙。有一种复古的气息，在生命里活着。

仙 人 掌

在乡下，人心并不安静。

那时，不论谁家的院子里，都拴着一条狗，这狗，是给人壮胆的，也是给人报警的。性格温和的狗，多半被人瞧不起。一条温和的狗，走在街上，人多半是不回避的。只有那些恶狗，下狠嘴，不分远近，一视同仁，这样的狗，在乡村里，却混出了名声，谁也不敢招惹。其实，从人的角度来说，这温和的狗，会分辨人的气味，是聪明的；那些恶狗，见谁咬谁，倒近似于一条傻狗了。

在以前，尽管有狗护院，人心也不安稳。许多人家的院墙，是土墙，也有一些条件好的，是红砖掺泥土垒成的。看似坚固，实则和土墙一样，挡不住贼。

母亲说，再高的院墙，挡得住好人，挡不住坏人。许多人，为了安心一些，便在墙头上，撒一些碎玻璃，或者栽一些仙人掌。似乎，我言说的重心，回归正道了。一墙的仙人掌，是属于乡村的。

在城市，仙人掌是贵客。

一些人，喜爱养花，便也养这仙人掌，每天根据天气，搬进搬出，也不嫌累。每当乡下人，说起城里人这些细节，都捂嘴笑，在他们眼里，城里人太矫情。

　　乡下人，种仙人掌，是粗枝大叶的，人们相信这植物，不需要经营，也会活下来，这是祖辈口头相传的话。这仙人掌，算得上是草中仙了。在乡下，没人会在意一株仙人掌的死活，从把它扔在墙上的那一刻，这仙人掌，注定要孤独一生。

　　一株仙人掌，将叶子退化成刺，似乎与日子耗上了。雨来，身子肥厚些，颜色青翠些。旱天，身子干巴些，它全身只剩下了刺，一个乡下的世界，是属于它的。

　　这墙上的仙人掌，是护院的神。

　　许多人，惹不起这一身刺的植物。这刺，扎人太疼，所以乡村的贼，也避墙而走。在乡村，只有仙人掌，可以目空一切。

　　它在墙上，可以洞穿一个乡村的格局。

　　村主任家的房子翻新了，这院墙也是全村最高的，很气派，似乎他们看不起仙人掌了，墙头上，光秃秃的。寒冬腊月，夜不太静，这风太大，掩盖了一些脚步声。

　　羊圈里的羊，空了。村主任无论如何也不相信他家的高墙，阻挡不了贼。这仙人掌，在高处暗笑。这村主任，顺风顺水一辈子，有时候盯上人家媳妇的奶子，晚上也要用乡村的方式，去摸上一摸。没想到，这贼，也在他的头上，狠狠踩了一下，让他的头，仰得不再那么高了。

　　这仙人掌，笑村主任的自大。

　　它知道，一个乡村的世界，除了人心需要向善，还应该在墙头，安居着它的兄弟姐妹。许多人，不该如此托大。

　　乡下的仙人掌，是另一个世界。

　　这个世界，看似沉默，实则有坚硬无比的锋芒，或许，当一些东西一无所有，只剩下锋芒的时候，多半修炼成佛了，这仙人掌，就是植物中的佛。

　　我喜欢乡下那些高处的植物，瓦松在高处，用仁慈去救济人的疾病，而仙人掌，用坚硬去拯救一个乡村的贼气或贼心。仙人掌，进不了柴门以内的世界，只能在墙头上，注目院子里的悲凉与欢喜。一个老人，被四个儿子抛弃了，这人心，比仙人掌的刺，还硬一些。

　　小时候，看见仙人掌，母亲便教育我们躲着它，不要招惹它。或许，我们对于母亲的提醒，当作耳旁风。儿时的我们，在仙人掌开花时，也会采摘一朵。

　　这仙人掌，开花结果。那红彤彤果实，很甜，我们都喜欢吃。一株植物，一身的刺，却举着一片红色，让土灰色的乡村，多了一些喜庆。我喜欢的乡下，有着植物与人针锋相对的世界。也许，越是孤独的事物，越会开出绝望的花朵，这花朵一定用尽了一株植物所有沉默的时间。

　　乡下的世界，是属于孩子的。大人的心思，在庄稼地里，孩子的世界，在村里那些杏啊、桃啊身上。

　　乡村的地图，是记忆画的。一个个孩子，不用想，也知道谁家的墙头，长着一片仙人掌。每次放学，他们一个个审视，如果哪家的仙人掌开花结果了，他们便乐透了。在清淡寡味的乡下，这仙人掌的果实，便是上天赐予的奖赏。

　　每次，我都会给小脚的祖母留上一个。这是乡村里，最美好的温情。

　　后来，故乡的院墙越来越高，这墙头，都是水泥堆砌的，再也没有土气了，这仙人掌，再也不见了。一个人，对于乡村的怀念，被时代的变革，冲垮了。

　　或许，在乡下，只有那些老院子，已经没人居住了，但是墙头上的仙人掌，却一年比一年旺。或许，它们在替主人固守着一种最原始的活法。院墙是土墙，房屋是蓝砖蓝瓦，这乡村的古朴，还是旧模样。

当我怀着一种乡愁的冲动回归时，却发现乡村的世界，变了。突然在一片明净的楼房里，遇见一个老院子，墙头上那些仙人掌，就像失散多年的老朋友，我突然觉得，我的根，拴在上面。

这仙人掌，像一个招魂帖，让一个人关于乡村的魂灵，一点一点靠近。一个人，先打开一个村子的格局，再打开一个院子的格局，然后便是赵钱孙李式的年复一年了。或许，一个人，对于乡村的好感，来自儿时，只是一个人，不可能永远守着儿时，它在城市的裂变中，越来越怀念过去的味道，炊烟袅袅，飞鸟归拢一起，把一个乡村的诗意，活在中原。

或许，对于一株仙人掌的回忆，是苍白的，我通过一种苍白，去揭示一种丰腴，那个乡村的世界，是实在的。

如今，我感觉自己越来越空，一个人活了三十年，在一个小城里，再也遇不见一个乡村的平静了。

父亲去世以后，母亲越来越像一株仙人掌，她越活越孤独，但是外表却坚硬无比，她不希望自己的身体，成为子女的累赘，一个人拼命地隐藏细节。

在故乡，我每次回去，都会遇见一些虚的事物，也会遇见一些实的事物。实的是仙人掌，会切切实实唤起一个人的童年，虚的是母亲，她把自己活成了仙人掌，让我在背负石头的远方，心生愧疚。

一个人，被贫穷吓怕了。

我在异乡的土地上，感到孤独，时常被日子抽打。或许，自己和母亲，都活成了仙人掌，一个在他乡，一个在故乡。

彼此想念，却从不说透。

青　麦

五月，夏风，麦田。

写到这两个字的时候，我内心跳跃出来的，是格非的《青黄》。这是一个暗语，或许是一个命运的引导，直到现在，我仍没有理出头绪。

青和黄，到底有着怎样的关联，或许只有土地知道，人注定读不透麦子，正如人读不透一本书的隐喻。

我们所知道的，青，带着一种生机盎然的色彩，或许它努力地往前走，一不小心，就走到收获的季节里。麦子，这一生说短也不短，说长也不长，它吃风喝水，把一株株麦苗，硬是拔节成一地的麦香。这麦子，到底流向哪里，谁也不知道，人们只知道，这人间的胃太大了，容得下整个麦田。

人到底有多残酷，麦子知道，从镰刀到石磨，再到一把火，这麦子发酵成馒头、枣花，或升华成面条。人面对着饭食时，已经闻不见麦子的气息，或许他们和麦田，隔着一条岁月的河流。

青麦，是麦子的童年。

它躺在土地上，暂时不考虑未来的事情，它抬头看见天空，看着蓝天的色彩。你看，这蓝天，蓝得出奇，像一片大海，倒置在头顶上，谁家跑出的炊烟，成了海上的白云。母亲说，如果用这蓝做一套衣服，一定能把俗世的尘土过滤干净，还人间一个世外桃源。

可是，这身衣服，只能在梦里做了。天空依旧高远，可是麦子却越来越托举不住它的头颅了，许多麦子，开始拼命地想接近天空，其实就算它们再怎么努力，也不过是一株麦子罢了，就如一个人，无论如何伟大，与山川河流相比，也不过是一个卑微的肉身。

我躲在城市的床上，再也做不了关于麦子的梦了，故乡的麦田，成了一种虚构的标识，它将一个人的童年，引向一个饱满而又自足的乡村，那里，有蛙鸣，有粒粒皆辛苦的告诫。

其实，我本认为，在金黄的麦田里，一定要有这样的画面：一个农夫，一把镰刀，一条毛巾搭在脖子里。或许，童年里的父亲，一不小心就跑进文字里来了。不知为何，我总是将金黄的麦田，想象成一个慈祥的父亲，对于青麦，倒觉得像个女性了，她到底像谁，说不清楚了。

青麦，被饥饿所截获。

一双手，一把镰刀，就将一株株饱满提前杀死了，我似乎听见一株株麦子的哭泣。但是这哭声，没人在意，他们在意的是填饱肚子，将青麦放在火上烧，而后用手一揉，摊开手，吹一口气，皮屑跑了，就剩下一粒粒麦子，像一个个文字。

或许，饱满之后，村人再也没有饿死的了。

但是祖父一直说那个时候，我也不知道那个时候是什么时候，或者那个时候发生了什么，从他神秘兮兮的表情，可以知道那个时候一定有大变故。

或许，有饿死的婴儿，在中原的青麦之前，被鬼牵走了。人们对青麦无法原谅，恨它为何不熟早一点。

其实，就算早一点又能如何？这人间，饥饿的人太多，祖父每说起以前,都一脸悲戚,他的眼睛似乎也变了,发着绿光,像一个不可抑制的魔鬼。

听人说,村东头的那个乱坟岗,曾经有太多的婴儿被狗撕扯着,或许太多的恐怖,被文字所掩埋,只剩下一些往事,在舌尖上动着,时不时像一把刀,狠狠剜人一下。似乎忘了一些苦难,才能过着太平盛世,可总觉得有一些看不见的东西,围住村庄,围着村子里的每一个人。

村人怕了,怕他们顺着出走的路回来。他们请戏班子,在村头的那棵大槐树下搭戏台,听豫剧在村庄上空飘扬。或许,唯有这个时候,人们才能扔掉良心上的债务,沉溺于一种与现实较远的虚构里。

白天,听了一天的戏,看似心里的悲伤都扔了,可是一回到那个空荡荡的家,却感到莫名的孤独。这孤独,像一阵风,从一个屋顶,吹向另一个屋顶。

祖母,总是做一个怪梦,梦见麦子在梦里讨债,说人们吃了它们太多的"奶水",可回馈他们的是化肥农药,把一片麦子围堵在板结的土壤里。

天一亮,祖母就去村头的奶奶庙了,她烧了多少香,谁也不知道,直到太阳出来时,她才拍拍灰尘,像拍掉了灵魂上的罪。在故乡,香火组合在一起,便是真实的人间了,神灵和火焰,是村庄铭记在心的两种风物,可是有多少人能记住它们呢?

许多人能记住的,便是青麦,它像先头部队,把丰收的气息,顺着进村的路传了过来,这气息,翻过庄户的墙头,一直飘到人的鼻尖前。

父亲闻见了,开始磨镰刀了。或许,镰刀是父亲的兵器,他喜欢听镰刀放倒麦子的声音,短促而热烈。

一片盛大的宴会,要拉开序幕了。

祖母,沉溺在香火里;父亲沉溺于劳作的欢愉中;我沉溺于一碗青麦的烟火里。

不知为何,我总是莫名地喜欢这个"青"字,说实话,每次看到青色,便觉得人间会訇然中开。许多青翠的叶子,开始在路上,其实,它们沿袭着时间指引的方向,深入到农家生活。

对于那些城里人,他们在书本上知道麦子,在眼里似乎看见了麦子的前身,却不知道如何向它们表达敬意。他们缺乏一种境界,一种向万物忏悔的态度。

乡下人,一边守着青麦,一边感念麦子救活的人心,或许,有麦子在,人心就不乱了,温饱出君子,故乡的君子,是这一片麦子喂养出来的。

我也是麦子喂出来的,却不是个君子,我一边吃着麦子,一边对故乡进行诋毁,故乡成了我文字里的一座空院子,里面填满了孤独和沉沦。

每次回故乡,许多人围在一起,却再也找不到儿时的感觉了,他们围在一起谈论的话题,无非是挣了多少钱。钱,让一些人有了尊严,也让一些人,自卑地逃离现场,我就是众多逃离者中的一个。

许多人,觉得在故乡实在没有意思,就一声不响地蹲在街头,观看一些老人打牌。他们玩一种纸牌,上面是梁山好汉,花花绿绿,可我却看不懂,就这样一直看,还是看不懂,这样做的好处,就是一上午过得很快,时间的流逝,于我们而言,也不是什么坏事,毕竟在故乡,没什么事可做,也没多少能说话的人,用句粗鲁的话来形容:"淡出个鸟来。"

有时候,也来到地里,看看庄稼。只有青麦,才能让我安静一点,或许这麦子的味道,让故乡一下子打开了一座门,许多亲人从门里走出来。

我吃着青麦,思念着亲人。

第五辑

风吹过的村庄

落在坟前的乡村

我刚出门,就碰见四大爷了。

他身上的衣服显得有些破旧,纽扣掉了几颗,中间的两颗纽扣还在,但是四大爷没将衣服扣上,就这样敞开着怀。他手里提着一把锛头,木质的柄,笔直的,只是这柄变了颜色,一看就是经历了太多的风雨,这锛头闪着铁质的寒光,却长时间地被土地磨损,消瘦得只剩下巴掌大的一片。四大爷头发蓬松,像一丛秋风中的枯草,他的脖子,看起来是那种黑黝黝的颜色。庄稼人所有的陋习,他都占全了,在乡村这么多年,我从没见他洗过澡,脸色是那种枣红色,并不透亮。此时,我对他手里的锛头所产生的好感,显然大于四大爷的模样。

自从四大娘死后,四大爷彻底陷入了孤独的境遇里,他常常一个人,对着这个荒凉的院子发呆,似乎整个乡村和他没了联系。四大爷的四个孩子,都在城里居住,他也进过几次城,每次都是满心欢喜地去,气呼呼地回来,他说城市太憋屈了,一出门,便是一股柏油味,少了草木的气息。他喜欢去公园,坐在大树下,才能想起丢失的时光以及看到乡村的影子。

在城市里，每天他从室外回到家，首先要执行闺女立下的规矩：换拖鞋、洗澡。他感受到一种侮辱，一种对于乡下人的偏见与折磨，似乎这身居郊野的乡下人，只有被水洗过才是干净的，才有资格躺在城市的床上。他不明白城市的规则怎么会这样，他用自己的观念去看他此刻所经历的一切，他虽然在城市里，可是他顽固地热爱着故乡的那片土地。他认为一个庄稼人的身上，应该保留着土地的味道，这味道是高于城市悬浮的浊气。他每次在洗澡的问题上，都会与闺女发生斗吵，闺女总是呜呜地哭，她的样子像一只受了委屈的小猫咪，而他一甩手，气呼呼地走了。

一进村，四大爷便铁青个脸，村里人都习惯了他每次从城里回来时的冷。也有几个与他年龄相仿的女人故意和他打趣："我说他叔，城市的楼高吧，是不是站在那里，像站在村头的那棵老槐树上一样，让人想入非非。"四大爷一听，就骂道："你们几个不说话，没人把你们当成哑巴。"

这村头的老槐树，是一个说不得的话题，这上面吊死过三个女人，村里人都觉得它晦气，从不把它拉入生活。这棵树，似乎是乡村的羞耻，不知为何，四大爷想起城里的生活，便想起了这棵被人鄙视的槐树。

这棵树，就这样一直长在村头，乡人匆匆过去了，目光从不在它的身上停留，而亲近这棵树的，唯有一些鸟儿，它们群居在这棵树上，感受到一种无人打扰的宁静。四大爷，站在这棵树下，心里莫名地升腾起一种从来没有过的感受，他觉得这乡村变了，再也不是五年前的样子。

四大爷这一走就有两个月，门上的锁经了一场又一场的雨水，便生了一层锈，这红棕色的铁粉，一摸满手都是，幸亏这把钥匙还很忠心，只一下，就打开了一院子的江山。院子里，野草已经长了半人高，四大爷找出一把铲子，把草铲尽。然后便开始烧火做饭，用一院子的炊烟，向乡村宣告，他回来了。

吃过饭，他便去了地里，想去看看庄稼又长了多少。他穿过这土地，似乎每一家的庄稼，都犹如他熟知的一本书里的所有细节，每一处，他都仔细地读过了。在乡村几十年了，他一直保持着一种亲近土地的念头。

土地，是本大书，这本书被他不知道翻了多少遍了。雨露、清风、月光都是落在这本书上的文字，这些庄稼，在肥沃的土地上排成一行行诗意的文字，只是此刻，这大地上的文字怀孕了，将要分娩出五谷来。

他走到河边，便停住了。

他看见一条河的流水里，是另一个世界，这倒映在河里的庄稼，分明像一种虚幻的映像，把一个人间的真实，搞得有些失常。或许，只有这河里的水草，是真实的，它们把一条河流当成家，而人类却徘徊在一条河流外。

一只水鸟，两只水鸟，或许是几百只水鸟，都是过客。在一个村庄的历史上，树木和人一样，都是过客，只有东地的坟墓，才是此地的主人，从民国开始，它就在那个位置，一直没有改变，并且它的势力范围变得越来越大，逐渐向远处蔓延。坟，越来越多，这里倒像一个固定的乡村，而远处的村子，倒像一个流动的监狱，人走了一批，又来了一批。

这黄昏还没有来临的时候，四大爷还没有感受到孤独的包围，他看着庄稼，似乎看到了一个祖辈留下来的村庄，还很有人情味。可是，当黄昏向他逼近的时候，他分明有些难受了，他眼里的草木开始褪去明艳的颜色，越来越趋向于统一，似一种黑布盖在这里的事物上。

他在地头，看着这庄稼。站累了，便脱下鞋子，垫在屁股下面，他分明压疼了这屁股下的青草，似乎一片疼痛声，从土地的表层开始弥漫起来。他觉得手里空落落的，他捡起一块土坷垃，把它掰小，然后把小的部分，放在手里不停地揉搓，这土坷垃，终于成了细细的细屑，顺着指间的缝隙落下，他似乎看见一种时间，抑或是一种古老的方式，正从手上消亡。

在远处，停着一辆现代化的掰玉米的机器，它停在故乡好久了，谁也没把它当回事，似乎它的存在，就是一种摆设。可是当玉米成熟的时候，它吐着一股浓烟滚滚而来，它越来越看不起庄稼，庄稼都进了它的肚子，出来时便是一片黄澄澄的玉米粒。这个村子里的人，向它献出太多的谄媚，他们的懒，理由似乎越来越充分，他们双手正慢慢没有了用处，这土地，正以一种现代化的方式，向人间献上五谷，而人们却习惯了一种观看。

人，成了秋天的看客。

四大爷，似乎成了村子里为数不多的庄稼人，他一头钻进玉米地里，扛个箩头，掰着玉米，这世代传承的生活方式，在玉米地里复活。这玉米叶子的边齿，把他的胳膊上、脸上，全都划出一道道红印，加上毒辣辣太阳的烘烤，汗水流过这些红印子，像马蜂蜇过一样。

他拉着架子车，这大路上，也没有车辙了，这平坦的柏油路，拉起来太轻松了，让他突然没了冲动，一身子的气力，没了用武之地。只用了半天时间，他便将玉米运回家，他将这些玉米堆在一起，然后便拿着一把镢头，消失在玉米地里。这玉米地，被他一点点放倒，似乎这平原的格局，正趋向于一种辽阔。这长满玉米的土地，正被一把镢头所凿空，我看见远处的树，和树上那一大片麻雀，正扇动着翅膀，呼啦一下子不见了。

夜幕降临。

这昏黄的光,是一个院子最怀古的抒情。一个人,面对着一片灯光,有些不太适应,这满院子的光,笼罩在一个人的身上。这院子里,长着一棵枣树,或许是另一个生命,它和我一样,被秋风推着,走过了一年又一年,此时,叶子又开始黄了。或许一场风,这叶子就落完了,只是这风,还在追赶时间的路上。

四大爷蹲在地上,剥着玉米皮,这外面的老皮,黄黄的,很坚硬,四大爷先将棒子的根蒂掰了,然后又剥光了黄黄的外皮,留下里面柔软的部分,一个个堆在一起,像一座黄色的金字塔。

四大爷最引以为豪的,是他编的玉米棒子,看起来长长的又结实,他用几根木头搭起玉米架子,将玉米搭在上面,成了一座玉米的长城。

他的家里,缺少观光者。

就算是他的孩子们,也对他坚守着的古老方式表现出一种轻视,他们倒是乐意给父亲一笔钱,让父亲用现代化的机器去秋收,这样省了很多事。似乎人们的思维越来越统一,都觉得四大爷是一个怪人,有钱也不舍得花。

四大爷开始觉得自己在一片孤岛上,他所居住的村子,开始少了一些东西,具体是什么,他也说不清楚,但是他清楚的是,他知道这个村子多了什么,那就是人们的目光,开始流露出一种对现在社会的沾沾自喜。四大爷总是叫这些机器为铁疙瘩,他认为这铁疙瘩少了一种抚摸草木的温情,它像一个暴虐的君王,野蛮地把玉米卷入肚子。他这样想,但是不敢说出来。

他越来越孤独,村子也空了,只有一些女人在水泥路上跳着广场舞,在灯光下扭动着屁股,雪白的大腿,在灯光下刺眼,胸前的乳房,颤动得如同一只只扑腾的鸽子。他感觉乡村不再是他印象中的模样，他看不懂时代的变化了，似乎一切都那么正常，唯一不正常的，是他的思维。他觉得这一路走来，经历了太多时代的影响，少年时代保守的思想，在人们的眼里怎么就一下成了古董，他看不透了。

他，便按照自己的想法活着。他活在土地上，似乎也长成了一株玉米。只是这玉米，越来越感觉飘了，这土地的属性，越来越少。

每一年的秋天，他都会跑到玉米地里，看看这里的庄稼，然后用一种原始的方式，扎两个木棍，裹一些稻草，给它们穿上花花绿绿的衣服，这些稻草人代替人类，去驱赶那些鸟。

其实，这些年，鸟越来越少。

这大地上，农药越用越多，这鸟似乎都被农药的气息，赶走了，四大爷再也看不见成群结队的麻雀了，唯有在村口的那条河里，偶尔能遇见几只鸟，也不知是白头翁，还是黑乌鸦。

村里，只有他一个人，还保留着一把锛头，他把一院子的玉米，留给寒冬。冬天来时，这院子里满是黄澄澄的玉米，赶走寒冬灰暗的颜色。四大爷觉得自己的冬天是充实的，它怀抱着一种农耕文化的温度。或许，对于别人来说，这冬天，是一个喝酒拉话的冬天，

一场大雪，这天地之间就白了。

四大爷便不出门了，他躲在家里，烧上炉子，门口码了一堆煤球，足够一个冬天用了。冬天需要储存太多的东西，譬如：白菜、萝卜、面粉。他一边取暖，一边用手剥着玉米。这个冬天，四大爷绑上了一条玉米的腰带，让冬天越来越紧。

村头的麻将桌上，流逝的是闲人的时间。而四大爷，却把一生最后的光景，留给了一场雪，留给了一院子玉米。吃完饭，日

子也没有什么异样。四大爷在灯光下剥了一会儿玉米,就上床睡觉了。谁也没有想到,这一睡再也醒不来了。

当他的儿女赶回来的时候,这屋子里,垛了高高的玉米,一个老人,把一辈子的光阴,留给了一种陈旧的农耕方式。孩子们似乎明白了父亲对于一种熟知的生活的留恋,和对一种新方式的不适。

他的儿子,对着这一把沾满父亲气息的锛头,下跪了。在四大爷的墓室里,其他什么东西都没放置,唯有这一把锛头,是他的陪葬品。此后,乡村无锛头了。

每次经过四大爷的坟前,我都似乎听见一大片乌鸦从头顶经过。它们不出声,只在这坟前,集体站立。

乌鸦,不知道自己还能活多久。我也不知道自己能活多久。这人间,到处是一片污染过的幸福,谁也不说实话,谁也不想做一个有道德的人。

如果有一天,我在他的坟前,遇见一只死去的乌鸦,或许,一种陈旧的生活方式开始死去了,人们不知道,只有我懂!

粮　食

深夜，我似乎陷入一种困局里。

一个人，在床上熟睡，脑子却无法平静下来，我在一片土地上游荡，听见的，似一阵阵雨水的声音，这多少让我有点惊恐。我拼命地奔跑，却永远走不出一个乡村的格局。我望着远方，似乎在那里，有一张口，等着我。

春天的风，似乎是温和的，而我蹲在门槛上。我已经没有力气做任何事情了，周围只剩下风呼呼地吹过，这些风落在草上，落在屋顶上。远处有几只乌鸦，它们站在树枝上，像一尊尊神，又像一个个被人遗弃的孩子。

我感觉一阵眩晕，一种因饥饿传达的情绪在身体内流窜。一个人，饥饿过头了，便不知道饿了，我开始觉出一种生的留恋来。我似乎钻进一个人的肚子，再也感觉不到饥饿了，这里，一片花草的气味，被一阵风吹进鼻孔。

在我的脚下，是一大片白茅。我突然意识到，在这青黄不接的季节里，草木是仁慈的。一片白茅，就是一地的粮食啊！白茅像一地的流水，漫过这个光秃秃的村子，这些饥饿的人都犹如一只只昆虫，趴在白茅的叶子上。

我分明觉得人类越来越渺小了。

我的周围，全是和我一样饥饿的人，他们全身浮肿，似乎维持他们生命的不是粮食，而是一口气。我顾不得我的吃相了，我两只手，像两把镰刀，把白茅放倒，然后剥去青色的部分，拼命地往嘴里塞。我们一起争食，这遍地的白茅很快就空了，然后是榆树叶，然后是槐树叶，再往后就是见什么吃什么了。

吃饱以后，我舒服极了，我似乎到了一个桃源世界。

当我正美的时候，我听见"啪"的一声，我的屁股上传来一阵疼痛。我揉了揉眼睛，发现我的嘴里，正撕咬着我家的被子，被子上的布已经被我咬烂了，里面的棉花，塞了我一嘴。

母亲骂了声："一个大活人，怎么像狗一样，居然呜呜地吃起棉花来，你看被子都被你咬烂了！"

我突然意识到一种绝望来，原来，这一种温饱，是梦里的一种幻境，此刻的我，肚子正咕咕地叫着。在饥饿的世界里，我分明是一个弱者，我被世界扔在一个乡村的困局里，感觉到生死由命了。

我拼命地奔跑，期待在一片土地上，发现一些可以填饱肚子的植物，哪怕是一点野菜也行，只要能活过这个春天，日子就是另一番模样，这粮食就接上了。

此刻，我身上也开始觉得慢慢地浮肿了，我不知道怎么就进入一个虚幻的梦境了，我所知道的时间，是2016年7月15日。按理说，在这个时代的每一个人，都怀着极大的满足，在这个世界里挥霍着粮食。或许，我被剥除了现实的权利，我被扔进一条梦的河流上。

我突然觉得我进入了一个二重梦境。

我渴望被一只手从梦境拽出来,我不想活在虚幻里,我厌恶了饥饿,厌恶了追赶粮食的丑陋,我越来越觉得无能为力。

在梦里,我看见对门的海涛活了,他正在一片土地上收割麦子,在中原,麦子就是粮食,就是一碗救命的中药。在村医胡先生那里,我看见太多的中药,柴胡、地肤、半夏……可是这些东西,每一种都安静地躺在一个黝黑的药匣子里,与人相隔太远。

在每户人家,都有一种解救生命的中药——粮食。我们贪婪地去攫取它,有时候,会有一种自以为高明的手段,把一个人的命逼没了。

那些年,我还在乡下,拥有一些土地。在故乡,土地仍是衡量一户人家地位的重要指标。一个庄户人家,在酒桌上说出自家拥有几亩地,也就意味着你在村里的地位有多高了。

我家有十亩地,却永远一贫如洗。我家的粮食,一半交了公粮,剩下的一些,不敢放开吃,每次我看见祖母,都似乎闻见一股狼的气息。

祖母,饭量很大。她一口气,能吃三大碗面条,我们眼睁睁地看着她占据了一锅饭的半壁江山,却不敢说话。祖母永远以一种高高在上的姿态,审视着这个村子,她把一个女人的所有优点都具备了,温良、和善,却拥有一个大胃。粮食,消失在乡村的四季里。

家里人口太多,三个叔叔,一个姑姑,都是正靠饭养身体的时候,他们一见饭,犹如狼一样,眼睛闪着绿光。

我这时候,也有十二岁了。

不知怎么,我对于饥饿显得不敏感,我总是在饭桌上看他们不停地争吵,以便占据有利位置。他们的座位,从来没有固定过,一天一个样。

祖母看着他们闹哄哄的,从来不阻止他们。我感觉这个家闹腾极了,便躲在柴房里,看一本叫《草叶集》的诗集。这时候,父亲总是骂我是个神经病。

在他们眼里,我就是个废人,除了会写几句看不懂的句子外,对家庭毫无作用可言。我在庄稼地,是干活最慢的那一个,父亲一边赶着收割,一边骂骂咧咧地说:"诗能当吃还是当喝,成天看一些没用的东西,一到干活时,比蜗牛还慢。"

我乐意做一只蜗牛,它身子坚硬而内心无比柔软。我呢?所看到的村人,无论是身子,还是内心都无比的坚硬。

我在这本书里,读到了一种说不出的柔软,我知道,这种柔软他们都看不懂,整个村庄,只有我懂这诗句的柔软,我成了一个怪异的人。

我每天站在村头的土地上,看着远处的庄稼叶,沾满了清澈的露水,突然我觉得无比的悲凉,似乎一种自然的陈述通过露水抵达我的心灵。

一条狗,从小路上穿过,它带来了村庄的气息。我越来越感觉到家庭的臃肿,这臃肿的感觉压得我喘不过气来,我时常一个人,跑到荒原上和自然对话。

这一年,我突然长高了不少,嘴边冒出了许多胡子,我的胃,越来越感到饥饿,对食物越来越敏感了,不再像以前那样对饥饿没有意识,我时常跑到地里,去挖一些野草充饥。

母亲看到我像动物一样,在地里跑来跑去,她感觉家里的粮食,都被几个弟弟妹妹吃完了,这个家,似乎成了一个黑洞。我在家里,成了多余的人,他们常叫我傻子,只有母亲喜欢我。

母亲渴望分家,她希望拥有一方院子。祖母知道父亲心不在老院子了,便让父母搬走了,此时,是一个春天。我对于饥饿的认知，是从这个春天开始的。那时，父亲背走了半袋子面粉，是我家的唯一口粮。我们省吃俭用，把春天的野菜晒干，然后当成主粮。

那时，我们家其乐融融。我对于春天，喜爱极了，我所理解的春天，便是把春字破开，三人围着太阳，便为春。一家三口，在院子里沐浴着春光，我分明感觉到一种幸福，从院子里向外扩散。

半袋粮食，肯定不会让一个家庭过得有声有色，我家陷入一种饥荒里。

父亲，只好外出逃荒了。一个人，带着一家人的期望，在整个豫东大地上游荡，他要的粮食，不舍得吃，都储存起来了。这一走，就是半年。

在这个年的年末，祖母被饥饿打败，她胃里几乎吃不进粮食了，一个大饭量的女人，终于拒绝了粮食的诱惑。

在一个灰暗的日子，树木被风吹出了悲凉，许多人，再也不谈一个女人的过往了，似乎祖母从来就没有来过这个世界。

祖母突然睁开眼，微笑着说："多想吃一碗蒸面条啊！"母亲一脸羞愧，家里的面，早就完了。当父亲风尘仆仆地赶回来时，正赶上祖母回光返照式的饥饿。

父亲，从村东头开始，敲开了一家家的大门，他明知道在如此的年景，谁家都不会有余粮，但是父亲还是抱着一种家族温情的乞讨，试图让祖母走得体面一些。粮食没有借来，祖母就闭上了眼睛。

葬礼很简单，无非是披麻戴孝的儿女，和一村子看热闹的目光，在一个乡村的旧俗里，慢慢地向前铺展。

一穴，一棺，一堆黄土。

一个男人，便成了一个再无念想之人。祖父走得早，只剩下祖母的名字，在我们心头念着，父亲分明绝望了。

在一场黄表纸燃烧的葬礼上，父亲跪在坟前，冲着天空喊了一声："××的粮食。"

我的心一疼，竟然醒了。

我所面对着的，是一个乡村的另一种景象，这里早就过了被饥饿压迫的年代，如今，五谷丰登，到处是灯红酒绿的景象。我一个人，躲在麦子发出的清香里，闻到了一种温饱里消失的气味。

这种气味，一直折磨着我，似乎在关于土地的祭文上，应该有一些不一样的东西，却无论如何都找不到线索。

我在乡村的麦子、大豆、玉米里寻找，这种气息越来越浓，却找不到一点突破口。直到有一天，我在二爷家的南墙上悬挂着的镰刀里，闻到了这种气味。

我让媳妇做了一桌子菜，让二爷坐在上席，我拿出最好的酒，以一种忆苦思甜的方式，打开一个乡村的内部。

我分明看见二爷的眼睛里有了泪光。似乎一个乡村的光阴，正缓缓地向我们展开。我家，缺少父亲的气味很久了。父亲的离世，是在一个盛夏。一个与我们缠绕至今的父亲，却倒在一个乡村老农的自私与卑鄙的思维里。

这个老农，是我村里的一个强人，儿女似乎都有出息，可他却仍然在乡村的土地上，被人瞧不起了。

他种地，喜欢赶地边，一年赶一垄，十年下来，这土地就多了半亩了。父亲感觉地少了，就找他说共同丈量一下，这人却抱着一种乡村式的恶毒，一口回绝。

父亲一个人，用一把尺子把土地量清了，我家的土地少了许多，父亲一生气，心脏病犯了，就死在了地头。

或许，一个男人所有的一切，都与乡村再无交集了，只剩下一个名字。

而在乡村的另一面，那个老人，分明感觉到了一种鄙视，这鄙视来自于全村的目光，他的腰，再也挺不直了。在一个有风的夜晚，他瘫在了床上。

或许只有在有风吹过的日子，他似乎听见了玉米叶子摇摆不定的声音，像一根根锋利的针，刺向他的空虚。

他再也种不了庄稼了，他心里的庄稼呢？或许，成为一块块石头，他再也不敢提起土地了。

每次一说起土地，他就莫名地烦躁不安。许多人都知道，他内心里藏匿着一种羞愧，是致命的。

在一个有雪的日子里，这人不知怎么就拄着拐杖，来到我家坟地，他跪在我父亲的坟前，像一截冻硬的木头。当人走进一看，他眉须上落满了雪，身子僵硬，断了呼吸。

在乡村，一种反面的力量，在乡村生长。许多人，看见一个人不学好，就会骂道："不学好，老天看着呢，小心冻僵硬你。"

冻僵，成了乡村一个有力量的词汇。或者说，成为一种恶报的提醒。

我在二爷的目光里，突然意识到，土地成了一种围城，围住了祖辈的命运。

我是一个拥有土地的人，却再也拿不动农具了。我在吃的五谷杂粮里，吃出了一些新的恶来，农药、转基因，我也像父亲一样，对着天空大喊一声："××的粮食。"我被一阵鞭炮声惊醒，当我醒来时，新年的鞭炮已经热闹了，村子一切都如平常，只是在村头的那条河流里，河水奇臭无比。我越来越反感一个被污染的乡村，我分明看见自家的井水里，有一些浊黄的颜色。

这水，注定不能吃了。而我的全家似乎已经习惯了这种改变。

我家的院子很大，这阳光落下来，犹如一张温暖的网，我看见祖母盘腿坐在木床上，看着电视，电视上播着《舌尖上的中国》。

似乎，这里的每一个人对于粮食的恐惧消失了，一个梦中的世界，是一个人的前生，或许说是一个乡下人所有支撑的墓碑。

这村庄的每一个人，都是墓碑上的文字，这草木，是殉葬者。

贱　命

旧历的年底，我躲在屋子里。

手里拿着一本鲁迅先生的《祝福》，刚读到鲁镇的天空飘了雪，故乡的屋顶上，就有雪花落下了。这雪，是世界给人间撒的一点盐，落在许多人的伤口上。邻居三毛，在雪中艰难地推着车，他刚从镇上回来。

这个镇，叫作付集镇，位于豫东平原。小镇很安静，只有一条106国道从镇中穿过，村子的道路与国道连接。

村口小路边的土地，上冻了。这路，干硬、白亮，皮鞋走上去，会摩擦出一种坚硬的反抗，一个人，走在这寒冬的路上，似乎也硬气了许多。

头顶的阳光洒在了地上，远处，有几只饥饿的麻雀在雪里觅食，它们一跳一跳的，发出轻微的声音，似乎这安静，任谁也打不破了，场景至少是温暖的。

三毛看着这一种温暖的场景，突然想起了那一方院子和五间瓦房，是一个人额外的衍生物。故乡，近了，一伸手，似乎就能把村子搂在怀里，一种亲切，顺着人的眼睛，落入了人的灵魂里。

三毛正在胡思乱想，突然听见二大娘老远就喊上了："三毛，你还有脸回来，你这一走都快小半年了，你家里出大事了。"

三毛心一惊，脸色通红，一种灼热感从脸部蔓延到头顶，这感觉犹如一把烧红的铁，突然放到水里，"嗞"的一声，就痛到心里。这二大娘的话，以一种责备的名义，把一个男人光鲜的脸，撕开了。

半年了，他还是身无分文。

他离开故乡时，是多么的有底气。他天真地认为，带着一个健壮的身体进城，就能把城市踩在脚下，他整天晃动着身子，用乡村怯弱的喊叫声，叫醒了一扇扇门。

他蹬着车，在大街小巷里穿行，他用一种熟练的动作把垃圾桶打开，然后快速地阅读里面的内容，这城市的垃圾桶，每一个都认识他，看见他来，它们都捂着嘴笑，似乎笑乡下人笨拙的样子。

一个月后，他的行为被所谓的文明城市禁止了，他被执法人员所驱逐。这城市，是如此美好，他的垃圾车，成了城市的一道命符。似乎，它紧紧地卡住了城市的喉咙，让这个城市出不来气。他消失了，这个城市还是那样，一丝也没有改变，隔壁的麻将声，卡拉OK的吼叫声，声声入耳。或许，这个城市的深夜，还夹杂着夜总会里那些性感女人的声音。

文明，是一个有力度的词，他作为一个大字不识的人，似乎读不透文明的深意了。但是他以一种农民的隐忍和勤劳，迅速转变了身份，从一个收破烂的变成了一个早点摊主，在一条深巷里，他陪伴着星光，然后摆上几张桌子，几把塑料凳子，一个城市的黎明，是从油条的香味开始的。在他的世界里，城市是什么？答案很简单，他认为城市不过是一些来来往往的男人和女人，在金钱和一杯豆浆、一碗豆腐脑之间行走。在这座城市，他自己就是一个过客,这里的地面太硬,庄稼缺少土气,自己定然不会住得长久,自己不属于这里,在城市他感觉到一种压抑。

在郊区,他看到了麻雀,在一片菜地间跳来跳去,他突然很兴奋,似乎一个乡村的回忆向他展开。但是,这里毕竟是城市,缺少乡村草木的辽阔,一眼便看到了头,少了一些实在。

城市的夜总是太薄,白天太厚,感觉还没入睡,便被闹钟叫醒了。这时,他开始和锅碗瓢盆成了朋友,这些冰冷的餐具,竟然成了一天相伴最长的事物。

人越来越少,这日头也高过树梢了。他便收了摊,换了一身衣服,走到人流稠密的天桥上,往地上一跪,开始另一种表演。他早就麻木了人的目光,也麻木了这破碗里的钱,于他而言,一元和五元,没什么质的差别,只有量的差别。

这个城市,是别人的城市,空气里飘浮的是别人的气味,他的气味潜伏在路人的身上,他有些得意,这些人的身上,带走了他的气味,他的气味散进城市每一栋楼的灯火里,像一个看不见的影子。

或许,一个男人在城市里裂变成两个身份:早点摊主和行讨的人。他们彼此分离,在同一个城市里,分别画出属于自己的地盘。

我也是这个城市的客居者,我像一阵风一样,从城市的这一头飘向于城市的那一头。直到有一天,我在一座天桥上,看见三毛面无表情地跪在那里,想上去和他叙旧,但我看见他的眼神躲躲闪闪,似乎不太愿意和我的目光相遇,我突然意识到我的行为可能伤害了一个男人的尊严。尊严这玩意,很奇怪,它是一口气,也是一条命,尊严可以在城市里丢了,但是在生活的村子里断然是不能丢的,他最终会回归村子的,那里有一个人的命脉和根。

人,活的是脸面啊!第二天,我经过这天桥上,发现三毛不见了,我知道他一定去了更遥远的天桥,躲开我目光的炙烤。

我似乎应该给一个人保守秘密,这件事,我从没有向他人提起过,我知道一个男人的在城市里的屈辱,不宜让村人知道。

年关将近,下了一场雪。

这雪,把天地下空了,包括人心,总觉得城市空落落的,三毛趁着黎明的曙光,走向了车站。

省城的车站,很有意思。买了票,坐上车,这车慢悠悠地开出了车站,由于天太早,车上空的座位太多,这司机开着车,绕着车站跑了一圈又一圈,卖票员扯开喉咙喊着:"杞县——啊,杞县。"这司机似乎想多拉一些,一个小时过去了,这车终于坐满了人,中间的过道上,也塞满了小马扎,上面全是人,这车,明显超员了。

车快跑到陈留的时候,交警在查超员,这司机让过道里的人赶快下来,他开着车在前面等着这些乘客。这些人,顶着风,冒着雪,在雪地里一步又一步艰难地走着,走了好久,终于看到了这车停在路边,他们脸上露出了微笑。

上车时,许多人挤在一起,三毛一摸兜,坏了,钱不见了。他在车里骂了起来:"日他娘,坏了心的贼,出门让车撞死。"这钱,对于他而言,那可是一个家庭的命啊,这男人,再也忍不住了,一个男人的眼泪,扔在一场大雪里。

三毛看见村庄,有些害怕了,他不知道怎样去面对亲人,他看见熟悉的街道、熟悉的树和一些熟悉的人。

他在一座红砖堆砌的小院前,停了下来,他打开这扇生锈的门,看见母亲正在挑水,身子弓着,他像被电击中了一样。

他没有看见妻子,就问母亲:"妈,爱玲在哪里呢,怎么不见她?"母亲的眼里流出浊黄的泪水,他似乎嗅到一种不祥的气息。

推开门,他看到妻子躺在床上,脸色蜡黄,没有一点血色。他埋怨母亲:"都病成这样了,为什么不给我打电话?"母亲说:"爱玲不让打。"妻子微笑着说:"我没事,不用担心,我是怕你在城里放不下家,就不让妈给你打电话。"

除夕的夜里,全国各地都在狂欢,这女人在鞭炮声里死去了,她走的时候是安静的,夜里除了风和鞭炮,一切都睡着了。突然,一声痛哭声,穿透这个夜晚,这哭声,把乡村的夜撕开了。

旧历的新春,最像新春。雪在天上飘着,地上堆满了雪,只有噼噼啪啪的鞭炮声,把一个乡村的习俗震醒了,空气里弥漫着的是一股鞭炮的硝烟味。

这个新春,定然不会有人去关心一个家庭的突变,这鞭炮的欢快声,让人兴奋。于人们而言,团圆真好,别人家的苦难,与他们无关。

这个村庄,新年有了不一样的东西,除了鞭炮的硝烟味,还弥漫着一股黄纸的味道,这气息是从三毛家传来的。

初三这天,爱玲下葬了。

中原的初三,是一个属于祭祀的日子,许多死去的人,招引着活人去上坟。许多人,都去了该去的地方,譬如:父母的坟,长辈的坟,兄弟姐妹的坟。初三的村子,人都祭祀去了,村里有些空。

这天,来帮忙安葬的人很少,鞭炮声在门前响着,这鞭炮是响给活人的。在故乡,鞭炮一响,便知道有人来了,这孝子便要来门前下跪、行礼,这黄纸,是烧给死人的,据说这黄纸是阴间的钱,这纸灰,便是他们的存折了。

坟堆起,村庄安静了。

这里,再也没有声音了,只剩下花圈上的白花、黄花在风中响着。一个人，努力地去闻，似乎能闻见花开的味道。

这花，是一个乡村女人唯一的遗产。

远处的树上，有一两只乌鸦，不出声，就这么安静地看着一个村庄的变故，显得很冷漠。

新年，仍旧是快乐的，这女人躺在在村子的外部，少有人关心了。一种乡村格局很明朗：阳间的人，活在村子里；阴间的魂，躺在坟地里。

旧历的新年，最像新年。

我一个人，躲在屋子里，读着鲁迅先生的《祝福》，便觉得这个故事有些真了。

母亲的菜园

母亲这一辈子,爱伺候草木。

庭院里,凡是自然冒出的树苗,母亲都要保护下来,几年后,这院子里绿树成荫了。父亲去世后,院子里的树太多,加上夜晚没有月色,这院子里显得阴森森的。有时候,一阵风起,这桐叶落下来,啪嗒一声,惊醒了刚入睡的母亲,她便想起了父亲,睡不着了。

此后,母亲的睡眠愈加不好了,姐姐说:"这院子里的树,砍倒吧。在院子里开辟一片菜园,就够你吃菜了。"

树不见了,多了一片向阳的菜园。

春风一起,满地的草绿了。母亲,也开始在菜园里平地、施肥、耧地、打畦、播种、蒙膜。这菜,借着春雨的滋润,顺着柔软的土地,就钻了出来。

这个院子,顿时热闹起来。谁也想不到,一个在卫星地图上都找不到的村子里,有一个老人守望着一片菜园,这里生机勃勃,把一个老人的晚景,映衬得热闹一些。

母亲的菜,是当儿女来养的。

这院子本就面积不大，一个菜园占了它的三分之二，显得有些局促了。母亲不这么想，我们走后，这个院子凄凉了，自从有了这些蔬菜，这个院子有了家的样子。

母亲喂了几只鸡，怕它们糟蹋菜地，便用木棍把菜园围起来，这庭院里的蔬菜，便努力向天空伸展。

这栅栏，把一个菜的世界挡在里面。这里是一个看得见的世界，有长发及腰的豆角，有一脸佛像的冬瓜，还有眼泪汪汪的芹菜，也有光头紫袍的茄子。菜园，是母亲人生的另一种开始，孩子都走了，家空了，母亲便哺育新的"孩子"了。

这些菜，是母亲的孩子。

它们长在土地上，低到尘埃处，一些人看不见它们了，但母亲认为它们背后，是厚实的大地，是辽阔的天空。在黄土白云之间，有一片灵魂的栖息地，安居在豫东平原那一个叫作草儿垛的村庄。

有了菜园，这个院子多了烟火的光芒。许多日子，母亲与菜园有了一些默契。它们一伸腰，母亲便知道该搭架了，它们一低头，母亲知道它们渴了。许多蔬菜和母亲有了一些常人看不出的关联。

母亲的日子，分为两个世界：一个是菜园外的世界，她是孤独的，一个老人，儿女都远走了，只剩下她一个人和尘世的流言蜚语相伴；另一个世界是温和的，是热闹的，这里不冷清，有许多干净的内心，招引着蜂蝶，一只蝴蝶的靠近，让一个院子有了田园之风，让一个老人，对生活有了新的认识。

我不知道母亲是否给这些蔬菜起一个好听的名字。我想多半会的，这个是女儿，那个是儿子。

母亲种了一辈子的庄稼，也没有种出境界来，没想到到了老年，在一片菜园里，她找到了一种新的况味。一个人，捋着时间，把许多日子分割开来。

头伏萝卜二伏芥，过了三伏种白菜；还有"七芫八菠"。在蔬菜分割的日子里，母亲感觉这日子一下子短了不少，一种蔬菜还未打理好，另一种蔬菜就急急地登场了，把前一种蔬菜催老了。

我感觉我自己就像一种蔬菜，母亲也像一种蔬菜，我长在故乡的土地上，一不小心，便把母亲催老了。

母亲会在蔬菜里，遇见很多节气。譬如惊蛰之后，母亲翻地，便会翻出一些蚯蚓来；譬如芒种，母亲便会收获一些莴笋；譬如白露，菜园里的芫荽，便一地绿了。我想，这每一个节气，都是一个驿站，母亲是一个传音者，把许多蔬菜的行程安排好了，然后在锅台里，等待儿女回归。

母亲的菜园，是一个小世界，它照见的虽是一个小团圆，却是一个大自在。这里没有多嘴多舌，都靠在一起长着，许多蔬菜相拥而眠，报团取暖，表面说的是一种人生，更是一种长在菜地里的哲学。

每次归乡，我都会站在母亲的菜园里，看一株株蔬菜打通着苦难的生活，它们和母亲一起，将日子温饱。

我心生惭愧，一个人面对着土地，竟然没有了底气，前二十年，我也享受了太多节气的沐浴，浸泡了日子的露水，如今，我离开这里，便感觉不到一寸土地的厚度了，幸好在母亲的菜园里，我找到了一种新的认知。

这菜园，看似一片填饱肚子的园地，其实是一片光阴的草书，母亲把自己，种在泥土里，终于种出了太多白发。

菜园的荒废，是从母亲进城开始的。母亲像一个寻觅者，她看到城市里有太多的空地，感到可惜，这城市的公园，占了这么多地，却种了一些花花草草，远离了一些实用的庄稼，母亲说这是"作孽啊！"或许，在母亲眼里，这土地就应该种一些庄稼、蔬菜，否则便是浪费了。

母亲圈在楼房里，像圈在一个笼子里，母亲说自己快憋死了，她吵着要回河南老家。这城市，注定不是母亲的福地，这里听不见蔬菜的说话声，更照不见母亲内心深处对于泥土的留恋。

我多次看见母亲跑到郊区的菜地里，她一声不吭，只痴迷地看着这些蔬菜，仿佛看见了她的孩子。

母亲最终也没有被城市所留住，她又回到了庭院里，家里的菜园，重新长出一片生机了。母亲是庭院里光阴的采摘者，我知道，这院子里的蔬菜，母亲不是为了吃，而是为了缓解一种压抑。

母亲一个人，干了一辈子的庄稼活，突然间就不种地了，或许这时候，母亲内心空虚，她渴望有一种视野，去揭开她一生的生活方式。

母亲的菜园，便是一种回忆的途径。

这里，是丰饶的。许多蔬菜竞相攀爬，这黄瓜，像我年轻的样子，虽然看似刺头，但是内心一片干净。母亲从一种蔬菜里，读出我的样子。

每次打电话，母亲和我说得最多的，便是她的菜园，她等待我和儿子一起回家，吃一顿她种的蔬菜，我表面上应和着，实际上内心一阵难受，我知道这辈子也吃不上几次母亲菜园里的蔬菜。

母亲的生活是单一的，她除了蔬菜和庄稼，几乎再也说不出什么有哲理的话来，她这一辈子，只读懂了它们。

她觉得和它们在一起，自己是多么的自由和惬意。一出门，全是蔬菜，每一户人家的院墙上，都攀爬着一些南瓜和冬瓜。在乡村的街道上，这些事物随处可见。

许多寻食的鸡子，不用想便知道这只是"云朵"家的，那只是"风格"家的，在乡村，能辨别万物是一种本事。

谁家都有一把多余的蔬菜，隔着墙头就扔给了邻居，这一堵墙，实际上是不存在的。城里的世界，常常被一堵墙隔住了，有些人一辈子不相往来。

可是母亲却不喜欢各过各的小日子，她喜欢分享，这菜园里的蔬菜，她一个人是吃不完的，她便用一把蔬菜，打通乡间的温情，母亲的世界，如此美好。

母亲伺候了一辈子庄稼，不给自己找点活干，她会憋出病来，她将菜园当成了唯一的亲人，儿女注定指望不上了，一年回家两趟，像个客人一样来了又走。

只有这菜园是靠得住的，只要人给予它一些种子和汗水，它便一地青绿。我仿佛听见母亲说："谁也靠不上，一眨眼老头子就不见了，儿女也去了外地。"

母亲守着这菜园，便是守着一种远古的草木书，她用一把农具当笔，写下了这一地的盎然和回忆。

我知道：菜园生风雨，草木觅故人。

母亲的世界

在乡下,一个女人的世界很小。

一方庭院,几个儿女,便是一个乡下女人的全部。她们在土地上,像一株株麦子,抑或像一株株稻谷,外表看似干瘪,实则有着丰盈的内心。

母亲便是这样的乡下妇女,一辈子没有进过城,守护着经营了几十年的院子和几亩土地,一个乡下女人的自足,由此展开。母亲像一棵树,一头扎进乡村的土地,再也不想移动了。

母亲的前二十年,和我没有交集,我只是通过外婆的嘴窥探出一些细节,譬如母亲胆怯,性格温和,从不与人红脸。

母亲来到我们村子后,便成了一种符号。她这一生和父亲绑定了,乡村的要义,无非是种好庄稼,养育好儿女。

母亲年轻的时候,种有十七亩地。母亲每天像一朵云彩,从这一块玉米地飘到另一块棉花地,再从地里飘到那个熟悉的院子里,然后生火做饭,炊烟袅袅。

母亲这辈子,与土地相伴时间最久。她与父亲,熟悉着庄稼的秉性,他们用双手捏合成不同的年景,有时候是金黄的玉米,有时候是白云般的棉花。

　　只是这土地，似乎不适合活命了，一生艰苦地劳作，给予我们的仍然是一个一无是处的悲苦：家无长物，四壁空空。这时候的母亲，被医院的机器将疾病分类：心脏病、高血压、胃病、喉咙疼、头疼。母亲一身，似乎没有正常的地方了，年老的母亲，除了吃粮食，还吃药片和胶囊。母亲这一生，被药片喂养半辈子，等到我们都成家立业时，母亲却一头白发了。

　　姐姐结婚时，父母不同意，她以死相威胁，无奈之下，母亲便不管了，姐姐远嫁山东和河南交界的乡村，一年也来不了几次，母亲常对人说，儿女走得远了，便指望不上了，亲情也就淡了。

　　姐姐出嫁时，母亲站在门口，像一株孤独而荒凉的庄稼，她内心的饱满，突然一下子不见了，一个女人的世界，被儿女的幸福带空了。

　　这个热闹的院子里，少了姐姐的气息，一个倔强而青春的影子，成了母亲的念想，母亲不敢提姐姐，一说就双泪流。

　　去年，父亲心脏病突发，没能挽救过来，父亲成了一座孤坟，埋在母亲的心头上。少了父亲以后，这个家似乎就散了。

　　母亲一个人，独守着这个空院子。我不知道，胆小如鼠的母亲，是如何度过那些漫长而漆黑的夜晚。

　　或许，在寂静的夜晚，一片落叶打在雨搭上，"啪"的一声，母亲便惊醒了，再也没了睡意，她惊恐地熬到天亮，才安然入睡了。一个乡下女人的所有惊恐，都埋藏在一片孤独的夜色里。

　　姐姐定然是不知道的，她不知道一个老人对于漫长黑夜的恐惧。院子里的狗，被母亲卖了，母亲对我说，自从父亲走后，这只狗便不吃饭了，它的叫声，犹如一个人哭的声音，"呜呜"地叫，穿越深夜。

这只养了十来年的狗,让母亲想起了父亲,每次她听到狗的叫声,就感觉是父亲回来了。母亲在床头插满了桃枝,放了很多朱砂,才能入睡。

母亲半夜醒来就睡不着了。远在陕北的我,从不敢在夜晚给母亲打电话,我怕一个电话,让母亲没了睡意,一个人守着孤独的院子,胡思乱想。

自从父亲去世后,母亲养成了自言自语的习惯,她没了说话的人,便开始和另一个自己说话了。

这个暑假,我回老家陪母亲了一段时间,每天早晨,母亲都醒来很早,在院子里边做饭边说话,这声音落在我的耳朵里,让我很难受,我渴望早日把母亲接走。

我开始对我们学校心生不满了,明明说两年之内让我们住进新房,可是这房子拖了三年,也没有让我们入住。房子每拖一天,我的内心就如针刺一般,多了一天的疼痛,这沉重的房子,成了我的心病。

母亲在老家,一个人太孤独。

父亲在世时,母亲从不逛集赶会,家里的一针一线都是父亲买来的,一毛钱,在母亲手里,都能攒上半月。我不知道,没了父亲,母亲是不是会被生活的风赶进集市,学会买一些蔬菜和粮食了。

这地,母亲不种了,没了土地可种的母亲,更加孤独了,一个人站在街道上,没事可干。

我每次回家,母亲都很高兴。我知道一个女人内心的空虚,她感觉身在高处,落不到尘埃处,只有孩子在,她才觉得是真实的,"活的每一天,都像做梦"。

一个人的乡村,是如此孤独。

叙述父亲的几种视角

每次面对六十多岁的父亲，我都不知道应该以一种怎样的视角去叙述他。

似乎所有的叙述方式，都不是很恰当。如果以喜剧的方式去推进他身上的故事，似乎忘却了他身上所承受的许多苦楚，那应该是一个乡下老农的所有支点；抑或以一种悲剧的方式推进，但这或许又是对父亲现世自足的一种诋毁。

一个人，面对父亲，总是显得慌乱，总是怕一些陈旧的词，会打败我。我宁愿远离父亲的那一片土地，其实就是一种逃避，一种对故我的羞辱。

"父亲"一词，从儿时切入我的生活，已有34年的历史，在这34年里，我到底为他做过什么，脑中一片空白。一转眼，皱纹多了，头发白了，一个老态龙钟的人，就成了命里被"父亲"一词绑架的人质。

所有一切趋势，都预示着我必须为他展现出一些真相来。那个在时间夹缝里苟延残喘的人，一辈子都活得不如意。他把自己扔给土地，扔给时间，可是回馈他的却是一身疾病。这些年，到底是时间给予他的比重多一些,还是我们对于他的伤害多一些,似乎到了该算账的时候了,我决定以一种陷入僵局的途径,去解开一个人身上所有的谜团。

父亲的身份单一,一个老实巴交的庄稼汉,一辈子只承载了三种称谓:我的父亲,祖父的儿子和母亲的丈夫。

烟民父亲

如果从我的角度而言,父亲是一个称职的父亲。一生没有大毛病,吸烟、喝酒,不好赌。或许,这些习惯,是我对他认知的一种直线逻辑。

父亲,从何时抽烟,已不可考。我只知道,从我记事起,一个烟雾缭绕的父亲,就在我脑海里存在着。

每天清晨,总能听到他不停地咳嗽,这咳嗽穿透窗户,一点点散入到我的童年里。也许,对于咳嗽的恐惧,就是来自于那个时候。我们怕他在咳嗽里倒下,那声音太可怕了,不间断地在我的灵魂上敲打,作为家里唯一的顶梁柱,他的每一个细节,都决定着一家人未来的走向。

父亲的戒烟,是伴随着一种疾病而来。他躺在病床上,腿部肌肉酸痛,下床已有些困难,每天早上的咳嗽,引起了医生的警觉,他们强制父亲断了烟。父亲性格里的所有倔强,似乎在医生温和的话语里,都看不见了。父亲的骨子里,对于医院有着天生的恐惧,他害怕和医生打交道,其实质就是一种不平衡的话语交流,父亲手里的钱越来越少,他身上的疼越来越厉害,他失去了讨价还价的机会,戒烟似乎成了一件水到渠成的事情。

在此之前，母亲也强行提出父亲戒烟的意见。记得那一天，日暮后，母亲借吃饭的机会，开了一个家庭会议，议题是父亲的抽烟是否应该继续。我和姐姐，早就讨厌那一声高过一声的咳嗽，便义无反顾地发了言，局面似乎明朗了，全家唯有父亲一人站在对立面。父亲沉默了，沉默又变成了赌气。后来他抽得更加厉害，每一次劝阻都会转变成一场争吵，他的倔强让母亲失望，后来我对于母亲印象最深的记忆，就是她擦拭不完的眼泪。

真没想到，一个如此倔强的人，在医院里就这样轻易投降，而且还败得如此狼狈，这是我始料未及的事情。

父亲，也渐于清晰了起来。

一个只在家里表现喜怒哀乐的人，用我母亲的话说，父亲就是窝里横。他倔强，性格暴躁，说一不二。我印象中的父亲，在外面总是一团和气，从没和人红过脸，我将他的这种行为，定位于懦弱和无能，我越来越憎恨他的这种性格，总是将一把尖锐的针，扎向最亲近的人。

然而让我万万没想到的是，一辈子和气的父亲，却如火山般爆发了。

那年，村里分地。

村庄就是一个江湖，我向来这样定义它。有江湖，就有人欺软怕硬。父亲身处底层，战战兢兢地活着，他面对村干部时，总是一脸的小心。

在村庄，县官不如现管。村里所有的事情，没出村庄就被一些人分割了，包括分地也是，表面上很公平，选择抓阄，可是内里却潜伏着欺骗的河流。

父亲没送礼，抓了最不好的一块地，父亲认了，自己亲手抓的，怪不得别人。可是在丈量土地时，一些人却在捣鬼，我家的土地，严重缩水，父亲用步一量，就觉察出问题来，他握着一把斧头，堵在了村支书家的门前。

我从来没见过父亲这么生气的样子，眼瞪得似铜铃，眼中布满了杀气，我忽然觉得父亲上辈子，一定是个杀手。他身上散发出的冷，笼罩了一个村庄，从此之后，父亲再也没有失态过，而"一战成名"的父亲，在村庄立住了。

父亲成名的代价，就是用一把斧头，砍伤了村干部的脸，村支书脸上的伤口，就是证明父亲年轻时的"辉煌"。尽管父亲在监狱里蹲了一周，村支书也不敢把事情做得太绝，他选择了和解，不再追究父亲的责任，而我家把一年的收入，当作了医药费。我不知道村支书家那一栋明净的小楼里，我家的那些钱，堆砌起多少高度。

父亲，越来越温和了。

他厌倦了人。他交流最多的就是动物，他在家里养猪、养羊、养牛，他喜欢听牛吃草的声音，是那么的干净。牛的眼睛里，总是隐藏着清澈的湖水，满是蓝天白云的纯度。

父亲，喜欢赶羊上坡。

平原没有山，这道坡出现得有些及时，而牛羊让这片坡地逃离被人耕种的命运，每年春天，这里的青草就野蛮生长。

父亲躺在坡上，暂时忘记了自己的渺小。他内心将这些羊换算成日子的筹码，一只羊两千元，十只两万元，这是多么庞大的数字啊。

尽管我家牛羊不断，可是我家的日子仍旧一贫如洗，原来数字里的想法，经不起俗世的推敲。一会儿该买玉米种了，一会儿该买化肥了，一会儿羊价落了，所有这些都把庞大的数字帝国掏空，最后分裂成一个个生活的细节。

父亲不懒,甚至还要比村里所有的人都勤快些。我家的麦田总是最干净的,中间绝无杂草丛生,父亲眼里容不进一棵青草的存在,可是粮食又能干些什么,产量低,价格低,一年的收成,实在养不活人啊。

父亲被麦子推往城市,推往一个陌生的地方,那里,没有庄稼,没有飞鸟。

叛逆者父亲

祖父,很少和父亲交流,因为在他的心里,父亲是一个叛逆者。

父亲没能沿着祖父设想的轨道前进,他娶了媳妇后就不再听话,祖父每次说到这里,总是因生气而脸色变得酱紫。我知道,他心里淤积的泥沙,是从父亲的源头流出,说实话,我不太喜欢祖父的啰唆,他总是从自己不负责任的角度出发,把所有的一切,一股脑儿推给父亲。

祖母,总是可怜父亲。作为家里的长子,父亲从小就背负着太多的苦难。从懂事起,祖母被生活的贫穷推到地里,而父亲下面的弟弟妹妹,自然就推给了父亲。

父亲在最贪玩的年龄,变得超乎想象的成熟,他面对一只蜗牛,总是表现出不感兴趣的样子,看到其他孩子掏鸟窝,他总是快走几步。

一个孩子,被生活逼掉了童年应该有的样子,他不得不在家做饭、烧火、洗刷,他的安稳与弟弟妹妹的安稳有直接的关联。

我无法忘记二奶口中的父亲。

那年夏天出奇的热,叶子卷在一起,蝉也不叫了。池中的水,招引着太多的孩子,父亲被一些戏水声诱惑至此,他一头扎进水里,把生活忘记了。也许水里的父亲,才是父亲真实的模样,我想他一定笑得灿烂。

回到家,一片热闹。

弟弟跌破了头,祖父手里的藤条,握得正紧,父亲只一眼,就知道接下来的命运。我不知道,祖父是以怎样的冷漠才能把一个不到十岁的孩子抽打得遍体鳞伤。父亲跪着,头却高扬。我知道父亲倔强的性格,是从那时候就出现了。

父亲十五岁的时候,就远走新密去拉煤,一双稚嫩的肩,被生活磨出了血。这是一个苦难生活的真实写照,或者说,是一个时代的无能。

父亲就是在那个时候学会抽烟的,我从不觉得父亲的抽烟有一丝不妥,重压之下,必然需要释放的途径。走一段路程,就休息一下,一同去的人,有二牛、三炮,他们用烟去解除满身的苦痛,假想着用烟把日子过得有滋有味。

父亲在枯燥的生活里,自然学会了抽烟。其实这还不是我讨厌父亲的重心所在,如果一个人学会自制,我倒是无话可说。可他是一个被烟绑架的父亲,是一个被咳嗽声压在身下的父亲。

我不知道,祖父为何总是在言语中表达出一种谴责,他口中的父亲总是这样的:自私、不孝。后来,在一个大麦场,我找到了偏见的源头。

那年,我和二爷一起看麦场。面对这一地月光,二爷以一种局外人的身份,来谈困惑我的一些问题。

父亲结婚后,仍把出外打工挣的钱交给爷爷,后来有了三个孩子,父亲便不交了。二爷轻飘飘的语言里,隐含着父亲应承担的一种责任。

可是在祖父眼里,父亲对于新家的责任,似乎背叛了对于旧家的付出,叔叔娶不起媳妇,这罪名落在父亲的身上。爷爷,把他身上应承担的责任进行转嫁,似乎父亲不孝已成为事实,父亲一赌气,彻底不管了。

至此,事情在裂变。父亲搬出了那个家,他在村外搭一间草棚子,用盆子当锅,把草铺在地上当床,或许那段日子,是我家最为艰难的时候。

爷爷似乎仍没有消除怒气,他带领叔叔赶到我们的新家,砸了我家所有的东西,我母亲吓得精神出了问题,这段历史我从不敢说出,我刻意隐瞒母亲疯癫的真相。母亲住院了,这对于贫困的我们来说,是怎么熬过来的,一直像做了个梦。

父亲和爷爷决裂了。

父亲陷入沉默。一种亲情的捉弄让他无能为力,他身上的偏见越来越多,村里人都把目光的重量压在他的身上。父亲的腰弯了,一种生理上的伤让他呻吟,一种精神上的伤让他自卑,这就是父亲在乡村的全部。

作为一个底层的卑贱者,父亲以一种文盲的姿态被时间打败。

他把自己分裂成几个不同的父亲:一个暴躁的父亲,总是动不动就对孩子咆哮,对母亲发脾气;一个积极向上的父亲,他总是把我们赶进校园,这多少让我想起那些白羊干净的瞳孔。

我突然觉得,父亲变成了一只羊。

酒鬼父亲

母亲,对于父亲的叙述总是从那场醉酒开始。

那一年冬天,北风刮过,雪积了一地。父亲一身酒气从外面归来,带回了一股风,带回了一身雪。

父亲,成了醉鬼。

父亲这次醉酒,改变了他的形象,改变了一个村庄的困境。

后来,我才知道,父亲他们去省城了。工地老板不给钱,一直拖欠到年关,父亲他们堵上了门,结果老板请工头去喝酒,那次父亲也去了。酒桌上,父亲大杀四方,钱要了回来。那天,父亲喝趴了一桌子的人,而他喝了多少,自己也不知道,从此以后,父亲的酒鬼形象在村里落地生根。父亲能喝酒的消息,像风一样掠过村庄,父亲成了名人。

父亲的胃,却喝坏了。

面对贫穷,我总觉得是可耻的,但是对于贫穷的我们而言,却把进城讨食看成一种崇高的施舍。

村里人,看待父亲的眼神是不一样的,许多人给予父亲太多的白眼。他们觉得父亲是一个滑稽的人,平时待在坡上,只和白羊说话,没想到一下子,父亲用酒喝敲开了村庄的门。

谁家来了人,需要酒客,父亲就被请了过去,闷头喝一场昏天黑地的酒,父亲的名气在村庄里越来越大。也许对于一个一辈子碌碌无为的人,父亲很珍惜这个被人高看一眼的机会,随叫随到。尽管别人冷眼看他,但是我知道,父亲不是嗜酒的人,他每次喝酒,必有不得已的苦衷。

醉酒的父亲像一条蚯蚓,在床上蠕动。母亲越来越鄙视父亲,她觉得父亲和这个家的交集,越来越少。其实,我知道母亲的心思。她这一生,对于父亲最大的欣赏,是那时候的父亲:温和、顾家。

那时候天一亮,父亲就不见了。

父亲就是乡下人口中的货郎担。

我总觉得父亲，像一个流浪汉，他从这个村庄流浪到另一个村庄，把一个村庄的贫穷气息，弥散到所经过的地方。他理想简单，渴望能在日暮之前，把手里这些带出来的货物，转化成钱币。

父亲在赚钱时，总是给我们带一些零碎的礼物，譬如母亲的发卡，十几年了，母亲一直戴着它。我记得，我第一个削笔刀，就是那时候父亲给我买的，它艳羡了一个村庄贫穷的目光。

父亲，在那个时候离醉汉相差太远，他不管到任何地方，都滴酒不沾。他的衣袖是个百宝囊，总是能从里面变出很多令人吃惊的食物。多年后，当我讨厌父亲充满油渍的衣服时，我已经完全忘记那段饥饿的历史以及我快饿死的样子。

朴实的父亲，变成了酒鬼父亲，这种转变是在许多人走出村庄，而村庄变得荒凉之后。年关，一些归乡的人，开始看不起故乡的旧、故乡的土，他们以一种向往高处的态度，同故乡诀别。

父亲，在故乡灰头土脸的样子，更成为别人嘲笑的对象，父亲也一赌气进了城，此后便如一条无根的河流。

父亲，在城市里，寒碜地活着。

夏日的格局，总是太小，许多人被热击中，犹如被电击一样，一股灼热遍布全身。文盲父亲，只能在工地上，守着灰锅，那弥漫的洋灰，沾满全身，一见热，汗水淋漓，成了泥泞的湿地。一个人，悬浮在城市之外。寒冬，朔风吹过，冷贴着肌肤，手接触到铁器，寒冷彻骨，一种痛感从寒冷处传来。雪花片片，灰与雪杂合，衣服上全是泥泞。这就是一个人，所谓的求食，所谓的远行。

年关的鞭炮，打通回家的关节。

父亲，仍在城市里徘徊。工钱仍未到手，这一年的苦，尚未转变成体现自我价值的货币，父亲和一群人，显然有些骚动了。他们手拿工具，堵老板的门，而后用流动的酒水，打通中国的人情和世故。

父亲，在酒水里活着。这是我万万没想到的。我从不相信一个滴酒不沾的人，会在世故的深处，一点点滑向不可预知的风险。

父亲，就这样喝了三年之久，终于溃败于病症的报告中。我们去医院检查，父亲被一系列的化学符号所打败，我才知道父亲看似健硕的身体里，隐藏着我们看不到的暗疾。各种颜色的药片一点点抵达父亲蜷缩的身体内部，这些药片和因生存而不得已为之的疲惫进行战争，父亲在药中，列出一连串疾病的名字：心脏病、血糖低、腿麻木。

酒鬼父亲，不见了。

父亲，又多了几个新的名字：药鬼父亲、驼背父亲、耳背父亲。

我不知道，我该如何在这几个名称里自由转换，我所知道的父亲，其实只是一个简单的老人，他背负着太多的石头：活着的石头、教育孩子的石头、给孩子结婚的石头、出嫁女儿的石头。每一块石头，都足以将他打垮，可是他仍然面带微笑，在苦难中亲近生活。

写到这里，我的父亲似乎变成了现实中虚拟的一个人物，或许成为我梦境里所恐惧的景象。但是这些，都是不真实的，我真实的父亲，正在我的文字里，守着一亩三分地，日出而作，日落而息。

我的老师

在我们乡下,对于知识分子,总是不敢小觑。或许,一个上过学堂的人,总有一个情结:以文化人自居。

孔先生,便是这样的人。先生本名叫孔春秋,是村庄小学的校长,兼任小学三年级的语文老师。他和孔乙己有一些相似,满嘴的"之乎者也"。唯一的不同便是:孔乙己喜欢穿长衫,站着喝酒;先生喜欢穿中山装,坐着喝酒。他总是在左边胸口的口袋上,别一支明晃晃的钢笔。

先生是一个有情操的人,喜欢把学生带到野外,围坐一起读诗。使我永远难忘的是,先生迎着风,为我们读纳兰性德的《长相思》:

风一更,雪一更,
聒碎乡心梦不成,
故园无此声。

先生有诗心,但是我知道,孔先生在乡下,过得并不好。他老婆叫刘桂花，五大三粗的，有些泼辣，对孔先生的母亲总是骂骂咧咧，气得孔先生连连摇头。

我不知道，为何人们都叫他先生。也许，一个人被尊称为先生，定有先生的道理。譬如他上课，幽默风趣，但是规矩甚多，一年四季必备的，是一把磨得发亮的戒尺。这戒尺，有些瘆人。

我第一次尝戒尺的滋味，是开学后的一天中午，孔先生按照惯例，抽查课文的背诵情况，那篇叫作《童第周》的课文太难背了，一个早晨，我也没背会。

上课，孔先生偏偏叫起了我，我断断续续地背了起来，孔先生眼一翻，我似乎看到一道寒光，掠过我的头顶，正冒着寒气。然后，伸手受戒，五戒尺下去，我的手开始红肿，这梁子，算是和先生结下了。

一个小孩，总是带着五戒尺的仇恨，去看待他。也许，压抑在心里的，是对先生的一种反感。成绩优异的我，总是在镇里抽考时，借口各种理由不去，之后，孔先生便冷落了我，两个人的冷战，持续了一个学期，便不见了。

孔先生，对学生的严厉，是出了名的，许多人背后叫他孔贼。可是一见他，许多学生便会站得笔直，规规矩矩地叫一声：孔先生。

孔先生，是学校里唯一一个被称为先生的人。他似乎对于这个称号，毫不介意，我对孔先生没有多少好感，每次见面，总是匆匆躲过。

日子，便这么过着，先生依然是先生。学生，面临毕业，即将要散了。先生，站在讲台上，讲了李叔同的《送别》。直到那天，我才知道有一个出家人，创做了"长亭外，古道边，芳草碧连天"的词。这曲子很好听，唱曲的孔先生落了泪，我才知道孔先生，还有如此可爱的一面。

多年后，乡村小学便衰败了，许多人将孩子送到城里读书，小学校园内，再无读书声，孔先生每次经过学校门口，都会停下脚步，观望一会，然后安静地走了。一个村庄，再无小学。

后来，这学校被村主任占用，养了兔子。这村主任，是孔先生的学生，没能继承先生大义的一面，这让先生寒了心。村庄越来越不行了，许多人，把土地扔下，走了；一些人，虽守着土地，但内心却不干净了。

我每次过年回家，遇到孔先生，先是寒暄一番，然后他便会对乡村进行批判，似乎孔先生对乡村越来越绝望。

孔先生，此后精神出现了一些问题。

有时，他一个人半夜起来，走到这学校门口，念叨一会，便回去了。许多人都知道，在一个叫草儿垛的村子里，有一个患有夜游症的先生。

去年，我回家，看见先生一个人，在街道上走着，遇到熟悉的人，就躲开了，这情况倒像祥林嫂，胆怯得如同一只老鼠。我知道，孔先生怕见人的原因，是他没能守住一个小学校，看着它呼啦啦地散了。

先生，时刻觉得在自己的面前，有一些目光，像刀片一样，一片片将他凌迟、削薄。

前些时候，我回家，没看见先生，问起母亲，母亲说："孔先生走了。"

母亲说，这村主任，贪污腐败，孔先生以老师的身份去同他谈话，结果被学生赶出了门，先生一气，便瘫倒在床上，永远睡着了。

听到母亲的话，我突然一惊，继而又觉得沉重起来，乡村似乎没救了。

先生的碑，立在地里，上面的文字，是刚劲有力的楷书，像他一样，不屈服于一些私念。

一阵风吹过，我似乎听到了先生微笑着谈起了村子，谈起了人心。

响　器

　　提起响器，心系中原的人，都犹如见了故人。响器包括唢呐、笙、梆子、锣、钹、铙，这些组合，代表中原最后的仪式。

　　或者说，我把它们比喻成送人最后一程的马。在中原，响器会送人走完最后的夜路，这人，无论生前如何恶，人一死，村里人就对他放下了仇恨。响器一响，村里人腋下夹着黄纸，低下了身子。在故乡，死者为大。许多人，一纸焚烧，敬送亡灵。响器在外面吹着，似乎在招呼着人。鱼贯而入的人，跪在灵前，和死者拉着话，说着死者这些年的好，说着说着，声音就颤了，眼泪就下来了，或许一个人，在死者的身上，看见了多年以后的自己。

　　其实，在故乡，响器是大词。

　　如今，只有死，才能用它。据上了年纪的老人说，以前结婚也吹响器，一头驴，或一顶花轿，一身大红的新娘子，响器在走的路上吹吹打打，这曲目，多半是《百年朝凤》《琴瑟和鸣》。

　　那时候在乡村，娱乐较少，响器是能解乏的乐器，新人未进村，响器先响了，许多人，站在墙头上，听着响器，看着新娘粉嫩的脸。后来，走着走着，响器就在婚礼上不见了，许多人，也淡忘了响器,似乎结婚和它们已无关联。它们,只能在白事上出现,在中原,只要它们一响,便意味着一个人抖掉了所有枝叶,安静地走了。许多人,只是在响器里看热闹,看吹唢呐的人是否卖力,看唱豫剧的小媳妇,是否声情并茂。殊不知,在村庄里,还有一些与响器有关的秘史,没人知道。

记得老人说,我三爷,吹得一手好唢呐。只是这行业,自古以来,属于下九流,被人轻视。三爷,也老大不小了,但没姑娘愿意跟他,后来遇到一个逃荒的姑娘,才算有了个家的模样。从我记事起,三爷就吹出了名气,但很少出山,他在方圆几里,威望较高,被人尊为曹先生,无论走到哪里,人见了,都一口一个曹先生地叫着。私下,三爷说,吹唢呐不易。他当学徒时,成天练习肺活量,没事就拿一根长管子,一头绑了猪尿脖,一头在嘴里吹气,直到把它吹炸为止。有时,还用芦苇插水里,练习吸气。这一吸一呼,便是吹唢呐的要义。

三爷吹一手好唢呐,似乎这日子也该好过了,可是"文化大革命",他没躲过。

许多村庄,都有典型,如地主家的孩子,或抽大烟的烟民。三爷也戴上了"高帽子",原因很荒诞,他给地主家吹过唢呐,这一条罪名,像根刺,把他扎痛。

作为一个靠手艺吃饭的人,乡里乡亲,谁家有红白事,自然要去,身份是不需要考虑的。有钱给一点,没钱吃顿饭,也就过去了,可是精神的摧残,总能让一个人,陷入绝境。三爷,受不了这种辱,跳井死了,只剩下三奶和两个孩子,在贫穷里,以泪洗面。这乡村,还是老样子,只是三爷的唢呐,仍在语言上活着。

他们说,那年头三爷走南闯北,算是我村眼界开阔的人,据说还救济过八路军战士,只是他生性散淡,心念故土,就回来了。

一个人，回到村子，开始种地，吹响器，让宁静的乡村，重新活了起来。当一个人，爱上响器时，他便拥有了一个自由的国度。

三爷，送走过很多人，但他的葬礼上，却很冷清。很多人，怕受牵连，只远远地看。也许，只有他送走的那些亡灵，在地下迎他。三爷走了，什么也没带走，陪他的，只有一个孤独的响器。我每次走夜路，经过三爷的坟地，似乎能听见响器的声音，在空气里弥漫，如一股风，在耳边响起。

看那响器，在意念里，一点点剥开世俗的偏见，把一切众生按在地上。响器鸣响，送人一程。

你看，在故乡，遍地灯火，响器升空，把故乡，抬高了。

光 阴 书

一个人的中秋

白露横野,月光遍照。

一个人,在八月的深处,孤独地望月,独孤地品味被日子扔下的背影。这个八月,月光、村庄、名字,在母亲的身体内,长成命运的河流。

在故乡,"悲痛"一词,一直都有柔软的质地。它们高贵,它们悬于生活之上。我无法忍受,八月给我的致命一刀。其实,比我更难受的,应该是母亲。父亲突然去世,把一个家庭的正常运行打破,留给母亲的,是无边的痛苦和无尽的孤独。

八月,中秋已近。

我感觉不到一点甜的味道,我的生命如此灰暗,父亲坟前燃烧的纸,还未熄灭,这悲伤,分明在骨头里。

母亲,一个人,在八月的月光下,肯定过得冷清。两个人,现在只剩下一个,父亲带走的,是一个中秋的气氛。

这个中秋,我欢喜不起来,我总觉得人生如此阴冷,它总在我最困顿的时候,给我一刀。我困在潦倒的夹缝里,亏欠母亲一个中秋的孝道。

逝者安息,对于彼岸的父亲,我能给予他的无非是想念,无非是那些年,少不更事的执拗,如今每念及往事,泪水都会流下来。

迫近中秋,我的泪水浅薄了,它包含不了一个中秋的气氛,它分明把一个无能的男人,再次带进故乡。

那庭院,那晃动的人影,又少了一个,也许母亲居于月下,比我更加难受一点,月饼定然是不会吃的。我了解胆小的母亲,她早已习惯依赖父亲,父亲一走,她的天,突然塌了,我的天,也突然塌了。母亲怕黑,一个人不敢面对夜晚的宁静,也许中秋的月光,能消除一些恐惧,可是却扯出一些疼痛。

本以为,今年的中秋,是四个家庭的中秋,父母、两个姐姐和我,通过电话把中秋过得有声有色,突然一场变故,四家都变得灰暗了,这个八月,注定品味不出月饼的甜。

此时,雨水来了,似乎它在我的命运里活着,它把一个人内心的哭声,重新洗一遍,然后落下。

一个人,笃信神灵。母亲,还会在初一、十五的日子,敬神。而我眼里的神灵,是如此无能,竟然如此心安理得地享受祭品,却不能保佑一个家庭的平安。

中秋这天,母亲只能一个人过了。

也许,故乡的草木,对于她而言,是死了的植物,她对生活的期盼,是那几个不争气,却又东奔西跑的孩子,这是她唯一放心不下的。

中秋的光芒,似乎还有。我心里的光芒,就是仁慈的母亲,像一个上帝一样,在中秋的月下,念叨着我们这些孩子。

一个人,在中秋里,长出月光的鳞片,这亮着的灯,照亮了一个人回去的通道,我,心无杂念,只牵挂那个孤单的背影。

一个人的夜晚

母亲,困于墨团的夜色。

也许,一点灯光也没有的夜,最让母亲恐惧,一点光,虽弱,但是能给人以慰藉。父亲去世后,我家的灯,彻夜长明,唯有如此,母亲才能睡得安稳一些。

夜晚,对于母亲而言,犹如炼狱。她天不黑就关门睡觉,可是躺在床上,一定会想起离世的父亲,也许脊背就会有寒气升起。

我不知道,向来就对黑夜恐惧的母亲,是如何度过那漫长的黑夜。也许,母亲整夜都在恐惧里,只是强忍着。我时常在夜里给她打电话,试图通过对话,转移她的注意力,恐惧会削减一些。

每次通话,那头传来的声音,近乎哭腔,我知道母亲有些怕了,母亲总是强忍着,说自己不怕。我当初要她和我一起来陕北,她说不习惯异地,语言不通,也没有熟人,会很孤独,不如在家,每天还能在街坊邻里走动,谈谈心,日子也算过得快活。我执拗不过,只好如此,把母亲托付给二姐。

我分明看到,白天的母亲,还能正常说笑,可是一到晚上,母亲就只能在夜色里,一个人等待天亮。一夜,虽说不长,于母亲而言,近乎煎熬,她一点点盼着亮色,天亮了,她长叹一口气。

我家的院子本来就大,一个人,更显得空旷,再加上院子在村子边缘,东边是一片庄稼,南边是一片树林,西边是一个少有人居住的老院子,只有北边,有些人间烟火。一到夜晚,周围黑漆漆一片,别说母亲,就是我在院子里一望,也胆怯三分,何况胆小的母亲了。

母亲怕黑夜，更怕提起父亲，她将父亲的遗像锁在箱子里。我知道母亲的心思，是怕看见父亲的面容，夜晚会恐惧，胡思乱想，因而失眠。幸好，家里有一只忠诚的猫，夜晚时不时地叫着，以此显示些生机出来。母亲听到猫叫，心便安稳一点。

其实，故乡民风不好，盗窃横行，每次夜里打电话，母亲总是说，谁家的东西被偷了。也许，这消息，像一阵风刮在母亲的恐惧上，她一定害怕夜晚的盗贼。父亲在世时，母亲什么心都不用操，可是父亲的去世，让她一下子乱了方寸，每次在电话里，她总是说说这，说说那，母亲分明感觉到了一些不适应。

夜晚，是她一个人的夜晚，同时也是我们几个的夜晚。每到夜晚，我都会想到母亲，都会情不自禁拿起电话，听听电话那头熟悉的声音，然后才能睡下，否则，如坐针毡。

母亲，害怕夜晚，这不是秘密。但是，一个人的夜晚，总是有些孤独。如今，深秋的凉，沁入骨髓，母亲的夜晚，定是难熬了。

我在陕北，总是怕每一个风起的日子，那风声，呜呜直响，让母亲害怕。深秋的门，开了，接着便是冬天，这风声，一定在夜晚，会加重母亲的孤独。

夜晚，团墨深深。

一个人的草木

父亲走后，庭中草木依旧在，只是叶子黄了。母亲，不愿离开这里，便守着这一院子草木。

我无意在草木的世界里滑行，只是这草木，总是在人生的薄凉处呈现出一些断裂的言辞，槐叶再也引不起父亲的注意了，杨叶离牛圈甚远。面对着一地黄叶或一场秋风，母亲总会想起父亲，好像他出了趟远门，还未归来。

蟋蟀，一声高于一声，听到这小东西的叹息，乡村就凉了下来。天凉之后，便有骨头开始不适了，这彻骨的风寒，把一个人堵在门内。我知道，蟋蟀一鸣，母亲的心就悲怆了。她会想起秋寒的重压下，一个薄瘦的、熟悉的影子，在院子里晃动，只是一眨眼，这影子就不见了。

母亲常说，一个人，守着满园草木，似乎就拥有了乡村，守住了世界。只有我明白一个乡下女性的软弱，她接管了父亲的重担，义无反顾地托管了儿女的世界，她，一个人，孤独地活在草木之间。

在乡下，总有一株草卑微地活着，哪怕有一天，会被卷入一场劫难里，它也无悔。多年之后，无人知晓这草来过这里，但它们依旧"春风吹又生"，来温习这世界的冷暖。然而，于母亲而言，至少有一些远走的儿女，仍在念叨着中原，念叨着她的好。

似乎，草活得很好，人倒是有些拘束了，我察觉到人与一株草的差距，它们才是真的隐士。而人，也类似隐士，一茬一茬，都无名声，或许赵钱孙李，都只是个代号而已，正如草木里的龙葵、落葵一样，不过只是辨别植株的指引。

某一天夜里，我忽然梦见，母亲变成了一株草，长在我的心头。我突然意识到，草先于人，抵达我的生活。不知道在豫东之地，我能否也以一株草的方式，进入母亲的梦境，让她的世界，永远有一片草木，替她掌管着一个人的荣枯。

母亲的世界过于狭小，我们似乎变成了一只只羊，被母亲赶往南边的坡地，她手握着鞭子，却不舍得落下。或许，母亲变成草,长在我们经过的路旁,等待我们啃食。这似乎是一种大的祭祀,母亲以身来庇护她的儿女,让草木的枝叶,都回到这些贪得无厌的源头,我们仿若盗贼一样,不仅偷走了父亲的生命,还准备偷走母亲的灵魂。

白天的母亲,在街道上,像一株被遗弃的草木,她虽说和街坊拉着话,但是内心深处,是如此恐惧。她怕风带走她,像带走一粒尘埃。

母亲,不能种地了。家里的地,全都承包给了别人,无事可干的母亲,便陷入孤独里。也许,一个人面对孤独,选择缓解的方式是不同的。我孤独时,便会找一个无人打扰的地方,安静地坐下,听听鸟鸣,看看草木,感受辽远的大地所传递的情怀。但是母亲却不同,她一个人,坐在庭院里,像一株草一样,沉默寡言,母亲,愈来愈安静。

也许,一个人,对于生活再无希冀,唯一能让母亲活下去的理由,无非是我的孩子,有了孩子,根就在。其实,我远在千里之外,而支撑她的理由,竟然是这样的虚幻。

我越来越没底气,不知道当初,一个人跑出中原,到底是对是错,只是,我对母亲造成的伤害,远非只是孤独,还有一种念想的虐杀。

一个人的草木,会怀念多年前的饥饿,那时,树被人剥光了皮,树叶也不见了,连同一些观音土,一起入肚。虽止住了饿,但人的肚子,却不消化了。

如今,树又长大了。

人对草木再无兴趣,只有母亲,一个人,像草木一样,被儿女遗弃在中原,孤独、冷清。